D1391833

RACHEL CUSK

De Bradshaw-variaties

Vertaald door Marijke Versluys

2010

DE BEZIGE BIJ

AMSTERDAM

De vertaalster ontving voor deze vertaling een werkbeurs van de
Stichting Fonds voor de Letteren.

Er is niets moeilijks aan. Als op het juiste moment de juiste toetsen worden aangeslagen, dan bespeelt het instrument zichzelf.

J.S. Bach

Van [Bach] hebben we geleerd om binnen een gevestigde discipline originaliteit te ontdekken: hoe we moeten leven dus.

Jean-Paul Sartre

I

Wat is kunst? Dat is een vraag die Thomas Bradshaw zichzelf geregeld stelt. Hij heeft er nog geen antwoord op gevonden. Vroeger geloofde hij dat kunst namaak was, maar daar is hij van teruggekomen. Tegenwoordig gebruikt hij het woord authenticiteit om weer te geven wat hij ervan vindt. Sommige dingen zijn artificieel, andere authentiek. Het is makkelijk vast te stellen wanneer iets artificieel is. Dat andere is moeilijker.

's Morgens luistert hij naar muziek, naar Bach of Schubert. Hij staat in zijn ochtendjas in de keuken. Hij wacht tot zijn vrouw en dochter beneden komen. Hij is eenenveertig, de leeftijd waarop een leven uit zijn eigen verleden tevoorschijn komt als uit een mal, en het is of stevig, een geheel, of het verliest zijn samenhang en valt uiteen. Het is niet moeilijk om je dat uiteenvallen voor te stellen. Juist de stevigheid, de concrete vorm, stelt je voor een raadsel. Als iets uiteenvalt komt de kwestie authenticiteit niet aan de orde, maar bij een stevige vorm moeten er vragen worden gesteld.

Eigenlijk is Olga, die bij hen inwoont, meestal degene die als eerste naar beneden komt. Hij hoort haar op de trap maar herkent de tred niet; elke dag identificeert hij haar door te luisteren naar haar kalme, enigszins zware stappen en zich af te vragen van wie ze in vredesnaam zijn. Ze schenkt hem een knikje met haar geblondeerde hoofd en een onzekere, ijzeren glimlach. Al een halfjaar is Olga verwikkeld in een uitgebreide behandeling bij de orthodontist. Haar tanden onder de metalen beugel zijn grijs en scheef. Haar moeder is vroeger kennelijk nooit met haar naar de tandarts gegaan. Niet omdat ze haar verwaarloosde, heeft Olga hem verteld. Wel omdat Olga bang was, en haar moeder kon er niet tegen dat ze bang was of pijn had. Ze heeft Thomas verteld dat ze aan het sparen is voor een brug en een stel kronen. Ze heeft drie baantjes, en al het geld wordt besteed aan haar gebit. Ze klaagt erover hoe duur dat is: in Polen zijn de tandartskosten veel lager. Daar had ze alles kunnen laten doen – 'Alles!' herhaalt Olga, met een kapbeweging van haar hand – voor wat ze hier kwijt is aan een maandelijks bezoek.

Die gesprekken nemen Thomas niet helemaal in beslag. Als hij met Olga praat is hij aanwezig maar tegelijkertijd ook niet aanwezig. Hij wacht tot Tonie naar beneden komt, zoals de perronopzichter wacht tot de trein naar Londen het station aandoet. Tonie vertoont zich altijd maar kort in de keuken. Net als de trein staat ze stil om bedrijvigheid te spuien en dan weer te vertrekken. Het is een kwestie van een paar minuten, maar hij moet voorbereid zijn. Hij hoort Olga wel – in zekere zin identificeert hij zich zelfs met haar, want ze zijn beiden perronbewoners – maar als ze iets zegt kan hij daar niets tegenoverstellen. Hij zit als het ware opgesloten achter dik glas. Zou ze zich dat realiseren? Zou ze beseffen dat ze hem wel kan zien maar niet kan aanraken? Ze drinkt thee uit een enorme Garfieldmok en eet muesli, waar ze telkens melk bij schenkt uit de plastic fles die naast haar kommetje staat. Hij vangt een glimp op van haar blote, champignonkleurige benen onder de tafel, van haar voeten in grote, zachte sloffen. Hij zet de muziek iets harder: het is een tegemoetkoming, een verzoenend gebaar. Hij wil haar laten merken dat hij zich bewust is van zijn beperkingen, van zijn onvermogen om iets van hun ochtendgesprekken te maken. Dat onvermogen komt hem soms voor als inherent aan de tijd, als een verborgen kracht, een soort verval. Ze gaan voorbij en worden vergeten, die intermezzo's in de keuken. En toch zijn ze altijd hetzelfde: hij zou daar honderd jaar kunnen staan en nog steeds min of meer hetzelfde gesprek voeren met Olga. Er lijken eindeloos veel herhalingen te bestaan van dit gesprek, dat echter tot niets leidt en zich evenmin ontwikkelt. Dat wil dus ook zeggen dat het nooit doodbloedt. Het staat niet in relatie tot de tijd. Misschien komt dat doordat het authenticiteit ontbeert.

Om halfacht komt Tonie naar beneden en gaat Olga naar boven. Olga is schoonmaakster in het ziekenhuis, en haar dienst begint om acht uur. Tonie neemt de trein van tien voor acht. Thomas vindt het interessant om te zien dat Olga prioriteit geeft aan eten, maar dat Tonie haar uiterlijk vooropstelt. Zij blijft tot het allerlaatste moment boven, terwijl Olga minstens een halfuur in haar ochtendjas aan tafel zit en met haar mok en kom in de weer is. Boven slaan deuren dicht, lopen kranen, gaan Tonies voetstappen heen en weer. Olga staat op en brengt haar ontbijtspullen langzaam naar het aanrecht, haar sloffen slepen en sliffen over de vloer, en pas als ze het koord van haar ochtendjas opnieuw heeft dichtgebonden gaat ze op haar gemak naar haar kamer. Het gebeurt weleens dat zij en Tonie elkaar op de trap passeren, en dan zegt Tonie: 'Hi, Olga,' met een stem die half fluistering is, heel diep en hees, heel vreemd en verstrooid, alsof ze zich nog maar net heeft bevrijd uit een situatie die te ingewikkeld en te emotioneel is om uit te leggen. 'Hallo!' antwoordt Olga met een vrolijke klaroenstoot.

De trap zit midden in het hoge, smalle huis, en de treden zijn niet bekleed. De voetstappen gaan op en neer als arpeggio's op een klavier. Voor Thomas hebben de kamers op de bovenverdiepingen een aangename, tinkelende sfeer, een en al licht en harmonie. Hij staat in zijn ochtendjas in de keuken, die in het souterrain is. Het diepe, klankrijke vertrek ondersteunt met zijn statische, sterke structuur de melodie van het huis. Tonie is niet graag in de keuken. Ze loopt voortdurend met een dienblad vol spullen naar de hogere regionen. Ze heeft de gordijnen weggehaald om meer licht binnen te laten. Af en toe maakt ze er grondig schoon, als zelfkwelling, maar dat verandert niets aan haar gevoelens. Thomas daarentegen heeft het hierbeneden naar zijn zin. Hij houdt van de sfeer van de bassleutel, de basale zekerheid, de nadruk op het hoogstnoodzakelijke. Hier is hij gaan nadenken over de tijd, en hoe die zich verhoudt tot authenticiteit. Hier heeft hij een grondstructuur ontdekt, een plan. Niet zelden loopt hij tot elf, twaalf uur in zijn ochtendjas rond. Dan pas is hij klaar met de onthullingen van de bassleutel. Hij zet de muziek uit. Hij is aan lezen toe. Lezen, moet hij toegeven, doe je boven, op een bank.

Tonie staat bij het aanrecht te eten en koffie te drinken. Als ze haar kopje naar haar mond brengt en op haar horloge kijkt, rinkelen haar armbanden. Ze straalt iets uit, vindt hij, alsof ze zoekende is, alsof haar eer in het geding is. Ze zal straks meegaan met de trein van tien voor acht zoals een soldaat meegaat met zijn vertrekkende regiment. Ze zal de hele dag niet aan hem denken, ze zal niet aan Alexa denken, noch aan het zonlicht dat in goudkleurige vlakken over de plankenvloer in hun kamer schuift, aan de klok die tikt in de gang, aan de geluiden van auto's en stemmen die binnenzweven en weer oplossen, aan de dag die door het huis trekt, onherroepelijk ook door de kern, door de diepste vezels. Ze zal dapper haar best doen om niet aan dat alles te denken, maar ze zal er ook, dat weet hij, een rudimentair genoegen aan ontlenen. Het genoegen dat je ontleent aan je identiteit – en Thomas kan het weten, want hij heeft dat zelf ervaren. Eens stond híj daar, fris, met heldere ogen, aangekleed en wel, en bleef Tonie achter om getuige te zijn van het verstrijken van de dag. Had zij dan een ochtendjas aan? Hij weet het niet goed meer. Hij kan zich niet voor de geest halen hoe ze eruitzag als hij haar alleen liet. Ze was onderdeel van een patroon, verweven met haar omgeving als een figuur op een wandtapijt.

Ze stopt van alles in haar tas. Ze zegt iets, maar de muziek staat zo hard dat ze het met stemverheffing moet herhalen. De *Fantasiestücke* van Schubert.

'Ik heb een vergadering,' zegt ze. 'Ik ben niet voor achten terug.'

'Oké,' antwoordt hij luid. 'Prima.'

Hij gaat de muziek zachter zetten, maar het is al te laat. Ze heeft haar tas met een zwaai om haar schouder gehangen en loopt naar de trap.

Alexa slaapt nog. Ze ligt in haar bed als een meisje in een sprookje. Als ze slaapt is ze heel zacht. Ze ademt iets uit, een soort nevel, alsof ze in haar slaap haar vaste vorm aflegt en de veranderlijke eigenschappen van licht, vloeistof en lucht aanneemt. Thomas staat liever niet te lang stil bij de schoonheid van zijn dochter. Hij kijkt naar haar, maar heeft geen naam voor zijn manier van kijken, geen motief. Hij zou graag een portret van haar laten schilderen. Het zou gemakkelijker zijn om naar een schilderij van Alexa te kijken dan naar Alexa zelf.

Later zit ze beneden aan tafel, keurig netjes in haar schooluniform. Ze heeft haar haar in een paardenstaart geborsteld, met een kaarsrechte scheiding. Ze is heel gedisciplineerd, zo gaat het elke dag.

'Ga je vandaag boodschappen doen?'

Thomas wrijft peinzend over zijn kin.

'Dat weet ik nog niet,' antwoordt hij. 'Hoezo, moet ik iets voor je halen?'

'Ik heb nieuwe batterijen nodig.'

Hij gaat bij het raam de tuin in staan kijken. Het is september. Dat was altijd een ankerpunt in het jaar, vastgeprikt tegen de achtergrond van de tijd als een opgezette vlinder in een vitrine: september is het steekpunt, het hart, waar de speld van de sleur in wordt geduwd. Maar dit jaar is het anders. Bijna voor het eerst in zijn leven is hij aan het eind van de zomer niet teruggekeerd in de tredmolen. Hij is niet weer naar zijn werk gegaan: de speld is niet doorgedrukt. Hij is vrij of hij is verstoten, het een of het ander. Alexa zegt iets tegen hem.

'...formaat voor mijn klok,' zegt ze.

'Hè? Waar heb je het over?'

'Je moet het goede formaat kopen voor mijn klok.'

'Welke klok?'

'Mijn wekker. Hij staat stil.'

Hij zucht. Er kruipt een streepje hoofdpijn over zijn voorhoofd. Waar heeft een kind van acht een wekker voor nodig? Dat is de speld van de sleur weer, die zijn doel zoekt. Ze is voor hem komen staan.

'Ik zal mijn best doen eraan te denken,' zegt hij.

Ze heeft iets in haar hand. Ze legt het voor hem op het aanrecht.

'Dat formaat batterij moet je hebben,' zegt ze

'Hoe kom je daaraan?'

'Die heb ik uit de wekker gehaald. Hij doet het niet meer. Ik heb er twee nodig. Niet vergeten, hoor.'

'Misschien vergeet ik het wel. Ik zei dat ik mijn best zou doen.'

Ze raakt gefrustreerd. Ze wil hem haar wil opleggen, hem een belofte afdwingen. Het is kunstmatig, dit gesprek. Met Tonie heeft hij ook weleens dergelijke gesprekken, schoolvoorbeelden van de vasthoudendheid van een van hen beiden.

'Hè toe,' zegt ze.

'Ik zal mijn best doen.'

Er wordt gebeld. Het is haar vriendinnetje Georgina: lang, met stevige armen en benen, en verstandig, geruststellend serieus. Elke morgen lopen ze samen naar school; bij het oversteken van het kruispunt pakt Georgina Alexa's arm beet en kijkt ze fanatiek om zich heen of er auto's aankomen, alsof ze elk moment onder vijandelijk vuur kunnen komen te liggen. Hij geeft Alexa een kus. Als ze later die dag thuiskomt, vraagt ze niet naar de batterijen. Hij is ze finaal vergeten. Pas wanneer hij haar naar bed brengt schiet het hem weer te binnen.

'Ik zal ze morgen halen,' zegt hij.

Ze knikt bedrukt. Dan vraagt ze: 'Mag ik vannacht jouw wekker lenen?'

Hij wordt bijna boos op haar, maar dat gevoel maakt plaats voor treurigheid. Het zinloze van haar vasthoudendheid wekt zijn medelijden. Het valt hem van haar tegen.

'Goed,' zegt hij.

'Ik wil vroeg wakker worden,' zegt ze.

'Ik kan je toch wekken?'

Ze kijkt hem aan. Ze vertrouwt hem niet.

'Ik heb liever de klok.'

'Goed.'

'Wil je hem op zeven uur zetten?'

'Goed,' zegt hij lachend.

Tevreden leunt ze tegen haar kussens.

'Voortaan sta ik elke dag vroeg op om samen met mamma te ontbijten,' zegt ze. 'Dat heb ik me voorgenomen.'

Er gaat een steek door zijn hart, net als wanneer de muziek de hoogste noot nadert en zich ontworstelt uit haar eigen verwarring tot haar doel is bereikt en de duimschroeven van de emotie worden aangedraaid. Die verwarring, beseft hij, is nodig, want daaruit wordt de oplossing geboren. Met andere woorden, het was noodzakelijk dat hij Alexa verkeerd begreep om haar wel goed te kunnen begrijpen. Dat inzicht stemt tot tevredenheid. Hij slaat een boek open en begint haar voor te lezen. Elke avond doet hij dat, soms wel een uur lang. In het begin voelde hij zich er ongemakkelijk bij, maar nu niet meer. Al lezend krijgt hij het gevoel alsof hij door duisternis vliegt, slechts bijgelicht door Alexa's bedlampje; hij heeft geen lichaam meer, wordt een omhoogsuizende pijl, aangestuwd door het verhaal. In haar boeken ontdekt hij verklaringen voor alles, voor liefde en overleven, strijd en vreugde, geluk en verdriet, voor overtuigingen, voor de vorm en het verloop van het leven zelf. Het enige wat nooit wordt verklaard is de werkelijkheid. Terwijl zij netjes rechtop zit met het dekbed over haar benen, ligt hij languit op haar bed. Ze heeft warmbruine ogen; in het schemerlicht lijken ze wijs en rijp, als mahoniehout. De schoonheid van haar ogen is van hem en tegelijk niet van hem. Ze zijn niet zijn eigendom, maar wel zijn bezit. Terwijl hij voorleest, kijkt ze niet naar hem. Ze kijkt in de verte, ze vormt zich beelden. Dat is een van de redenen dat hij zich niet geremd voelt. Als ze wel naar hem zou kijken, zou hij meteen zijn formele persoonlijkheid weer aannemen. Nu kan hij zichzelf vergeten. Bij een bepaald gedeelte begint hij gewoonlijk te huilen. Dat is hij nooit verleerd, in tegenstelling tot de meeste mensen die hij kent. Het zijn heldere, overvloedige tranen die tijdens het voorlezen geluidloos over zijn wangen rollen. Ze worden losgemaakt door de verhalen. Bevrijd van de werkelijkheid treurt hij over de afspiegeling van het leven.

Naderhand droogt hij zijn wangen en geeft hij haar een nachtkus, waarna hij beneden gaat zitten wachten tot Tonie thuiskomt.

2

In de trein denkt Tonie aan seks. Het is of ze een oude bekende die ze in jaren niet heeft gezien op het perron tegen het lijf is gelopen. Ze reist in dezelfde coupé met hem mee, met haar oude vriend seks, die ze al met al uit het oog is verloren, ergens in de periode dat Alexa werd geboren, toen de liefde een wiskundevraagstuk leek waarvan ze opeens de oplossing had gevonden.

De andere passagiers: er speelt daglicht over hun gezichten, er heerst een overgangsstemming, eigenschappen worden afgeworpen; de trein vliegt door de septemberochtend en Tonie voelt het, een element dat uitsluitend buitenkant is, uitsluitend openbaarheid. Ze staat er lichtelijk argwanend, bijna wrevelig tegenover. Het is of ze onuitgenodigd op een evenement is beland waar al haar bekenden ook aanwezig blijken te zijn. Aha! Dit voert men dus uit terwijl vrouwen in een gezonde omgeving voor kleine kinderen zorgen, terwijl ze achter de wandelwagen door de lome middag lopen, tevreden omdat ze het probleem van de liefde hebben opgelost. De rest van de wereld geeft helemaal niets om de liefde. De rest van de wereld denkt alleen aan zichzelf, hier en nu, slecht noch goed, en jaagt ongehinderd door de vroege ochtend. En opeens wordt ze overspoeld door de herinnering aan hoe het vroeger voelde om te leven.

Op de terugweg loopt ze hem weer tegen het lijf.

Sinds een maand een nieuwe baan, de avondtrein, de beschouwelijke stemming. Het duister suist langs de ramen en op het glas staan gele portretten, als de onveranderlijke beelden die licht op een zwarte filmstrook tekent. Wat heeft ze al die tijd gedaan? Dat is de grote vraag na een afwezigheid van acht jaar. Zo nu en dan heeft haar echtgenoot zich in bed naar haar toe gekeerd en haar met zijn lichaam vragen gesteld: hou je nog van me? Is alles goed? En zij heeft zo vaak ze het kon opbrengen gewillig gereageerd, want ze wilde hem niet belasten met haar vreemde gevoelloosheid, haar onverschilligheid. Wat nog meer? Geven, zorgen, opletten, terugdenken, voelen, maar niet – niet echt – meedoen. Het is of ze een prachtig boek heeft gelezen, een voorstelling van het leven in al zijn schoonheid, maar voor haar onbereikbaar. Heel haar inlevingsvermogen was erbij betrokken, wat haar lichaam star en traag heeft gemaakt.

Bij het station neemt ze een taxi.

Thomas, in de keuken, zichtbaar enigszins vermoeid, de kraaienpootjes scherp stervormig afgetekend bij zijn ogen. Het is kwart over negen. Hij heeft iets te eten voor haar gemaakt en op een bord geschept dat in de oven warm wordt gehouden. Hij heeft een schort voor. Ze moet erom lachen. Ze slaat haar armen om zijn middel om de strik los te trekken. Hij kijkt verlegen, een beetje ongemakkelijk, als een jong meisje wanneer iemand probeert haar beha los te maken.

'Ik doe het wel zelf,' zegt hij.

Als ze elkaar kussen gebeurt dat onhandig, een tikje stuntelig, en weer moet Tonie lachen, tegen zijn tanden. Het is of er vele lagen leegte tussen hen in zitten. Ze doet haar uiterste best erdoorheen te breken. Hij is als een goed verpakt voorwerp dat ze probeert te bereiken door het effen papier eraf te trekken. Het is alsof hij zich tegen haar verzet, alsof hij niet bereikt wíl worden. Haar goede voornemens vervliegen. Er is te veel realiteit, te veel licht in de keuken, te veel visuele vervuiling van alledaagse dingen. En opeens welt er een zusterlijk gevoel voor Thomas in haar op dat dezelfde uitwerking heeft als een koude douche. Hij is te vertrouwd. Ze hebben te vaak samen in deze keuken gestaan.

Het kussen bekoelt. Ze omhelzen elkaar, kameraden.

'Wat is dat?' vraagt Tonie, nog wel in zijn armen maar wegkijkend, naar de zoemende oven. Gewoonlijk kijken ze op die manier van elkaar weg en naar Alexa, de afleiding die noodzaak is geworden. Maar de oven bewijst ook goede diensten.

'Vis met puree. Heb je daar zin in?'

En dus begint Tonie aan het bleke bergje eten, de smeuïge aardappelpuree die tegen haar verhemelte plakt, maar dat ze zich nu volstopt valt moeilijk te rijmen met de behoefte van daarnet. De aardappel verlamt haar tong, ligt haar als een steen op de maag. Omdat ze iets heel anders verlangde, is het beklemmend om zich zo vol te voelen.

Maar de avond daarop gaat het anders.

Ze komt nog later thuis, om tien uur, en ditmaal staat er geen eten klaar en is Thomas alerter, raadselachtiger. Ze gaan in de woonkamer tegenover elkaar zitten.

'Hier ga ik geen gewoonte van maken,' zegt Tonie. 'Ik leer nog wel tempo te maken. Ik moet alles vier keer lezen. Ik moet iedereen te vriend zien te houden.'

'Wij redden ons wel. Doe vooral wat je moet doen.'

Hij draagt een donkerblauw overhemd waarin hij er scherper, duidelijker uitziet, minder vaag vertrouwd. Objectief bezien is Thomas knap: blanke, gave huid, dun donker haar dat in zijn ogen hangt, en ondanks zijn lengte en brede schouders een lichte, jongensachtige uitstraling. Tonies vriendinnen maken afgunstige grappen over Thomas. Zij bekijken hem objectief, maar dat kan Tonie niet. Zij ziet hem in onderdelen, vanuit bepaalde hoeken. Buitenshuis ziet ze hem tot haar verbazing weleens als een geheel aan komen lopen.

In de slaapkamer wendt ze zich af terwijl hij zich uitkleedt. Ze wacht tot hij het licht uitdoet. Ze klampt zich vast aan een ragfijn draadje bezieling: verlangen. Ze weet dat het knapt als haar blik zou vallen op de wekker met de grote bellen die aan oren doen denken, op het speelgoed dat Alexa in hun kamer op de grond heeft laten slingeren, of zelfs op Thomas. Hij moet eerst weer een vreemde voor haar worden. Ze moet hem opnieuw ontdekken. Is dat verkeerd? Hij vindt misschien van wel, gesteld dat ze het zou uitspreken. Maar door het niet uit te spreken maakt ze een vreemde van zichzelf.

En het is precies zoals ze had gehoopt, zoals bijvoorbeeld bij de opvoering van een toneelstuk: het gevoel dat er een bepaalde structuur, een gebeurtenis, ongeschonden door de tijd komt. De vorm werd gerespecteerd: niemand vergiste zich of verhaspelde zijn tekst. Vreemd dat een overgang plaatsvindt niet door de structuur los te laten, maar juist door er streng aan vast te houden. Thomas draait zich naar haar toe, streelt haar haren. In het donker is hij een autonome gestalte. Het is lang geleden dat ze het gevoel had dat hij zo van haar verschilt. Uit dat verschil is de intimiteit, de harmonie ontstaan.

Midden in de nacht wordt ze wakker, en is hij er nog steeds, de in schaduw gehulde gestalte. Hij is even fraai gemaakt als een muziekinstrument, even mooi afgewerkt, ligt even stil en alleen op zijn zij in het donker. Dit is het verlangen: hem opzoeken, hem gebruiken, hem dwingen tot een reactie. Dat is de enige manier waarop ze hem kan bezitten, zoals de musicus zijn instrument bezit, en hoewel het voelt alsof ze weer jong is, is dat niet zo, allerminst. Als jonge vrouw nam ze geen bezit van het lichaam van een man. Hij nam bezit van haar. In die tijd was zij het instrument. En de tussenliggende periode is leeg en stil, want na de geboorte van Alexa was ze instrument noch kunstenaar maar schepper, plotseling alleen, haar lichaam slap doordat het alles had gegeven, en daarna volkomen onaanraakbaar. Het erkende de discipline van de uitvoerende kunst niet. Het wilde alleen nog maar met rust gelaten worden.

Ze steekt haar hand uit naar Thomas en streelt de huid van zijn nek, zijn rug, zijn strakke ronde schouder. Hij wordt wakker. Ze voelt het leven trillen onder haar hand. Hij draait zich naar haar toe, met licht geopende mond, gesloten ogen. Hij gehoorzaamt haar.

Montague Street loopt regelrecht heuvelafwaarts in de richting van de stad. Het is een steile straat, waardoor het lage gedeelte van bovenaf ver weg lijkt: de wazige geometrische huizenrij vlakt onderaan af tot door het licht vertekende blokken en hoeken, een krans van vervuiling, verkeersgedreun en het gevoel dat het leven onvervreemdbaar en algemeen is in plaats van broos en bijzonder, hoewel die illusie van dichtbij gaandeweg wordt ontmaskerd naarmate de bescheiden schaal van de werkelijkheid zich duidelijker aftekent. Het is niet meer dan een middelgroot, schilderachtig, gunstig gelegen stadje, op een uur van Londen. Maar vanboven, waar de Bradshaws wonen, heeft het de schijn van vergane glorie.

Hun wijk is er een van parken en kerken – eerstgenoemde klein en vol, laatstgenoemde groot en leeg – en van lange straten met victoriaanse panden van rode baksteen en drie verdiepingen, rijtjeshuizen die meeglooien met het hoog en laag van het stedelijke landschap, en ook dat roept een sfeer op van algemeenheid, het beeld van tevreden en door en door fatsoenlijke, gegoede burgers, tegenover de tobberige, onderbetaalde, ruimdenkende hoogopgeleiden waartoe de hoofdmoot van de bewoners behoort: academici zoals Tonie, leraren, maatschappelijk werkers.

De ervaring had Tonie geleerd dat zij in staat zijn tot diep maar gelaten lijden en wereldse onverschilligheid, tot extreme staaltjes rechtschapenheid of nihilisme, tot het onderdrukken van hartstocht en trouw als ze worden geconfronteerd met de realiteit – zozeer dat het zichtbare sporen op hun omgeving zou moeten achterlaten; en toch is de buitenkant van hun leven zo kaal dat de weerzin om hun stempel op de wereld te drukken vermoedelijk nog dieper zit. Herhaaldelijk gaat ze bij haar buren op bezoek om te ontdekken dat het hun ontbreekt aan luxe en aan het hoogstnoodzakelijke, dat er kamers zijn zonder meubels of versiering, vlekkerige muren waar niets aan hangt, dozen die nooit zijn uitgepakt, lege planken, en dat alles doortrokken van een soort ondoordringbare vaagheid, een dromerigheid, die Tonie confronteert met haar eigen alertheid, haar peilloze vastberadenheid, en die doet vermoeden dat die eigenschappen eigenlijk niet helemaal normaal zijn. Neem haar vriendin Elsa bijvoorbeeld. Toen Tonie voor het eerst bij Elsa binnenkwam nam ze aan dat ze nog maar pas was verhuisd, zo overheersend was de onbewoonde sfeer, terwijl bleek dat Elsa en haar man al jaren in dat huis zaten. In de gang hing een strook behang los, waar Elsa, bekende ze, op een dag aan had getrokken om te kijken wat eronder zat – bloedrode bloemen en kruipend groen, wat ze liever niet geweten had – en die strook hangt er nog steeds. Tonie zou op één avond de muur kaal hebben gemaakt en niet hebben gerust tot alles was verwijderd en vervangen door iets nieuws en moois; en toch is Elsa een goed mens: ze geeft les aan gehandicapte kinderen, ze zou de boel de boel laten om Tonie te helpen als die ziek was of problemen had, en ze begroet zonder morren de tijd op haar gezicht, ook al is hij meedogenloos. Als Tonie Elsa ziet, als ze de afgescheurde tong papier ziet die nog aan de muur bungelt en de woonkamer die nog vol dozen staat, dan vraagt ze zich af of haar eigen daadkracht wel betekenis, morele waarde, heeft. Ze ziet wel in dat ze zelf niet zo'n goed mens is, ook al wordt ze gedreven door wat ze ervaart als schuldgevoel of plichtsbesef. Zij zou niet rusten tot het onvolmaakte was uitgebannen en het volmaakte bereikt, en ze zou het idee hebben dat ze werd aangespoord en opgejaagd door pure rechtschapenheid. Maar in Elsa's haveloze gang erkent ze dat het niet om rechtschapenheid gaat, maar om de hang naar succes.

De huizen aan Montague Street zijn anders dan de rest: smal, hoog en wit, achttiende-eeuws, onpraktisch. In de overmacht van dingen die allemaal hetzelfde zijn, gunt de wereld altijd wel een kleine kans aan het afwijkende, en even onvermijdelijk koopt Tonie het huis, om daarna pas te bedenken dat anders niet hetzelfde is als geschikt. In het begin was ze zo dol op het huis dat rationaliteit, weloverwogenheid en gezond verstand geen vat op haar kregen. Ze manifesteerden zich als onvervalst vijandig, als dingen die haar steevast hadden tegengewerkt, en daarom was het goed – daar had je het weer – om ze te trotseren en voorgoed af te werpen.

Het is inderdaad een bijzonder huis. Het heeft iets buitenissigs, want het is smal en hoog en heeft diepe erkers, waardoor het geheel iets onwaarschijnlijks krijgt. Het is eerder een tekening – een schets – dan een woning. Tussen de voorkant en de achterkant liggen maar een paar passen: je doet de deur open en het kleine tuintje staart je al aan. Als er mensen binnenkomen volgt altijd een ogenblik van schrik en aarzeling, het idee dat ze de ruimte verkeerd hebben beoordeeld, alsof ze aan de rand van een klif hun evenwicht dreigen te verliezen. Ze slaken een uitroep, half van verwondering maar evenzeer van ontsteltenis. Tonie vindt dat nooit prettig. Zeven jaar wonen Thomas en zij nu in dit huis, en de tekortkomingen en specifieke gebreken die aan het licht komen hebben bijna iets vermanends. De kamers beneden zijn donker, de ramen tochten en de tuin is te klein; de scheve deurstijlen, de oneffen plankenvloer en vooral het eeuwige trappenlopen, op en neer, op en neer, als een melodietje op zoek naar een afronding – al die dingen werken Tonie op de zenuwen, ze wordt er doodmoe van. Dat ze ermee opgescheept zit is een goede les, namelijk dat een verlangen gevaarlijk is, want het is een magneet voor zijn tegenpool, de werkelijkheid. En de werkelijkheid trekt al even automatisch naar het verlangen toe. Wat moet je met een verlangen anders doen dan eraan toegeven? Als bewoonster van haar smalle en buitenissige huis wordt Tonie achtervolgd door nieuwe verlangens: naar anonimiteit, ruimte, het eerlijke horizontale vlak. In haar verbeelding ziet ze grote gazons en garages in een buitenwijk, brede lanen, een laag, breed huis. Volgens haar kun je je in zo'n huis makkelijker onderscheiden, staat de tijd er meer stil en valt de mens er op, afgetekend tegen de neutraliteit, zodat het heerlijke gevoel dat je leeft – zo onverbiddelijk, zo uitzichtloos verankerd in het domein van het verlangen – eindelijk verwezenlijkt kan worden.

Het was zo gegaan: jaren geleden was ze voor het huis gevallen, ze was er verliefd op geworden, en naarmate ze het beter had leren kennen, was die liefde steeds verder opgedeeld, tot elk brokje kennis groter was dan het aandeel genegenheid dat het was toegewezen. Dat is de les, de vermaning: de feiten overleven de emoties, en kennis is dan ook krachtiger dan liefde. Er vallen oneindig veel dingen te leren, maar de capaciteit, het vermogen om lief te hebben is wat het woord al aangeeft: een ruimte die slechts een bepaalde hoeveelheid kan bevatten.

Een halfjaar geleden is het hoofd van het faculteitsbureau Engels aan de universiteit waar Tonie lesgeeft met pensioen gegaan. Het was een vreemde periode, niemand wierp zich meteen op om haar te vervangen, er heerste een algemene sfeer van onverschilligheid die grensde aan verval, tot iemand Tonie vroeg of zij wilde overwegen om te solliciteren. Geen sprake van: een belangrijke bestuurlijke functie, een andere wereld vergeleken met het parttime docentschap dat ze gewend was, een baan voor iemand als Angela Deacon, die het jarenlang had gedaan: een oudere vrouw met een garderobe vol kasjmier en aardkleuren, een vrouw met volwassen kinderen en belangstelling voor Etruskische kunst, een nog steeds gehuwde vrouw die niettemin het vlammetje van haar ondeugd brandende wilde houden, die met haar goed geconserveerde lijf in de wereld wilde staan, veilig gepantserd in bureaucratische procedures. Tonie kon zo'n functie niet aan, want er was een kapitaal aan tijd voor nodig dat je inbracht als een bruidsschat. Tonie kon niet meer vrijelijk over haar tijd beschikken. Haar werk plooide zich al zo lang rond de aanwezigheid van Alexa en de afwezigheid van Thomas dat ze niet meer wist dat het een eigen vorm en betekenis had, een eigen kracht.

Een gesprek, laat op de avond in de keuken. Thomas' ogen traanden. Hij had hooikoorts, zei hij. Om de paar minuten pakte hij een zakdoek om erin te niezen, en Tonie kon haar handen niet stilhouden. Ze zat aan tafel verdwaalde papiertjes en sinaasappelschillen te versnipperen, stukjes was van de kaars te verbrokkelen nadat ze de riviertjes die erlangs waren gelopen had losgepulkt. Ze zagen er heel zacht uit, heel vloeibaar, maar ze braken af als brosse, met harde druppels beparelde takjes. Thomas en zij lieten hun leven de revue passeren alsof ze een film bespraken die ze net hadden gezien, of een boek dat ze allebei hadden gelezen. Ze analyseerden hun situatie, discussieerden erover, en door erover te discussiëren leken ze zich eruit los te maken en samen op reis te gaan, in het schip van hun kameraadschap uit te varen over donkere wateren. Het was alsof ze al die tijd toneel hadden gespeeld, een rol hadden vervuld, en nu eindelijk weer zichzelf konden zijn. In die sfeer leken carrières onbeduidend, inwisselbaar, ze konden naar believen worden opgepakt en weer neergelegd. Tonie brak de harde wassen takjes in steeds kleinere stukjes tot ze als een hoop botjes op tafel lagen. Telkens als ze naar Thomas keek zag ze water uit zijn ooghoeken lopen, als bij een heilige op een religieus schilderij. Het viel haar op, herinnert ze zich, dat hij in de verleden tijd over zijn werk sprak. Hij pakte een fles whisky uit de kast en schonk voor hen beiden een grote bel in. Hij zei: 'Kennelijk heb ik een openbaring gehad.'

Maar in werkelijkheid is Thomas nooit meer zo zeker van zijn zaak geweest, werd hij onzekerder naarmate Tonies promotie dichterbij kwam en schijnt hij zelfs nu nog een proces door te maken, een aanpassing, alsof het leven in de nieuwe vorm eenvoudigweg rondom hem is gestold, terwijl de openbaring die het in gang heeft gezet nergens meer te bekennen is. Het heeft geen concreet bestaan, die openbaring. Geen werkelijkheid. De openbaring heeft alleen heel even de eigenschappen van de werkelijkheid veranderd, zoals de vlam de kaars heeft veranderd, waardoor de gesmolten was over de rand is gelopen, steeds verder, langs nieuwe wegen, alsof het materiaal zich wilde bevrijden van wat het was, van wat het opnieuw werd zodra het werd blootgesteld aan de lucht en prompt stolde.

In de trein kijkt ze naar mannen. Sommigen zien er gezond uit, aantrekkelijk, maar de meesten niet. Ze zit tegenover een forse, beige man, uit zijn T-shirt steken dikke witte armen vol sproeten. Zijn haar is op sommige plekken geplet en op andere staat het rechtovereind, als een stuk lang gras waar een dier in is gaan liggen. Hij is dik: uitgezakte dijen op de sergen zitting, kwabbige buik over zijn broek, witte worstvingers. Het is acht uur in de ochtend. Hij heeft oortjes in. Hij zit tegenover haar een brosreep te eten. Op het tafeltje tussen hen in zet hij een blikje cola, dat hij met zijn vinger door het metalen ringetje geperst openknakt.

In vergelijking met hem is Tonie gedisciplineerd, bijna professioneel fysiek aanwezig. Zij zit in de tijdloze fase tussen het kinderen krijgen en de zichtbare aftakeling in. Toch zijn haar verwachtingen hooggespannen, alsof haar lichaam zijn biologische werk heeft gedaan en nu aan het echte leven kan beginnen. Over drie maanden wordt ze veertig, maar haar angst voor de ouderdom was groter toen ze jonger was, toen ze op haar vijfendertigste nog maar een bolster leek en Alexa met haar drie, vier jaar de gretige onrijpe pit die Tonie stukje bij beetje afschudde. Maar nu is het Alexa die ouder wordt, Tonie blijft dezelfde. En ze dwaalt rond in die onveranderlijkheid, gespannen en onzeker, alsof er iets in zit wat ze vreest niet te zullen vinden.

Als ze uit de trein stapt regent het. Voor het laatste stuk neemt ze de bus, dicht op de andere passagiers gepakt, de ramen zijn geblindeerd met condens. De natte luchtjes van huid en haar en cosmetica en schoenleer vormen een patroon in de stilte, een uitbreiding naar non-verbaal terrein, alsof iedereen zichzelf probeert te beschrijven op een manier waar nooit woorden voor waren en nooit woorden voor zullen zijn. De bus deint. Een grijs tafereel van natte trottoirs en etalages schuift en stopt en schuift verder langs de beslagen ramen. Recht vooruit naderen traag de universiteitsgebouwen – laag, beton, typisch een openbare instelling. Verbazingwekkend hoeveel mensen hun tas, jas en paraplu pakken om uit te stappen. Het doet denken aan religie: de mensen ontstijgen hun anonimiteit, dringen zich naar voren, allemaal in de naam van het hoger onderwijs. In het gedrang ziet ze Janine naar de deur schuifelen.

'Hallo,' zegt Tonie.

Janine trekt een gezicht alsof ze gewurgd wordt. 'Ik begin een hekel te krijgen aan bepaalde maatschappelijke groeperingen,' zegt ze als ze binnen gehoorsafstand is. 'De zwakkeren, ik kan ze niet uitstaan. Ouderen, moeders, kinderen in wandelwagens.'

Tonie schiet in de lach. Ze stappen uit, steken samen over en lopen de grote glazen deuren door.

'Zin in koffie?' Janine talmt bij de ingang naar de personeelskantine, en ze gaan naar binnen, sluiten aan in de rij. Ze kijkt tersluiks rond, vanuit de hoeken van haar bewimperde ogen. Bij wijze van waarschuwing legt ze haar hand op Tonies arm. 'Martin Carson, op drie uur,' zegt ze.

Tonie draait zich om en ziet Martin voorovergebogen aan een van de formica tafels verderop zitten, met bril en vest als een personage uit *De wind in de wilgen*. Voor hem ligt een dun boekje waar zijn blik strak op gericht is. Hij heeft zijn wenkbrauwen opgetrokken. Op zijn gezicht ligt een licht verbaasde uitdrukking.

'Hij zit te lézen,' sist Janine.

'Kom op, Martin, we leven wel in de eenentwintigste eeuw, hoor.'

Janine lacht schallend, lonkt naar de jongen achter de counter en bestelt zwart zonder suiker. 'Ik ben erachter dat ik een lezende man eigenlijk maar verwijfd vind,' zegt ze tegen Tonie. 'Snap je wat ik bedoel?'

Janine maakt een opgefokte indruk; ze ziet er verfomfaaid uit, alsof ze tot vroeg in de ochtend op stap is geweest en regelrecht van het feest hierheen is gerend. Ze draagt ouderwetse, filmsterachtige kleren: een dofpaarse jurk van chiffon en hooggehakte zilveren sandalen met puntneuzen. Haar lange bruine vlossige haar lijkt verwaaid. Ze is grofgebouwd en heeft een flinke boezem maar tengere polsen en enkels; de huid van haar gezicht en rond haar sleutelbeenderen is doorgroefd met niet onaardige rimpeltjes. In zekere zin heeft ze iets moederlijks: Tonie kan zich voorstellen dat dit een belichaming is van de mannelijke begeerte. Toch heeft Janine maar één kind, net als Tonie, en ze voedt het alleen op. Ze gaan met hun koffie aan een tafeltje zitten.

'God, wat voel ik me belabberd,' zegt Janine met haar ogen halfdicht. De make-up op haar oogleden is vlekkerig. Ze slaat ze weer op. 'Greg en ik hebben gisteravond ruzie gehad.'

'Waarover?'

Ze slaat met haar hand door de lucht, schudt haar hoofd.

'Dat weet ik niet precies. Gewoon, we hebben ruziege-maakt.'

Tonie vraagt zich af hoe dat dan gaat: Janines flatje, haar dochtertje thuis, twee volwassenen die proberen in de as van alles wat eens is geweest het oude vuur weer wat op te rakelen, en daar al dan niet in slagen wanneer ze alles in ogenschouw nemen. In bepaalde opzichten heeft ze Janine wel benijd om haar leven, om het open einde, het ontbre-ken van structuur. Ze ziet mogelijkheden voor Janine die ze voor zichzelf niet ziet: de mogelijkheid om te veranderen, vooruit te komen, het onbekende te ervaren.

'Francesca was bij de Hufter,' zegt Janine, alsof ze gedach-ten kan lezen. 'Greg kwam vannacht bij mij slapen.'

'Werkt dat zo? Zij gaat en hij komt?'

Janine knikt. 'Precies,' zegt ze. 'Net als in een klucht.'

'Ik had het me niet zo georganiseerd voorgesteld.'

'Lieve schat,' zegt Janine vermoeid, 'het is goddomme een dienstrooster. In de weekends de drie uit Gregs eerste hu-welijk, twee keer per maand eentje uit zijn tweede huwelijk, nog een stiefkind dat ergens in gefrommeld moet worden, een hond die moet worden uitgelaten, een kat die naar de dierenarts moet. Alleen 's nachts is het voor mij geen spits-uur.'

'En je hebt hem verdaan met ruziemaken. Je nacht.'

Janine geeuwt, strekt haar vlekkerige armen, toont een rommelige, besproete oksel. Weer voelt Tonie het: de moe-der, het overbelaste lijf, het afglijden naar onvolmaaktheid.

'Ach, eigenlijk vraag je erom, toch?' zegt Janine. 'Je komt thuis, voert het kind af, ruimt de rommel op, steekt de kaar-sen aan, scheert je benen, maakt de wijn open... Je vraagt er domweg om dat je armzalige plannen overhoop worden gegooid. Hoewel, dat ging nog wel. Het kwam pas later.' Ze gaapt nogmaals. 'Word ik om drie uur 's nachts wakker, staat hij naast me.'

'Hij komt in bed?'

'Hij gaat uit bed. Kennelijk heb ik iets in mijn slaap gezegd.'

'Wat dan?'

'Kennelijk heb ik gezegd' – Janine lacht – 'Róger.'

Tonie proest, geeft een klap op de tafel.

'En dus kleedt hij zich weer helemaal aan en stormt de kamer uit. Ik dacht dat hij naar huis was gegaan, maar ik was zo slaperig dat ik dacht: mij best hoor. Het kon me niet schelen. Ik wilde alleen maar verder slapen. Heb jij dat weleens meegemaakt?'

Stilzwijgend kan Tonie dat wel beamen.

'Dat vind ik nou de grote ontgoocheling van het ouder worden,' zegt Janine terwijl ze haar koffiekopje van zich af schuift. 'Dat het je niets meer kan schelen. Terwijl het vroeger zo belangrijk was.'

Tonie huivert. 'Hou op.'

'Maar goed, even later hoor ik iets, en het dringt tot me door dat hij er nog is. Dus ik kruip moeizaam mijn bed uit en ga naar de keuken, en daar zit hij aan tafel, met volop licht aan, achter zijn laptop. Meneer is aan het werk.'

Ze moeten lachen om de belachelijke manier waarop mannen zich kunnen gedragen.

'Hoe gaat het eigenlijk met jou?' vraagt Janine. Ze steekt haar lepeltje in de suikerpot, haalt het er weer uit en likt het zorgvuldig af.

'Goed hoor.'

Tonie heeft geen zin om erop in te gaan: door de taal

wordt ze verder weggevoerd van het mysterie van haar verwachtingen. Ze weet nog dat ze op een keer met Thomas op reis was, dat ze vele kilometers door verlaten woestenij reden, zij met de kaart opengeslagen op haar schoot; ze weet nog hoe het er op papier uitzag, de weg die door het niets kronkelde, duidelijk afgetekend, terwijl al het andere onbekend en ongerept bleef. Eigenlijk moesten ze stoppen, uitstappen, lopen. Om aan de weet te komen wat er allemaal was, zouden ze het daadwerkelijk moeten betreden.

'Ik ben gewoon... hier,' zegt ze, waarmee ze bedoelt: in deze ruimte, in dit betonnen gebouw aan deze weg.

'En dat wilde je?' vraagt Janine opgewekt, zakelijk, alsof ze het hebben over een cadeau dat Tonie had gekregen, terwijl ze beiden weten dat het op hun leeftijd geen zin heeft je teleurstelling te verbergen.

'Het is niet dat ik het níet wil. Het hangt ervan af. Het hangt ervan af hoe het uitpakt.'

Ze merkt wel dat Janine het niet begrijpt. In Janines ogen heeft Tonie namelijk iets onzinnigs gedaan: ze is afgedwaald van hun specifieke vrouwenkerk waar het persoonlijke en het praktische zich voortdurend opdringt, met de eerbied voor emoties en de inside-humor waarvan de clou altijd is dat je, als het even kan, ergens mee moet zien weg te komen. Janine zou niets begrijpen van Tonies verlangen naar het harde, het letterlijke, het kille moeten. Ze zou niets begrijpen van haar besluit om de emotionele last af te leggen.

'Ik zou het lesgeven missen.' Meer zegt Janine niet, en ze kijkt over Tonies schouder.

Ze is niet de eerste die dat tegen Tonie zegt: hier staat lesgeven gelijk aan emotie. De vrouwen die Tonie thuis kent zeggen op precies dezelfde toon dat ze de kinderen zouden missen.

'Als je doodziek wordt van boeken, kun je niet goed lesgeven,' zegt Tonie zachtjes.

Ze ziet het in Janines ogen: een flakkering van angst, een vonk van oprechte schoolmeesterachtige afkeuring. Een korte aarzeling, dan begint Janine te lachen. Ze is tot de conclusie gekomen dat Tonie moedwillig tegen heilige huisjes schopt.

'Je wordt doodziek van boeken,' beaamt ze. 'Literatuur. Een virus.' Ze knijpt haar ogen tot spleetjes en kijkt Tonie door haar wimpers aan. 'Maar spreadsheets zijn vast ook niet bijster interessant.'

Tonie haalt haar schouders op. Ze is niet van plan zich te gaan verdedigen.

'Ik hoop dat het goed uitpakt,' zegt Janine, opeens een tikje formeel, alsof Tonie weggaat en nooit meer terugkomt. Tonie kijkt op. Martin Carson staat bij hun tafeltje.

'Oeps.' Janine kijkt op haar horloge. 'Ik moet ze gaan inwijden in Hart Crane.'

'O ja?' zegt hij veelbetekenend, alsof Hart Crane geen dichter is maar een geloof. Hij wendt zich tot Tonie, kijkt haar door zijn jampotglazen indringend aan. 'Hoe gaat het met jóu?' vraagt hij.

'Prima,' antwoordt ze. Ook zij kijkt op haar horloge. 'Aan de late kant.'

'Je haar zit anders, staat je goed,' zegt Martin. Hij heeft een trans-Atlantisch accent dat moeilijk is thuis te brengen. Daardoor heeft alles wat hij zegt een ironische bijklank. Tonie heeft meegemaakt dat hij van leer trekt tegen zijn studenten, heeft meegemaakt dat hij niets heel laat van grote slungelige jongens met baseballpetjes, van stille, te dikke meisjes met ronde wangen die onder de acne en de make-up zitten. Hij haalt naar ze uit met die ironisch klinkende, slepende stem, geeft ze het gevoel dat ze niet deugen en dat ze dom zijn.

'Dank je.'

'Ik loop met je mee,' zegt hij.

Janine draait met haar ogen, zwaait en gaat er op haar zilveren schoenen vandoor.

'Ik heb het gevoel dat ik jullie stoorde bij iets belangrijks,' zegt Martin met professorale voldoening. 'Ik zat naar je gezicht te kijken. Je keek... weemoedig. Bijna treurig, maar peinzend.'

Midden in de drukke gang doet hij het na. Hij legt zijn vingers onder zijn kin en staart in het niets.

'Dat klopt wel,' zegt ze.

Ze gaan linksaf, rechtsaf en nogmaals linksaf door de gangen met de grijze muren, de rommelige mededelingenborden en de haveloze verf, en Martin blijft aan haar zijde terwijl ze zich door het veld van lijven dringen, en hij zegt: 'Hallo,' en 'Hoe gaat het met jóu?' tegen die studenten die hun ogen naar hem opslaan. Meteen kijken ze zorgelijk, enigszins schuldbewust, alsof hun individualiteit iets was wat ze eigenlijk verborgen hadden moeten houden. Ze ziet geen blakende jeugd op die gezichten, in die lijven: ze hebben een slechte huid, piercings, stijf, kunstmatig ogend haar. Ze kijken somber, besluiteloos, als mensen die in de verkeerde stad uit de trein zijn gestapt. Ze zien eruit als mensen wie nooit iets is uitgelegd.

'Hallo, Jámie,' zegt Martin in de lift tegen een krijtwitte jongen met een keiharde kakatoekuif. 'Ik ben blij dat je vandaag tijd vrij hebt kunnen maken om hierheen te komen. Daar ben ik echt blij om.'

Ze stappen uit, laten Jamie alleen en met open mond in de metalen cabine staan, en lopen door de dubbele deur naar hun kamers.

'We moeten eens een keer koffie gaan drinken,' zegt Martin. Op het punt waar Tonie afslaat leunt hij tegen de deurpost.

Tonie wil alleen zijn, in haar kantoor, opgeborgen in de grijze kubus met uitzicht op het parkeerterrein, maar toch vraagt ze: 'Hebben ze het naar hun zin, volgens jou?'

Martin kijkt beduusd. 'Wie?'

'De studenten. Denk je dat ze het hier leuk vinden?'

Martin kijkt vol aandacht naar de grond, alsof hem is gevraagd de gevoelens van een huisdier te peilen.

'Dat bedoel je zeker in de mythologische betekenis? Beleven ze bewust de mythe van hun eigen leven? Betekent het voor hen wat het voor jou heeft betekend? Bedoel je dat?' Hij zet zijn bril recht, wrijft over zijn bleke kin. 'Het antwoord is: nee.'

Tonie hoort de telefoon in haar kamer rinkelen. Ze legt haar hand op de deurkruk.

'Hé, kijk eens,' zegt Martin. 'Ze hebben je grafsteen aangebracht.'

Ze kijkt. Op de deur zit een nieuw naambordje: DR. A. SWANN, HOOFD FACULTEITSBUREAU. Martin schudt zijn hoofd.

'Daar ben je veel te jong voor,' zegt hij.

'Helemaal niet,' antwoordt ze lachend.

Hij kijkt, schudt nogmaals zijn hoofd. 'Ik kan het me nog niet voorstellen,' zegt hij. 'Dat bén jij helemaal niet. Ik heb in jou altijd de rebel van de faculteit gezien. Kennelijk' – hij kijkt haar door zijn dikke lenzen strak aan – 'heb ik dat verkeerd gezien.'

Ze glimlacht, doet de deur van het slot en duwt hem zachtjes achter zich dicht. De telefoon zwijgt inmiddels. Het is stil. Ze ziet de zwarte draaistoel, de grote kantooragenda, de stapels dossiers. Ze ziet het drie verdiepingen lager gelegen parkeerterrein met de regelmatige rijen auto's. De mensen komen en gaan, met gebogen hoofd, starend naar de grond. De telefoon begint weer te rinkelen.

Martin Carson ziet het helemaal verkeerd. Dit is verreweg het meest rebelse dat ze ooit heeft gedaan.

3

De andere Bradshaws – een broer van Thomas, Howard, diens vrouw Claudia en hun drie kinderen – wonen zo'n anderhalve kilometer verderop, aan Laurier Drive, in de voorstad Laurier Park. Howard is geneigd alles met een grapje af te doen, wat in zijn jonge jaren leek te duiden op een afkeer van elke vorm van conventie, maar waardoor zijn latere leven een ironisch vernisje heeft gekregen dat zijn bovengemiddelde behoudendheid licht verhult als scherts. Thomas vraagt zich weleens af of zijn overtuiging dat Howard anders is dan anderen slechts wordt gevoed door de achtergronden waartegen hij hem ziet, en of hij in een andere entourage misschien zou merken dat Howard eigenlijk heel gewoon is en niet alleen maar doet alsof hij dat is. De kronkelende groene lanen in Laurier Park, met de veiligheidshekken en met schijnwerpers verlichte grindopritten, de chique auto's, in suggestieve vormen gesnoeide struiken en vreemde sfeer van wanordelijke verlatenheid, zijn de metafoor voor de plek die Howard op de wereld inneemt. Howard en Claudia dissen hun bezoek graag verhalen op over de nieuwe hoogtepunten van smakeloosheid – de buitenbubbelbaden, de obscene sculpturen, de cocktailbar met Hawaïaans thema in de tuin van de buren – waartoe hun buurt zich elke maand verheft, maar evengoed parkeert ook

Howard zijn BMW op zijn inrit. Er staan paardenkastanjes, met grote, ruisende rokken die hun vracht bladeren, bolsters en vruchten hinderlijk genoeg afwerpen op de keurige trottoirs. Zo nu en dan wordt er actie gevoerd om ze te laten kappen, en dan zijn Howard en Claudia oprecht verontwaardigd, want het ligt in de aard van de ironie om in de kern iets onironisch te koesteren.

'Ik móet ze schilderen,' zegt Claudia, alsof met die bezigheid, als ze er ooit aan toe kwam, de onsterfelijkheid van de bomen eens en voorgoed gegarandeerd zou zijn.

Thomas beschouwt Howard als de meest geslaagde telg van de familie. Op zijn vijfentwintigste was Howard al rijk en begon zijn haar te dunnen, twee dingen die gelijk op leken te gaan, al is hij nooit zo rijk geworden als Thomas had verwacht, en ook niet zo kaal. Het is nu eenmaal zo dat Howards successen Thomas reëler voorkomen dan zijn mislukkingen, terwijl het tegenovergestelde geldt voor zijn jongere broer Leo: Thomas beziet diens gezapige leventje door een waas van twijfel, waardoor wat Leo doet nooit helemaal overtuigt. Dat zijn vooringenomen en dus ongegronde meningen, dat begrijpt hij wel, maar soms lijken ze meer dan dat, alsof ze van buiten hem afkomstig zijn: reële krachten die het gedrag bepalen en dat van het begin af aan hebben bepaald, zoals de toonsleutel het kader van de melodie bepaalt. Volgens Thomas stond Howard van meet af aan in majeur en Leo in mineur, en hoewel ze ieder hun eigen leven hebben, zullen ze in de ogen van Thomas altijd hun harmonische bestemming volgen, zoals hij dat vermoedelijk in hun ogen doet.

In de loop der jaren heeft Howard dingen gedaan die Thomas niet goed kan rijmen met het idee dat hij zich van zijn broers karakter heeft gevormd: hij was golfer, christen, windsurfer en lid van mannenpraatgroepen, ten prooi aan twijfel, depressiviteit, fanatisme, onverschilligheid en talloze tijdelijke meningen en overtuigingen; maar ondanks al die inconsequentie is hij in wezen consequent gebleven, is hij via de dissonantie teruggekeerd naar de harmonie, naar zichzelf. Thomas heeft Howard gadegeslagen en is gaan inzien dat je een ander mens onmogelijk volkomen kunt begrijpen. Maar er is iets anders waardoor hij voorvoelt waar het met Howard heen gaat, een dieper inzicht dat hem duidelijk maakt wat zijn broer is. Af en toe loopt Thomas vol met de fases die Howard doormaakt, zoals een trein volloopt met passagiers. Zijn gedrag is descriptief: elke keer dat hij ergens aan begint, valt het Thomas op dat andere mensen er ook aan beginnen. Het is of Howard de wereld waarin hij leeft beschrijft. Rages en modes, algemeen geldende opvattingen en emotionele trends, hij neemt ze in zich op, maar zijn uiterlijk, zijn vorm, verandert er niet door. En juist door die vorm kent Thomas zijn broer zo goed. Bij andere mensen heeft hij dat niet. Andere mensen moet hij eerst leren kennen. Die zijn louter inhoud, informatie. In zekere zin is het een talent, het zintuig dat hij met betrekking tot Howard bezit. Een mysterieuze gave stelt hem in staat zijn broer te zien als het vehikel voor de stroom en het verhaal van het leven.

Maar soms is het andersom en is Howard degene die Thomas iets leert, doordat hij een relatie met de realiteit behoudt die verrassender en minder voorspelbaar is dan het leven dat Thomas zich voor hem had voorgesteld. Neem zijn welstand: toen Howard begin twintig was en nog studeerde, is hij naar Amerika gegaan om terug te keren met een container vol wonderlijke fietsen; die had hij aangeschaft met zijn studiebeurs van dat kwartaal en die ging hij verkopen, verkondigde hij. Thomas herinnert zich nog zijn ontsteltenis, zijn ontzetting, het hoofdpijnachtige gevoel als hij dacht aan de drukkende last van die onuitwisbare fietsen en hoe schrikbarend arm ze Howard hadden gemaakt omdat hij geld van hun vader had moeten lenen – geld dat hij nog voor het einde van het trimester met rente had terugbetaald, want alle fietsen waren verkocht en er kwamen nieuwe bestellingen binnen. Tegenwoordig heeft iedereen een fiets van het model dat Howard had meegebracht, Thomas ook. Hetzelfde geldt voor de skateboards en de scooters, waarvoor Howard, om ze te kunnen importeren, een paar jaar geleden een tweede hypotheek op het huis aan Laurier Drive had genomen. Howard is zijn eigen baas en heeft volgens de meeste maatstaven goed geboerd. Maar het patroon dat hij in het begin heeft ingesteld is nooit veranderd. Hij zet alles op het spel en hij wordt er beter van, maar van schaalvergroting is eigenlijk geen sprake. Dat is een kwestie van zelfbescherming: zijn standvastige realiteit verschaft, volgens Thomas, structuur. De episode met de fietsen heeft een fantasie-Howard in het leven geroepen, iemand die buiten Thomas' verbeelding niet bestaat. Thomas ziet hem nog steeds als een onstuitbare ondernemer die zich wentelt in weelde en zich overgeeft aan uitspattingen, een man met zeiljachten, investeringen en een voorkeur voor buitensporige luxe, maar de echte Howard is helemaal niet zo.

Op zondag gaan Thomas en Tonie geregeld naar Laurier Drive, want ondanks de in vorm gesnoeide struiken en de Union Jacks die slap aan hun glimmende mast hangen, heeft het domein van Howard en Claudia de fascinatie van een cultureel middelpunt. Tonie zit in de auto vaak te klagen: ze zou graag zien dat hun eigen huis zo'n onweerstaanbare magneetwerking op de wereld uitoefende, althans, dat denkt ze. Maar als ze bezoek hebben voelt ze zich vaak ongemakkelijk en is ze van slag. Daar klaagt ze eigenlijk over, vermoedt Thomas. Ze zou anders willen zijn, maar in welk opzicht, dat begrijpt ze niet precies.

Vandaag zit ze echter zwijgend naast hem. Het is eind september, een schitterende, broze dag. Telkens kijkt hij naar haar; het is of ze ronddraait in vlakken zonlicht die door de voorruit over haar heen vallen. Ze zet haar zonnebril op, staart naar buiten. Sinds ze aan haar nieuwe baan is begonnen, is ze geslotener, merkt hij. Door die verandering is ze zichtbaar geworden, zoals een kamer zichtbaar wordt nadat er dingen zijn opgeruimd en weggeborgen. Maar haar nieuwe, afgeronde uitstraling is een raadsel op zich; nu hij haar kan zien, vraagt hij zich onwillekeurig af wat ze werkelijk is.

'Alles goed?' vraagt hij.

'Het kan niet beter,' antwoordt ze hees.

Als ze er zijn springt Alexa de auto uit en verdwijnt langs het huis naar de achtertuin, waar ze kinderstemmen horen. Thomas en Tonie gaan de andere kant op, naar de voordeur, en bellen aan.

'Die zijn mooi,' zegt Tonie. Ze raakt de beschadigde stenen pot aan die, vol overhangende geraniums, op de stoep in de herfstzon staat. Ze voelt even aan de onbescheiden vuurrode bloemen. 'Die horen hier echt.'

Ze bepeinst dat Claudia er slag van heeft om een ongedwongen, gezellige sfeer te scheppen, die Tonie wel bevalt maar waar ze tegelijkertijd om duistere redenen ongelukkig van wordt. Tonie gaat vaak drastisch te werk: tijdens haar nietsontziende schoonmaakbuien verdwijnt de vertrouwde buitenkant van de huiselijkheid geheel, alsof ze via vernietiging tot schoonheid hoopt te komen. In Claudia's huis wordt de schoonheid benaderd – niet met minder toewijding, volgens Thomas – via de weg van de willekeur. Als Tonie hier is, wil ze graag meer op Claudia lijken, wil ze worden bevrijd van haar dwangmatige ordelijkheid, wil ze bepaalde dingen kunnen onthouden en andere vergeten, zoals Claudia wel heeft onthouden dat ze de geraniums moest planten, maar ze daarna net genoeg is vergeten om ze te laten gedijen. Tonie betast de geraniums alsof het dingen zijn die zij in haar verdwazing per se zou hebben moeten opruimen. Howard doet open. Hij sluit Tonie in zijn massieve armen, en zijn gezicht komt boven haar schouder uit, rond en grijnzend als een halloweenpompoen.

'Kom eens kijken wat we hebben,' zegt hij.

Hij wenkt hen mee door het donkere binnenste van het huis, naar de grote open glazen deuren en de lichte tuin die zich daarachter bevindt. Thomas merkt op dat zijn broer een zweetplek op de rug van zijn overhemd heeft, dat zijn kalende schedel rood ziet. De Howard van middelbare leeftijd is een en al buitenkant geworden. Zijn emoties razen over zijn grote lijf als weersverschijnselen over een prairie. Buiten rennen de kinderen over het gras. Er klinkt een gestaag gebrom dat doet denken aan een grasmaaier. Op het moment dat Thomas de deur uit stapt komt Lewis, de zoon van Howard, op een minimotorfiets uit het groen achter in de tuin gestormd. Hij jaagt de anderen op over het gazon, en aan het eind keert hij om, waarna hij als een gek een rondje om hen heen rijdt, om met tollende wielen op zijn zij op het gras te storten, terwijl zij gieren van het lachen.

Claudia staat op de veranda en houdt haar hand boven haar ogen tegen de zon.

'Is het niet vréselijk?' zegt ze. 'Howard heeft die dingen net uit Japan geïmporteerd.'

'Ik heb er vijfduizend staan in een pakhuis aan de M25,' bevestigt Howard opgetogen.

Thomas bekijkt het geval. Hij doet zijn best niet afstandelijk over te komen, hoewel dit nieuwe bewijs van Howards kritiekloosheid hem tegenvalt en afkeer inboezemt. Met kerst zal een mini-elektromotorfiets onvermijdelijk zijn weg hebben gevonden naar de verlanglijstjes. Dat is dan Howards schuld, bedenkt Thomas, zijn broer zou daar een stokje voor kunnen steken, als hij dat zou willen.

'Waar loopt zo'n ding op?'

'Je laadt ze op met een apparaat dat in een gewoon stopcontact past,' antwoordt Howard. 'Op vlak terrein halen ze wel dertig kilometer per uur.' ·

'Hoe kun je zoiets stuitends verzinnen, hè?' zegt Claudia. 'Van het lawaai alleen al word je stapelgek. En je wilt niet weten wat zo'n ding kost...'

'Vijfhonderd pond, als je hem online bestelt,' zegt Howard, en hij geeft Thomas een por in zijn ribben.

'Daar moet je toch gestóórd voor zijn,' zegt Claudia. 'Vind je ook niet?'

Tonie staat met haar handen op de balustrade neer te kijken op het gazon. Ze heeft haar zonnebril weer opgezet. Vandaag is ze helemaal in het zwart: zwarte broek en blouse, een zwartleren jasje.

'Ach kom,' zegt ze glimlachend. 'Het lijkt me best leuk.'

Claudia gaat dichter bij Tonie staan, voelt aan de revers van haar jasje. Ze vindt het niet prettig, vermoedt Thomas, als iemand denkt dat ze anti-leuk is.

'Liefje, je ziet er vandaag uit als een echte rocker,' zegt Claudia bewonderend. 'Ik zou zweren dat jij daar niets van moest hebben, al ben je nog zo tolerant, maar ik zie dat ik er helemaal naast zit.'

Zelf draagt ze oude gezondheidsmuilen, een poncho, een ribbroek met wijd uitlopende pijpen. Toen Howard Claudia leerde kennen zat ze nog op de kunstacademie. In het levensverhaal van Claudia en Howard past de mythe dat hij haar heeft meegevoerd voordat ze haar studie kon afronden. Die mythe staat de herinnering aan de precieze toedracht in de weg. Claudia heeft achter in de tuin een atelier, een soort gedenkteken voor haar afgebroken schildercarrière. In Thomas' ogen is ook haar kleding symbolisch en nostalgisch, als het uniform dat veteranen op Remembrance Day dragen om de mensen te herinneren aan hun offers.

'Tegenwoordig vind ik alles goed,' zegt Tonie.

'Wat een prettige gedachte,' zegt Claudia opgewekt. 'Ik raak steeds meer verbitterd. Ik begin te verzuren, net als wijn met kurk.'

'Schatje toch,' zegt Howard.

'De kwestie is,' vervolgt ze, 'ik wíl niet geloven dat de mensen die dingen gaan kopen. Ik wil niet geloven dat ze zo dom zijn.'

Howard slaat zijn arm om haar heen. Zijn gezicht ziet rood, hij glimlacht gelukzalig.

'Ik mag hopen dat ze dat wel zijn,' zegt hij.

'Zien jullie nou wel?' zegt Claudia triomfantelijk, hoewel het onduidelijk is wat ze moeten zien.

'Hoor eens,' zegt Howard verwijtend, 'we moeten de hypotheek toch érgens van betalen.'

'Als ik het voor het zeggen had,' verkondigt Claudia, 'zouden we niet eens een hypotheek hébben.'

Howard kijkt verwonderd, alsof hij, anders dan de anderen, Claudia nog nooit zulke dingen heeft horen zeggen. 'Claude, jij hébt het immers voor het zeggen.'

Claudia zucht. 'Waar hebben we dit allemaal voor nódig?

Deze hele... bedoening. Andere mensen hebben niet zoveel nodig. Persoonlijk zou ik het liever met veel minder doen.' Haar blik dwaalt over het riante baksteenrode huis, het weidse gazon, de bomen in herfsttooi, de talrijke kinderen. Het lijkt of ze staat te delibereren wat ze ervan zou kunnen missen. 'Het enige wat ík echt nodig heb is mijn atelier. Maar zoals het nu gaat kom ik er soms wéken niet. Ik heb er de tijd niet voor.'

Howard kijkt ontzet. 'Dan máken we meer tijd,' zegt hij. 'Je hebt recht op alle tijd die je nodig hebt. We verzinnen er wel iets op.'

'Het probleem is,' zegt Claudia tegen de anderen, 'dat je met schilderen niets verdient. Anderen zouden zich iets moeten ontzeggen. En dat doen ze domweg niet.'

Ze verdwijnt naar binnen. Howards ogen volgen haar bezwerend.

'Arme Claude,' zegt hij. 'Ze cijfert zich te veel weg. Jullie vrouwen cijferen je allemaal te veel weg.' Hij volgt haar naar de deur en steekt zijn hoofd naar binnen. 'Schatje!' roept hij. 'Kunnen we onze gasten misschien nog een drupje wijn aanbieden? En is er nog wat van die avocadoprut van gisteravond?'

Hij gaat zitten, trekt een stoel voor Tonie bij en wrijft zich in de handen, weer tevreden.

'Dit zijn mooie momenten,' zegt hij. 'Dit zijn prachtige dagen, met z'n allen bij elkaar. We boffen maar dat we dit hebben, hè?'

Tonie glimlacht. Als Howard in deze stemming is, mag ze hem wel. 'Zeker, we boffen,' zegt ze.

'En de kinderen – moet je de kinderen zien! Moet je die bofkonten eens zien. Denk je eens in hoe hun leven ergens anders had kunnen zijn. Vorige week was ik in onze fabriek in Bombay. Ik heb kinderen van amper twee gezien die eten uit de goot visten. Kleine meisjes, half zo groot als Martha.'

Zijn gezicht betrekt opeens. Hij neemt Tonies hand stevig in de zijne.

'Waarschijnlijk werken ze in jouw fabriek,' zegt Thomas op droge toon. 'Je zou ze beter moeten betalen.'

'Ik heb tegen Howard gezegd dat ik bij hem wegga als ik erachter kom dat hij zich schuldig maakt aan kinderarbeid,' zegt Claudia, die met een dienblad weer naar buiten komt. 'Dan pak ik m'n biezen.'

'Hier thuis mogen we ook geen gebruikmaken van kinderarbeid,' zegt Howard. 'Die van ons maken nog niet eens hun eigen bed op.'

'Ze zijn verwend,' zegt Claudia. 'Egoïstisch en verwend.'

Op het gazon heeft Lewis de motorfiets weer rechtop gezet, en hij houdt hem bij het stuur vast zodat Alexa kan opstappen. Hij kijkt vragend om naar de volwassenen. Alexa gaat met een wit gezichtje onzeker op het zadel zitten. Thomas wacht af of Tonie zich ermee bemoeit, maar dat doet ze niet. In plaats daarvan pakt ze een van Claudia's antieke bokalen van het blad en draait het glas voorzichtig rond.

'Waar heb je die vandaan?' vraagt ze.

Howard staat op, loopt het trapje af naar het gazon. Thomas hoort hem zeggen: 'Je verkijkt je op de kracht die er in zo'n stuk speelgoed zit, hoor.'

Hij is nog niet uitgesproken of de motorfiets schiet weg uit Lewis' handen. Alexa hotst over het gras. Haar ogen zijn dichtgeknepen. Ze probeert niet eens te sturen. Vrijwel meteen botst de motorfiets regelrecht tegen de stam van Howards appelboom. Alexa wordt naar voren geslingerd. Thomas ziet de botsing van achteren, daarna haar bebloede gezicht in het gras. Howard, waggelend rennend als een beer, is er als eerste bij. Hij tilt Alexa op. Als Thomas eraan komt draagt hij haar zwijgend aan hem over, vervolgens draait hij zich om en vaart uit tegen Lewis, die met neergeslagen ogen bij elke beschuldiging treurig staat te knikken.

'...stomme idioot! Volstrekt onverantwoord dat je haar...'

Alexa huilt niet. Haar ogen zijn groot van schrik, en er druppelt bloed langs de randjes. Claudia komt naar buiten rennen met een kom water en een waslapje. Terwijl Thomas haar vasthoudt, dept zij voorzichtig het bloed weg. De andere kinderen staan er zwijgend omheen.

'Ga ijs halen!' commandeert Claudia, en ze wijst naar het huis.

Tonie is degene die het bevel opvolgt. Thomas vangt een glimp van haar op zoals ze naast de appelboom staat, met een geschrokken, ontsteld gezicht, alsof Claudia's wijzende vinger haar ergens van beschuldigt. Dan holt ze naar binnen. Het bloed komt uit één snee en is algauw gestelpt. Niet alleen verwondert hij zich erover dat Claudia het water zo snel had gehaald, maar ook vraagt hij zich niet-begrijpend, onsamenhangend af waar Tonie blijft. Eindelijk komt ze terug. Ze geeft het ijs aan Claudia. Daarna gaat ze naast Howard staan. Hij hoort haar zeggen: 'Ik dacht dat ze dood was.'

Hij ziet dat Howard zijn arm om haar schouders legt. Hij ziet dat ze een hand voor haar ogen slaat.

In de keuken dient Claudia gebraden lamsbout op. Alexa ligt op de bank, met een deken over zich heen, een glas limonade naast zich en een pleister op haar voorhoofd. De keukenvloer is bezaaid met lego en overal zwerven stapels kranten. Lottie, de oudste, zit aan tafel een enorme berg ijs, dik overgoten met chocoladesaus, te eten.

'Lottie, zet dat nu weg,' zegt Claudia. 'We gaan zo lunchen.'

'Ik hoef niet te lunchen.'

Lottie is dertien, nukkig en aan de dikke kant. Ze heeft smalle lichtblauwe ogen waarmee ze ongemakkelijk, onbehaaglijk, de wereld in kijkt, alsof het spleetjes zijn in de gevangenis van haar bleke, mollige lichaam.

'...je eerst volstouwen met ijs en het dan vertikken om de gezonde maaltijd te eten die ik heb klaargemaakt,' zegt Claudia terwijl ze de ovendeur dichtsmijt. 'Howard, zeg jij eens wat tegen haar!'

Howard is er niet, hij staat in de gang luidruchtig te telefoneren.

'Trouwens, ik heb je toch gezegd dat ik vegetariër ben.'

'Vegetariërs eten wel groente,' zegt Lewis. 'Je bent geen vegetariër. Je eet alleen maar snoep en dat soort dingen.'

'Ze is een snoeptariër,' zegt Martha.

'Een vettariër,' zegt Lewis lachend. 'Geef mij alleen maar wat vet, alsjeblieft, met wat, eh, vet erbij.'

Lottie slaakt een schrille kreet. Ze pakt een boek van tafel en smijt het door de keuken naar Lewis toe.

'Ophouden!' brult Claudia. Ze wordt omhuld door dampen die van het fornuis slaan.

Tonie pakt messen en vorken uit een la. Ze pakt borden uit de houten keukenkast. Ze is zwijgzaam, inschikkelijk, efficiënt, net als wanneer ze 's morgens naar haar werk gaat. Thomas merkt op dat ze in die stemming is teruggekeerd om de wanorde van de dag de baas te kunnen.

'Ik heb het idee dat het helemaal uit de hand is gelopen,' zegt Claudia tegen Howard als hij binnenkomt. Ze staakt haar bezigheid, laat het lamsvlees dampen in de braadslee met vet, de aardappels en de groente koud worden in de pannen. Ze leunt tegen het fornuis en slaat haar armen over elkaar.

Howard kijkt zorgelijk. Hij legt zijn hand op haar schouder. 'Het gaat toch allemaal goed, Claude?'

'Hoe kun je nou zeggen dat het allemaal goed gaat!' roept Claudia heftig uit. 'Eén kind heeft een hoofdwond, de anderen vechten als wilde beesten, en het is halfvier maar we hebben nog niet eens kans gezien het middageten op tafel te zetten! Iedereen is altijd alleen maar met zichzelf bezig, verdomme!'

Ze is in tranen. Ze wrijft met haar vuisten in haar ogen. Howard kijkt diepongelukkig.

'Een kind hoeft hier maar binnen te komen,' hervat Claudia, 'en het heeft binnen een halfuur een hersenschudding!'

'Ik vind het heel erg,' zegt Howard tegen Tonie. 'Het was mijn schuld, ik heb Lewis dat rotding gegeven. Ik had het nooit goed mogen vinden dat zij erop ging zitten.'

'Het was een ongeluk,' zegt Tonie.

'Het had niet mogen gebeuren. Vergeef me, alsjeblieft.'

Tonie, in het zwart, is opeens de priesteres, de biechtmoeder, en Howard en Claudia – beschaamd, verfomfaaid – haar boetelingen. Claudia omhelst haar en droogt haar tranen. Howard, die vergiffenis heeft gekregen, rent door de keuken en blaft de kinderen toe wat ze moeten doen. Thomas heeft het gevoel dat Tonie opgelucht is: haar eigen gedrag is in de algemene commotie onopgemerkt gebleven. Maar tijdens de terugrit komt de herinnering weer boven. Ze draait zich telkens om en kijkt naar Alexa, die stilletjes naar buiten zit te staren. Ze reikt naar achteren en pakt Alexa's hand.

'Ik had het idee dat het mijn schuld was,' zegt ze.

'Niemand kon er iets aan doen,' antwoordt Thomas, hoewel hij het heimelijk met haar eens is.

'Het voelde nu eenmaal zo omdat ik geen zeggenschap meer over haar had.'

Thomas zwijgt. Hij vindt dat ze zulke dingen beter niet kunnen bespreken waar Alexa bij is. Vroeger was Tonie degene die beter aanvoelde wat kon en wat niet, maar nu is hij dat opeens. Het is of Alexa voor Tonie onwerkelijker is geworden maar voor hem werkelijker.

'Claudia maakte een gespannen indruk,' zegt ze.

Thomas glimlacht kil, zonder medeleven. 'Zo is ze altijd. Al die drukte over het eten... De waarheid is dat ze niet wil dat het middageten om één uur op tafel staat,' zegt hij. 'Ze zou niet weten wat ze daarna moest doen.'

Hij vraagt zich af of Claudia wel deugt, dat vraagt hij zich al heel lang af. Op een andere dag had hij dat misschien tegen Tonie gezegd, maar vandaag doet hij dat niet. Hij wil niet dat ze hem te kritisch vindt. Ondanks alles heeft hij vaag het idee dat hij een voorsprong op haar heeft.

Tonie begint te lachen. 'Dan zou ze misschien naar haar atelier moeten,' zegt ze.

Als hij haar hoort lachen, lacht hij mee. Hun lach wordt ingegeven door het besef van de conventie, het gevoel dat ze door het familieleven beknot worden maar tegelijkertijd eeuwig zijn; net als muziek, denkt Thomas, die kan alles zijn, maar tegelijkertijd alleen wat ze is. Hij legt zijn hand op haar knie. De rest van de rit zegt hij niets meer.

4

In Little Wickham worden de gazons gemaaid. Het is een onbewolkte zondagmiddag en het dorp gonst als een horzelnest. Meneer Bradshaw duwt net als de anderen zijn maaier door zijn tuin. Het grasveld achter het huis glooit: als een vrouwenlichaam welft het zich in twee heuvels met een licht hellende ruimte ertussen. De maaier rijdt vastberaden over de contouren, heen en weer, met de handen van meneer Bradshaw op de stang. Zijn voeten stappen ritmisch in een geschoren baan die zichzelf steeds vernieuwt. Met een zekere heerszuchtigheid loopt hij over de zachte flanken en plooien. Na afloop is het gras glad. Hij maakt de maaier schoon en bergt hem op in de schuur.

Het is vier uur, en zijn vrouw is nog niet terug van de lunch met de hospicecommissie. De hemel vertoont een zweem roze, de zwaluwen zwenken rond de telegraafpalen. De roeken roepen al over de velden, boven het geluid van de laatste maaier uit. Het is die van Gus Robertson, die langer doorgaat dan de rest als om de omvang van zijn domein rond te bazuinen. Meneer Bradshaw ziet hem door de bomencoulissen op zijn zitmaaier tronen. Het fonkelnieuwe apparaat heeft het formaat van een kleine tractor. Hij berijdt hem onaangedaan, staart recht voor zich uit. Meneer Bradshaw ziet die maaier voor het eerst; hij voelt het als een teken van verraad dat hij het ding heeft gezien, alsof hij Gus op ontrouw heeft betrapt. Het lijkt er soms op dat meneer Bradshaw maar van een nieuw snufje hoeft te horen, of de Robertsons hebben het al aangeschaft. Het wekt onrust als de mensen in je omgeving voortdurend tornen aan wat ze hebben, als ze hun onverschilligheid jegens de medemens lijken te tonen door datgene te veranderen wat hen vertrouwd maakt.

Onlangs hebben de Robertsons een pomp geïnstalleerd en een gootje naar hun vijver aangelegd; als je de pomp aanzet, verandert het gootje in een stromend beekje. De Bradshaws werden uitgenodigd om de ceremonie bij te wonen en ze stonden in het gras terwijl Gus rondrende om de toevoer en afvoer te controleren; zijn witte, goed geknipte kuif wapperde op en neer. Hij ziet er uitstekend uit voor zijn leeftijd, lang en slank, gebruind, tot in de puntjes verzorgd, maar terwijl meneer Bradshaw stond te kijken naar het stroompje dat mechanisch de met plastic folie beklede lelievijver in sijpelde, kwam de gedachte bij hem op dat Gus een tragische figuur is, niet vanwege zijn ijdelheid of uiterlijk vertoon, maar omdat hij geen smaak heeft. Dat is iets wat Gus zelf misschien nooit zal beseffen, maar voor meneer Bradshaw is het een belangrijk, bevrijdend inzicht. De nieuwe maaier komt echter hard aan. Het is weliswaar een onbescheiden en lelijk ding, maar niettemin krijgt hij, als een minnaar, het gevoel dat Gus ontrouw is geweest.

Om kwart voor vijf komt ze thuis, met Flossie in haar kielzog. Ze loopt via het pad opzij van het huis, waar meneer Bradshaw in het grind onkruid aan het wieden is.

'O!' roept ze uit. 'Ik dacht dat ik nooit weg kon! Ze bléven maar doorpraten – heb je al thee gehad?'

'Nee,' antwoordt hij zonder op te kijken. 'Je zei dat je om drie uur terug zou zijn, dus ik heb gewacht.'

'O nee toch, Charles!'

'We drinken altijd om vier uur thee,' zegt hij. 'Het leek me niet onredelijk om je rond die tijd terug te verwachten.'

'O hemel... Het spijt me vreselijk. Je zult wel vergaan van de dorst!'

'Ik ben om drie uur met maaien begonnen, want ik wilde om vier uur klaar zijn.'

'En dat in de felle zon!' jammert ze. 'Ik snap niet dat je niet alvast een kop thee hebt genomen.'

'Je zei dat je terug zou zijn. Het leek me logisch om te wachten.'

Hij vergaat inderdaad van de dorst, en wanneer hij zich opricht uit zijn gebukte houding is hij een beetje duizelig. Ze staat daar met verhitte wangen, haar mondhoeken wijzen omlaag. Soms vergeet hij dat ze beiden oud zijn, maar als hij haar ziet weet hij het weer.

'Nou ja,' zegt ze. 'Dan ga ik nu thee zetten.'

'Nu hoef ik niet meer. Ik drink na vieren liever geen thee meer. Het bederft mijn eetlust.'

'Maar je kunt toch niet zonder!'

'Nu doe ik het liever zonder. Het bederft mijn eetlust, zei ik toch al.'

Met zijn schepje in de hand bukt hij zich weer. Naast hem op het grindpad ziet hij haar voeten, de blauwe aderen als koorden, de eeltige tenen samengeperst in haar sandalen. Hij is benieuwd wat ze gaat doen. Het is of de lucht tussen hen zindert: de atmosfeer is een donkere bloemknop die op het punt staat open te barsten. Hij verlangt naar wat de knop te bieden heeft, of het nu liefde is of geweld. Hij wil gevonden worden in de doolhof van zijn eigen starheid en iets aangeboden krijgen. Dat is de test, al heel lang.

'Maar dan eten we toch iets later,' zegt ze.

Hij geeft geen antwoord. Zo had ze niet moeten reageren. Nu zit hij nog steeds vast in de doolhof, nu wordt van hem gevergd dat hij zelf een uitweg zoekt.

'Nou ja,' zegt ze even later. 'Goed, dan moet ik maar in mijn eentje theedrinken.'

Hij hoort haar stappen knerpen. Ze is weg. Hij voelt een verschrikkelijke leegte op zich afkomen, die hem kil omhult. Het is de stilte, want Gus heeft zijn maaier uitgeschakeld. Later hoort hij haar door de schemering terugkomen naar de plek waar hij nog steeds gebukt over het grind staat te wieden. Ze zet een kop thee aan zijn voeten, met op het schoteltje twee chocoladewafeltjes, en verdwijnt vliegensvlug. Zijn lievelingskoekjes. Hij kijkt er al wiedend uit zijn ooghoek naar, wijdt er duistere bepeinzingen aan. Het lekkere is eraf, concludeert hij. Die zoetigheid is hem voorgoed ontzegd. Hij laat de thee koud worden. Als het donker wordt gaat hij naar binnen, giet de thee door de gootsteen en legt de koekjes terug in de trommel.

5

Howard heeft de hond in huis gehaald. Hij kwam terug van zijn moeder met de pup weggestopt in zijn jasje.

'Flossie heeft gejongd,' zei hij.

Dat is typisch iets voor Howard. Hij voelt zich vooral zeker van zijn zaak wanneer hij aan iets begint wat gemakkelijk gedaan is maar moeilijk ongedaan kan worden gemaakt. Zich vastleggen, dat is zijn specialiteit. De hond is een jack russell. Een stevig, energiek beestje met een ruige witte vacht en heldere starre ogen. Ze noemen hem Skittle.

Claudia vindt het prettig om nieuw leven in huis te hebben. De pup moet 's nachts te eten hebben, als een baby, en hij laat overal plasjes goudgele urine achter. Volgens haar zus Juliet moet ze Skittle de eerste tijd dicht bij zich houden. Als de kinderen naar school zijn, loopt Claudia met de pup op de arm rond.

Op een dag zit Claudia met Skittle op schoot de krant te lezen; ze aait hem en kijkt neer op zijn lijf. Hij ligt languit te genotteren: zijn snuit hangt achterover en zijn pezige flanken beven. Opeens walgt Claudia van hem. Er zit iets weerzinwekkends in de opwinding van de hond, in zijn roze trillende lendenen. Ze zet hem op de grond. Hij schurkt zich tegen haar benen, krabbelt met zijn scherpe klauwtjes aan haar kuiten.

'Nee!' zegt ze, en ze pakt hem stevig om zijn middel. 'Niet krabben, af!'

Ze zet hem een eindje verderop neer. Hij kronkelt zich in haar handen. Zodra ze hem loslaat scharrelt hij verwoed naar haar toe, gaat weer op zijn achterpoten staan en slaat zijn klauwen in haar huid. Met haar vlakke hand geeft ze hem een mep. Hij krimpt ineen, wringt zijn smalle lijf in bochten en staart haar met zijn bolle, fanatieke ogen aan.

Het is oktober, en de tuin baadt in goudgeel licht. 's Morgens is het gras kletsnat. Claudia doet de hoezen over de buitenmeubels. Ze raapt de appels die onder de boom liggen te rotten. Alles balanceert tussen voltooiing en verval. Ze kijkt naar de kinderen die na schooltijd in de frisse namiddag aan het spelen zijn. Hoewel het mooi weer is, zijn hun lijven niet meer zo soepel als van de zomer. Lachend en stoeiend rennen ze in hun schooluniform over het rechthoekige gazon, ze gooien stokken weg voor Skittle en joelen als hij opspringt om die behendig in zijn bek op te vangen. Wanneer ze later binnen zijn en de tuin in zijn blauwgrijze avondwade gehuld is, kijkt Claudia door het raam en ziet ze Skittle in zijn eentje in het vage licht dartelen. Hij springt op en hapt naar onzichtbare stokken. Ze kijkt naar zijn witte verwrongen lijf dat in de lucht zweeft. Uit de kamer ernaast hoort ze zachte stemmen van de televisie.

Om halfacht komt Howard thuis. Hij straalt iets uit van verwachting, van opwinding, hoewel voor hem de dag bijna ten einde is: om halfelf slaapt Howard meestal al. Claudia vraagt zich weleens af wat zijn opwinding betekent. Hij is als iemand die het voor- en hoofdgerecht achter de rug heeft en gespannen op het dessert wacht. Het zijn de weliswaar zoete maar toch afsluitende rituelen. Hij ontdoet zich in de gang van zijn jas en aktetas, zoekt de kinderen op om met zijn grote berenlijf met ze te ravotten, drinkt staande bij een van de werkbladen in de keuken achter elkaar twee glazen wijn; daarna hangt zijn overhemd over zijn broek, heeft hij een rode kop, kijkt hij verzaligd en wrijft hij in zijn ogen.

'Het is zulk heerlijk weer geweest,' zegt Claudia weemoedig. 'Ik dacht nog, wat jammer dat we dit weekend niet weg kunnen.'

Howard knippert met zijn ogen. 'Wat bedoel je eigenlijk, Claude? Je wilt me iets duidelijk maken, maar ik weet niet wat.'

'Dat we best naar Schotland hadden kunnen gaan, of naar dat hotel in Derbyshire waar je broer het over had. We hebben in geen jaren zo'n prachtige herfst gehad.'

Howard neemt de brieven op de keukentafel door, bekijkt ze over zijn bril heen. 'Nou, ík ga naar Schotland,' zegt hij verstrooid. 'Ik weet niet wat jij doet. Zondagavond laat kom ik pas terug.'

'Maar we kunnen helemaal niet weg!'

'Waarom niet?'

'We kunnen de hond niet meenemen.'

Claudia merkt dat Howard nauwelijks merkbaar aarzelt voordat hij antwoord geeft.

'Natuurlijk kunnen we de hond wel meenemen. We gooien hem gewoon achter in de auto met een bak water.'

'We gaat toch niet met de áuto helemaal naar Schotland, alleen voor het weekend. We moeten met het vliegtuig of met de trein.'

'Dan doen we dat andere. Derbyshire. Waar ligt Derbyshire? Zo verrekte ver weg kan dat toch niet zijn. Hoe heet het daar ook alweer? Weet je wat, we bellen Tom, dan kunnen we het hem vragen. Zij kunnen ook mee... We gaan met z'n allen.' Howard staat inmiddels bij de telefoon met de hoorn in zijn hand. 'Wat is zijn nummer?'

Claudia zoekt het nummer op. Dit is typisch Howard: zich vastleggen. Ze is eraan gewend geraakt om samen met Howard de toekomst tegemoet te gaan als een boot die het woelige water trotseert, aan de naderende sensatie van de opwaartse kracht, aan de kortstondige weerstand gevolgd door de doorbraak. Ze is ervan afhankelijk, was dat van meet af aan. Jaren geleden stonden ze op het strand van Mothecombe naar een gezin te kijken dat aan het eind van de zomerdag op het zand aan het cricketen was. Howard vond het een prachtig gezicht: de joelende, lachende kinderen in het rozige licht.

'Laten we maar gauw beginnen, Claude,' zei hij handen-wrijvend en met de avondzon op zijn gezicht. 'Ik heb geen zin om lang aan te rommelen. Ik wil de hele handel. Ik wil ons eigen cricketteam.'

Ze kenden elkaar pas drie weken.

Thomas en Tonie kunnen niet mee naar Derbyshire. Howard probeert Leo, die toezegt om elkaar daarginds te ontmoeten, samen met Susie en de kinderen.

'En die lui in Bath... De Mattisons?'

'De Morrisons,' zegt Claudia.

'Die hebben we god weet hoe lang al niet meer gezien.'

Hij belt de Morrisons. Ook zij zeggen toe om naar Derbyshire te komen. Het is bijna tien uur. Howard kijkt wazig en werkt al telefonerend met een vork zijn avondmaaltijd naar binnen. Hij belt het hotel. Claudia bedenkt opeens dat ze Martha nog niet naar bed heeft gebracht. Ze haast zich naar boven. Lottie en Lewis zitten televisie te kijken. Martha is op haar kamer en leest. Zoals ze daar in kleermakerszit op de grond zit lijkt ze heel klein. Claudia vraagt zich af of haar groei stagneert. Als een kind niet genoeg slaap krijgt, kan dat gebeuren, heeft ze weleens gehoord.

Beneden is Howard nog steeds aan de telefoon. Als hij Claudia ziet legt hij zijn hand over het mondstuk.

'Honden zijn er niet welkom,' zegt hij.

Skittle ziet kans de slaapkamer binnen te komen en vernielt Claudia's schoenen, haar zijden ochtendjas en de oude Gucci-tas die ze als studente aan de kunstacademie in Londen had, voordat Howard haar met zijn plannen overweldigde. Dat laatste staaltje vandalisme breekt haar hart. Het is of er uit dat tijdperk niets anders meer over is, niets wat ze voor uitsterven kan behoeden dan het eens zo vertrouwde voorwerp van sleets, roestbruin suède. Nu is het onherkenbaar toegetakeld. Ze tilt het hoog op, klaar om het naar de hond te smijten. Hij heeft zich verschanst onder het bed, uit zijn bek bungelt een flard zijde. Zijn wilde ogen staren haar vanuit de schaduw aan. Hij is door en door slecht; ze ziet wel dat straf bij hem niets uithaalt. Ze stopt de tas in de vuilnisbak.

De hele dag doet Skittle niets anders dan janken en aan de deur krabben, bedelend om erin of eruit gelaten te worden. Ze laat hem uit, sleurt hem aan de riem langs Laurier Drive. Hij wordt helemaal wild van de wervelende hopen gele bladeren, van de hippende vogels, van verdwaalde plastic tasjes die als spoken op de wind over de stoep zweven. Elke keer dat ze iets zegt krimpt hij in elkaar en sprietst hij van de zenuwen een straaltje urine. Als hij rent is zijn lijf zo doorgebogen en scheef dat hij diagonaal scharrelt als een krab. Soms gaat hij midden in de kamer in het wilde weg staan blaffen. Claudia krijgt van Juliet de naam van een dierentherapeut.

'Hij haat me,' zegt Claudia. 'Maar volgens mij is er ook iets mis met hem. Hij gedraagt zich niet als een normale hond. Ik zie hoe anderen met hun hond omgaan. Hij is anders.'

'Een hond is net een kind,' zegt Juliet. Zij heeft geen kinderen.

'Ik zeg toch net: deze hond gedraagt zich niet eens als een hond.'

'Ik had al zo mijn twijfels of het wel verstandig was om er nog iets bij te nemen, want je hebt al zoveel op je bordje. Maar ik heb mijn mond maar gehouden.'

'Howard is met hem komen aanzetten. Ik had er niets over te zeggen.'

'Waarom zeg je dat toch altijd? Hij doet dat alleen omdat jij hem de kans geeft. Net als met dat schilderen van je. Het zijn altijd anderen die je ervan weerhouden. Het ligt nooit aan jou.'

Het is Claudia opgevallen dat een kinderloze vrouw geneigd is het voor de man op te nemen. Omdat haar gevoelens nog niet getransformeerd zijn, keert ze zich tegen de moeder. Claudia weet nog dat toen Lottie werd geboren het begrip zelfopoffering in het zicht kwam als een landschap vanuit een rijdende trein; ze herinnert zich dat het zich gestaag ontvouwde, een land dat ze nooit eerder had gezien, haar onontkoombare bestemming, even later gevolgd door het besef, opgebouwd uit talloze aanwijzingen, dat haar moeder daar al die tijd had gewoond.

De dierentherapeut belt Claudia een paar keer per dag.

'Waar is hij nu?'

'Buiten. In de tuin.'

Tegen de achterdeur klinkt een gestaag gebonk. Het is Skittle, die zich ertegenaan gooit. Claudia heeft hem dat zien doen, ze heeft toegekeken hoe hij een aanloopje neemt en zich dan tegen het hout werpt. Ze schrikt ervan, want ze heeft vaak de neiging Skittle op te pakken en weg te smijten, tegen iets aan te kwakken wat niet meegeeft. Hij kijkt precies zoals ze zich had voorgesteld.

'Hoe zou je zijn gedrag willen omschrijven, Claudia?'

'Kwaad. Hij wil naar binnen.'

'Waarom laat je hem dan niet binnen? Wat zou er dan gebeuren?'

Claudia zucht. 'Dan zou hij er even graag weer uit gelaten willen worden.' De therapeut stelt voor om de deur open te laten. Dat verbetert de zaak, maar het wordt wel koud in huis. Dat weekend koopt Howard een kattenluikje, dat hij in de achterdeur installeert. De kinderen zitten er de hele middag bij om Skittle te leren hoe hij erdoorheen moet springen. Hij is zo klein dat het makkelijk kan, maar het valt niet mee om hem van het idee af te brengen dat het onmogelijk is. De ervaring heeft hem geleerd dat de deur massief is: hoe zouden de eigenschappen ervan opeens veranderd kunnen zijn? Lewis en Martha zitten ieder aan een kant van het luikje en duwen Skittle heen en terug door het gat.

'Dat lijkt me heel therapeutisch,' zegt Claudia tegen Howard.

Een tijdje later hoort ze van beneden een schelle kreet.

Als Claudia binnenkomt zegt Lewis rustig: 'Moet je kijken.'

'Hij heeft het gedaan! Hij heeft het gedaan!' roept Martha.

Ze zetten Skittle in de tuin en doen de deur dicht. Lewis knielt bij het luikje en klapt dan twee keer in zijn handen. Het is even stil, dan komt Skittle als een raket naar binnen vliegen.

'Niet te geloven,' zegt Claudia lachend, terwijl Skittle wild door de keuken rent en grillige arabesken in de lucht beschrijft.

Loslaten, het overgeven: het gevoel stroomt als een kalmerend middel door haar aderen, verspreidt een warme, verdovende gelukzaligheid. Op die manier maakt ze het scherpe kantje van het leven minder pijnlijk. Zij verdwijnt geleidelijk, terwijl haar twijfel en pijn en onzekerheid overblijven als een hol omhulsel, als een schelp op het strand. Ze is het gewend om uitgeholde dingen achter te laten. Haar verleden ligt ermee bezaaid, met vragen waarop het antwoord nooit is gevonden. Hoe leef je op de goede manier? Welke waarde heeft succes? En de belangrijkste, de meest onbeantwoordbare: als de liefde zelfzuchtig is, kun je het dan nog als liefde beschouwen?

6

Leo rijdt in de rechterbaan op de A23 wanneer Susie zegt dat hij moet stoppen – nu meteen. Ze houdt haar hand voor haar mond. Op de parkeerhaven buigt ze zich uit het portier om boven het asfalt te kokhalzen. Wegreuzen denderen voorbij, de ene na de andere. De Vauxhall schommelt van de trillingen. Op de achterbank houden Justin en Madeleine zich stil.

'Dat is het ergste,' zegt Susie naar adem snakkend. Ze veegt met de rug van haar hand haar mond af. Haar lange vuurrode nagels lichten als een bloedrood boeket op tegen haar wang. 'Als er niks komt.'

Een stoot luchtdruk smakt tegen de zijkant van de auto en wordt meteen weer weggezogen. Ze wiegen heen en weer, en een paar tellen bevinden ze zich in de luwte van een enorm bakbeest, overweldigd door de brullende, wentelende wielen, de heftig flapperende dekzeilen.

'We moeten hier weg,' zegt Leo zenuwachtig. 'Die rotdingen komen zo dichtbij.'

Susie klapt haar spiegeltje naar beneden, doet nieuwe lippenstift op. Ze draait zich om en kijkt door de achterruit naar de weg.

'Ik zeg wel als het kan,' zegt ze.

Voordat ze er zijn stoppen ze nog twee keer. Op de bochtige B-weg zit Susie met haar handen tegen haar maag te kreunen. In het voorbijgaan worden ze vanuit de weilanden bekeken door de koeien. Zo'n anderhalve kilometer voor Little Wickham hippen er midden op de weg kraaien om een aan flarden gereden karkas heen. Leo stopt en toetert. Zonder zich daar iets van aan te trekken pikken ze in het bloederige vlees en haar. Hij toetert nogmaals, laat de motor loeien. Het was een konijn. Hij ziet een gescheurd oor, een verbrijzeld stuk schedel.

'Verdomme.' Hij merkt dat hij beeft. 'Laat dat stomme beest toch met rust.'

Met tegenzin verheffen ze zich op hun zwarte vleugels, om met volle snavel in de berm neer te strijken. Susie legt haar hand op zijn knie. Ze is weer opgeknapt. Ze laat haar hand stevig liggen.

'We zijn er bijna,' zegt ze.

Het is een grijze, winderige dag, de kale takken zwiepen driftig en het landschap plooit zich in onverschillige heuvels met ruwe begroeiing. Als ze op de inrit stoppen, zien ze ma op het gazon staan. Ze heeft een rare hoed op en draagt een mannencolbert en dikke sokken waar ze haar broekspijpen in gestopt heeft.

'O, hallo!' zegt ze door het autoraampje.

Ze klinkt verbaasd. Leo en Susie moeten weleens lachen om de verbazing waarmee zijn ouders hem altijd begroeten, ook al is het bezoek afgesproken: niet aangenaam verrast maar ook niet geschrokken, eerder het tegenovergestelde van verwachtingsvol, alsof je iets vindt waarvan je niet meer wist dat je het kwijt was. Susie geeft weleens een imitatie ten beste: een wenkbrauw heel licht opgetrokken, grote ogen en een vaag vragende klank in haar stem. *O, hállo?* Ze weet de toon precies te treffen.

De kleding van zijn moeder is veelzeggend. Ze heeft zich niet bepaald uitgesloofd, zeg maar.

'Leo,' zegt ze als hij uitstapt. Ze omhelst hem. Door de kleren heen voelt hij haar knokige, krasse lichaam, haar eeuwige onstuitbare onafhankelijkheid. 'En Susie.' Ook Susie wordt omhelsd. Haar hoge hakken zakken weg in het gras.

'Ik heb je wel door, liever,' zegt Susie, en ze voelt aan het colbertje, de gekreukelde oude hoed. 'Jij gaat op chic en uniseks.'

Ma is opgetogen en giert het uit. Susie weet hoe ze haar moet aanpakken, dat wist ze van meet af aan. Justin en Madeleine bonken op de autoraampjes.

'O jee, zullen we ze eruit laten?' vraagt ma.

'We laten ze lekker zitten,' zegt Susie. 'Ik ben hard aan een vrije dag toe. Tussen de middag gooien we ze wel een zakje chips toe.'

Weer giert ma het uit. Susie zet haar ontaarde-moederact dik aan, en ma drinkt het tot de laatste druppel in. Ze wil ook bij die club horen, bij die bende.

'Hou op!' zegt ze. 'Ik heb die van mij zó vaak in de auto opgesloten laten zitten... Dan ging ik weg en dacht in geen úren meer aan ze!'

Thuis doet Susie ook daar een imitatie van. *Ik heb Leo weleens zeven jaar niet gezien! Ik was hem helemaal vergeten!*

'Is Thomas er al?' vraagt Leo.

'Nog niet. Geen idee waar ze blijven... Ze hebben uren geleden opgebeld om te zeggen dat ze van huis gingen. En de anderen komen helemaal niet, want Howard is ziek. Ik heb een enorm groot braadstuk, maar wij zijn de enigen die ervan zullen eten.'

Dat is ook zoiets: na vijftien jaar schijnt ze nog niet te weten dat Susie en hij vegetariër zijn.

'Tja,' zegt hij, want zo te horen vindt ze het niet voldoende dat hij er is, alsof de dag zonder Howard en Thomas net zo goed kan worden afgelast omdat ze nog zoveel andere dingen te doen heeft. Zijn vader komt naar buiten en tuurt om zich heen als een agent die een onderzoek instelt naar burengerucht. Als hij Leo en Susie ziet, verandert hij zijn gezichtsuitdrukking in een van herkenning. Leo vraagt zich af hoe lang hij heeft gewacht met tevoorschijn komen. In zijn verbeelding ziet hij hem met zijn rug tegen de muur naast de gordijnen staan en met half dichtgeknepen ogen door het kiertje gluren.

Susie laat de kinderen uit de auto en betuttelt ze, trekt hun kleren recht. Leo geeft zijn vader een hand.

'Fijn dat je er bent,' zegt zijn vader.

Binnen heerst de oude duisternis, hangen de oude luchtjes. Flossie ligt in haar mand. De klok in de gang tikt. Het is kil in huis. De gehavende houten vloer, de jachttaferelen met de zouteloze, oubollige humor, het verbleekte William Morris-behang vol vreemde, zwelgende figuren – het is meer dan vertrouwd, het wemelt van onderbewust leven, als een sprookjesbos. Het spookt hier, Leo weet het zeker. Slechts één keer, toen hij zeventien was, is hij een nacht alleen thuis geweest. Iets sprak zijn naam uit, kwam op het bed zitten. Hij was uit zijn slaap gewekt doordat hij een gewicht naast zich voelde. Dat hij had liggen slapen had het nog erger gemaakt. Het is erger om onbewust ergens in te belanden. Hij had geschreeuwd dat het weg moest gaan, had al schreeuwend overal in huis licht aangedaan. Als je tegen het niets schreeuwt, verbreek je een overeenkomst met jezelf, met de werkelijkheid. Achteraf ziet hij in dat zulke voorvallen zijn leven als leestekens markeren. Ook de werkelijkheid is persoonlijk. Hij heeft die moeten temmen om verder te komen, om voort te kunnen. Dat is voor hem de enige manier om te komen waar hij zich op zijn gemak voelt.

'Alles goed met je werk?' vraagt zijn vader. 'Nog nieuwe orders de laatste tijd?'

'Het gaat redelijk,' antwoordt Leo. 'Z'n gangetje.'

Hij weet niet waar paps het idee van die orders vandaan heeft. Leo is copywriter. Hij schrijft teksten voor hetzelfde bureau waar hij al heel lang voor schrijft. Maar elke keer dat hij zijn vader spreekt, begint die over orders. Het woord heeft een militaire klank, het is niet bepaald een woord dat Leo ooit met zichzelf in verband heeft gebracht. Op die manier rationaliseert zijn vader vermoedelijk het hinderlijke feit dat Leo niet in loondienst is. Hij is freelancer, een huurling, een avonturier. Op een dag krijgt hij zijn nieuwe orders en zal hij de zonsondergang tegemoetrijden.

'En hoe gaat het met jou?' vraagt hij. 'Hoe staan de zaken hier?'

'Goed.'

Stilte. Leo kijkt om zich heen, maar Susie is er niet. Hij heeft haar nodig. Hij weet niets te zeggen. Hij heeft het gevoel dat hij door de stilte wordt verteerd, opgeslokt.

'En de tuin?' vraagt hij.

Zijn vader kijkt hem met zijn kille ogen welwillend aan. Hij heeft een sjaaltje om zijn hals. Zijn sneeuwwitte haar wordt met brillantine in het gareel gehouden.

'In deze tijd van het jaar hoeft er niet zoveel te gebeuren. Alleen een beetje snoeien hier en daar met het oog op de winter. We denken erover om een paar van de bomen bij de garage weg te halen. De wortels beginnen de fundering aan te tasten.'

'O ja?' zegt Leo.

'Het probleem is dat je moeder er niet van wil horen dat er ook maar één gekapt wordt. De boomchirurg is het haar komen uitleggen, maar hij heeft het haar niet aan het verstand kunnen brengen. Die middag was voor hem verloren tijd, vrees ik. Het zou me niet verbazen als hij ons van zijn lijst schrapte, en dat zou jammer zijn.'

Justin en Madeleine aaien Flossie in haar mand. Ze hapt wat naar hen, rolt zich om. Als ze haar over haar ruwe oude buik kietelen gaat ze gespannen van genot achterover op haar vieze deken liggen. Leo kijkt naar de zachte haren van zijn kinderen, hun prille jonge huid, wat een gespannen liefde voor hen oproept, alsof zijn liefde hier in dit huis ongeoorloofd is.

'Tja,' zegt hij.

Eindelijk ontstaat er beweging bij de deur: de anderen komen binnen – Susie, die naar sigaretten ruikt, en vlak achter haar Thomas en Tonie, die wereldsheid uitstralen, een aangename moderniteit. Ze ogen jong, fris en slank. Ze ogen bijzonder capabel, een verademing.

'Sorry,' zegt Thomas. Hij slaat zijn armen om Leo heen, klopt hem op zijn rug. 'Er was een omleiding. Eerder zat er niet in.'

'Ik had bijna koe moeten eten,' zegt Leo. Nu ze er zijn, mag hij wel laten merken hoe rot hij zich voelt.

'We moeten nodig iets drinken,' zegt Thomas. 'Paps, we zijn allemaal wel aan een drankje toe, vind je ook niet?'

Madeleine kijkt verschrikt op.

'Geef mamma maar niets te drinken,' zegt ze. 'Ze heeft gisteravond te veel gedronken. In de auto moest ze overgeven.'

Susie slaat haar ogen ten hemel. Ze is zwaar opgemaakt, maar haar huid is asgrauw, doods. Er zit lippenstift aan haar tanden. Haar jurk is aan de voorkant vreselijk gekreukt. Leo voelt zich schuldig. Hij had het goed moeten vinden dat ze thuisbleef, dan had ze haar roes kunnen uitslapen. Hij is bang dat hij niet goed voor haar zorgt. Hij is bang dat hij het te vermoeiend voor haar maakt.

'Mamma's maag was van streek,' zegt hij streng tegen Madeleine.

Madeleine trekt verwonderd rimpels in haar voorhoofd. 'Niet waar. En ze heeft ook net staan roken. In de tuin, ik heb het gezien.'

'Wat is het toch een schatje, hè?' zegt Susie met opeengeklemde kaken. 'Een betere dochter kun je je niet wensen.' Ze pakt Alexa beet, kust haar op haar glanzende kruintje. 'Kijk, dít is een lief, verstandig kind. Dit kind is goed gedresseerd.'

Tonie staat in de deuropening. Leo ziet haar, ziet dat ze alles gadeslaat. Het is of ze naar een toneelstuk kijkt.

'Kom mee naar buiten,' zegt hij zachtjes tegen Madeleine. Ze doet haar mond al open om te protesteren, maar ze zegt niets, staat alleen op en loopt nukkig voor hem uit de tuin in. Daar op het gras, in de winderige grijze dag, leest hij haar de les. Als ze weer binnenkomen zitten de anderen inmiddels te praten en gin-tonic te drinken. Madeleine werpt een veelbetekenende blik op Susie, die een glas in haar hand heeft, maar Leo heeft haar de mond gesnoerd. Ze gaat in de vensterbank naar buiten zitten staren tot ma hen roept voor de lunch.

Susie drinkt nog een gin-tonic, en daarna wijn, en om een uur of drie is ze opgewonden, verhit, haar rode haar golft slordig over haar schouders. De kinderen zijn al van tafel gegaan. Leo hoort ze roepen en lachen op het gazon.

'Hoe gaat het met je nieuwe baan?' vraagt hij aan Tonie.

Ze glimlacht geheimzinnig, afstandelijk. Ze knikt.

'Goed hoor.'

'En dat – hoe heet het ook weer? – dat sabbatical. Hoe gaat het daarmee?' vraagt Susie aan Thomas.

Deze gesprekken, bedenkt Leo, hebben een bepaalde hiërarchie, een bepaalde rangorde, en hij en Susie staan onderaan. Het spreekt vanzelf dat zij vragen stellen, naar de anderen informeren, zoals ze informatie zouden inwinnen over een interessante stad die ze bezoeken, Parijs bijvoorbeeld. Hij is de jongste, vijf jaar jonger dan Thomas, zeven jaar jonger dan Howard. Hij is ook de dikste, de grootste, langer nog dan Howard, hoewel hij dat niet zo voelt, in dit huis althans niet. Als hun ouders vroeger niet thuis waren, moest hij van Howard tijdens het eten onder de tafel gaan zitten. Zodra hij tevoorschijn probeerde te komen gaf Howard hem een schop. Hij zette zijn eten voor hem op de grond, alsof hij een hond was.

'Ik heb pianoles,' zegt Thomas.

'O ja?' zegt Susie verbluft. 'Hoezo, om er je beroep van te maken?'

Van pianospelen heeft Susie geen verstand. Ze begrijpt niets van de hobby's die de middenklasse erop na houdt. Ze heeft altijd gewerkt, voor andere mensen gezorgd, zelfs als kind werkte ze al, ze kookte en hield het huis op orde. Haar moeder was schoonmaakster. Ze kon niet lezen en schrijven. Susie evenmin, tot ze veertien was en iemand op school het merkte.

'Welnee,' antwoordt Thomas lachend.

Leo wil haar beschermen, haar verdedigen. Hij wil er graag net zo lang op slaan tot zij in veiligheid is. Hij houdt van Thomas, maar het is een passieve liefde, een achtergrondliefde. Iets waar hij nooit rechtstreeks naar kijkt. Hij is gewend het vanuit zijn ooghoek te zien. Hij heeft er niet voor gekozen, maar het is er wel altijd. Wat het is, weet hij eigenlijk niet.

'Je kunt niet een heel jaar alleen maar pianospelen,' zegt hij. Het komt er verontwaardigder uit dan zijn bedoeling is. Het is altijd hetzelfde liedje: het kost hem moeite om zichzelf te zijn bij deze mensen, zijn familie, moeite om zijn authenticiteit te bepalen. Hij zegt dingen die hij niet voelt, en wat hij het meest intens voelt, spreekt hij helemaal niet uit.

Thomas kijkt verbaasd. 'Waarom niet?'

'Dat is... Dat is toch zonde van de tijd?'

'*Ik* vind van niet,' zegt Thomas. 'Trouwens, misschien wordt het wel meer dan een jaar.'

'Kijk maar uit,' zegt paps. 'Als je er te lang uit bent, nemen ze je misschien niet meer terug. De ontwikkelingen gaan gewoon door. Je ervaring veroudert.'

'Ik wil niet terug,' zegt Thomas. 'Ik vind het prettig om thuis te zijn.'

Paps lacht zachtjes en vreugdeloos. 'Dat kan wel zijn,' zegt hij, 'maar hoe prettig je het ook vindt, de vraag is natuurlijk: is het vol te houden?'

Leo hoort hoe die toon over alles heen gaat en het machinaal platwalst, als een tank. Die toon is minzaam, meedogenloos, onveranderlijk. Nog nooit heeft hij zijn vader met stemverheffing horen praten. Stemverheffing is niet nodig: het geweld voltrekt zich in de nivellerende onverzettelijkheid. Voor zover het Leo heugt hoort hij zijn vaders stem al in zijn hoofd oreren over de wereld en hoe die in elkaar zit.

Ook Thomas begint te lachen, enigszins strijdlustig, en haalt zijn schouders op. 'Vraag het Tonie maar. Vraag Tonie maar of het vol te houden is.'

'Ik ben de mening toegedaan,' vervolgt paps, 'dat voor een man zijn werk het belangrijkste is in het leven, en voor een vrouw haar kinderen.'

Een drempel van stilte waar ze allemaal overheen hobbelen.

'Maar mijn werk was voor mij niet het belangrijkste,' zegt Thomas weloverwogen. 'Net zo goed als kinderen voor Tonie niet het belangrijkste zijn.'

Opeens hangt er iets nieuws in de lucht. Leo voelt dat er onder de situatie iets verschuift, als gerommel van platen op de zeebodem. Ver in de diepte voelt hij een aardverschuiving, verandering.

'Zeg,' zegt Tonie met haar zachte, hese stem waarvan Leo's nekharen altijd overeind gaan staan. 'Zeg, laten we het over iets anders hebben.'

Ze legt haar hand met de eenvoudige zilveren ring over die van Thomas. Leo vindt die ring van Tonie niet bepaald geruststellend. Susie draagt een grote smaragd in een gouden vatting aan die vinger.

'Ja, laten we het in hemelsnaam over iets anders hebben!' roept ma uit. 'Jullie gezichten staan allemaal op zeven dagen slecht weer.'

Alsof het leven anders zou zijn geweest als zij het voor het zeggen had gehad, namelijk een en al luchthartigheid.

Wanneer het tijd wordt om op te stappen, loopt Leo door het huis om de kinderen te zoeken, en in de studeerkamer van zijn vader treft hij op het bureau een boekje met kruiswoordpuzzels aan, allemaal ingevuld en van een datum voorzien in zijn vaders keurige vulpenschrift. Hij moet Susie het gazon over helpen. Hij houdt haar stevig bij haar elleboog, maar toch wankelt ze als haar hakken in de bodem zakken en ze een schoen verliest. Ma is de border aan het wieden, geknield op een matje dat ze op de aarde heeft gelegd. Ze kijkt naar hen op. Soms ligt er zoiets vaags in haar lichtblauwe ogen dat Leo wel kan huilen. Ze maakt zijn bestaan toevalliger dan hij kan verdragen. Toen hij nog klein was zei ze tegen iedereen die het horen wilde dat Leo een ongelukje was, tot hij oud genoeg was om haar te vragen daarmee op te houden.

'O, gaan jullie ervandoor?' zegt ze. 'Ik heb het idee dat ik jullie amper gezien heb.'

'Tja,' zegt hij. Meer kan hij niet zeggen, meer heeft hij de hele dag niet kunnen zeggen.

Op de terugweg in de auto vertelt hij Susie over de kruiswoordpuzzels.

'Nou ja, hij moet zijn tijd toch zien door te komen?' zegt ze slaperig.

Ze heeft natuurlijk gelijk, maar niettemin is hij erdoor van slag. Hij kan het niet goed uitleggen maar dat hoeft ook niet, want ze zit inmiddels onderuitgezakt naast hem zachtjes te snurken. Er is niet zoveel mis met kruiswoordpuzzels. Alleen leiden ze tot niets. Kruiswoordpuzzels zijn in zichzelf besloten en niet bij machte zich uit te breiden. Ze hebben geen betekenis. Het vlakke snelweglandschap is radiaal, oneindig, het strekt zich steeds verder uit in het niets. Er opent zich een soort leegheid in Leo's borst, een gevoel van gewichtloosheid.

Ze worden ingehaald door een gele Lamborghini. Leo heeft geen belangstelling voor sportauto's, maar opeens montert hij ervan op, het prikkelt hem, de aanblik van dat zinloze banaankleurige vehikel. Hij draait zich om naar Justin op de achterbank.

'Moet je dat zien,' zegt hij.

7

Het vliegtuig stampt door de grijze lucht. De passagiers, vastgegespt aan hun stoel, zijn rustig. Ze laten zich meevoeren over de pieken en de dalen, de bergen en de plotselinge duizelingwekkende leegten. In hun keurige kleren, met hun boeken, aktetassen en laptops, doen ze denken aan een peloton dat oprukt in naam van de beschaving. Ze houden hun kranten, hun gin-tonics vast. Hun voortgang heeft iets rationeels, zelfs als ze door de storm uit hun koers worden geduwd. Het toestel wordt heen en weer geworpen. De motoren dreunen, een onregelmatige lijn van geluid. Tonie is niet bang. Gelukkig staat ze aan de kant van de rationaliteit. Het is veel erger om dat noodweer te zijn, om gekweld en uitzinnig te zijn, onbeheerst.

De luchthaven van Amsterdam verschijnt: lage grijze gebouwen in striemende, horizontale regensluiers. Op het asfalt staan hoekige voertuigen geparkeerd tussen vormeloze, door wind gerimpelde plassen. De anonimiteit is bijna opwindend. Ook die anonimiteit is rationeel, onpersoonlijk. Het is of Tonie uit de turbulentie van relaties wordt getild. Het is of ze wordt ontheven van alles wat intiem en individueel is, van de emotie zelf. Wanneer ze in een taxi stapt is het al donker. Het slechte weer trekt ongehinderd over het vlakke land, over de haven met de zwarte silhouetten van kranen en containers, over het woelige water en de betonnen landengten van de periferie van de stad. Flarden afval dwarrelen door het duister, de wind vervormt de tere verticale lijn van het onbekende straatbeeld, verbuigt de kale bomen, rammelt aan de lantaarnpalen in hun betonnen voet. Hij lijkt uit de oneindigheid van de lage horizon te komen, uit een zwart niets. Nu Tonie door de met regen beslierte raampjes van de taxi kijkt, wordt ze pas bang. Het horizontale, dat krachtig en onbelemmerd over deze strook donkere aarde stroomt, jaagt haar angst aan.

De taxichauffeur weet de weg niet. Ook hij komt van elders. Hij heeft een donkere huid, oogt kwetsbaar in zijn overhemd met korte mouwen. Hij tuurt naar het adres van het hotel dat ze achter op een envelop heeft geschreven: hij bestudeert haar handschrift, de cryptische woorden met al die medeklinkers. Hij stapt uit en laat de envelop aan een voorbijganger zien. In de regen buigen ze zich erover, ze wijzen en overleggen. Tonie zit op de achterbank, met haar handen samengevouwen op schoot. Ze staan geparkeerd in het donker van een verlaten straat op een soort bedrijventerrein met veel opslagloodsen en anonieme moderne gebouwen met neergelaten rolluiken. Klaaglijk huilend waait de wind over het open water. De regen spettert tegen de ruiten. Het ruwe zwarte water slaat tegen de betonnen kade. De chauffeur komt terug, en ze rijden langzaam verder. Ze slaan een hoek om, en na een kleine honderd meter kruipen ze het duister aan de kant van de weg in en stoppen. De chauffeur wijst. Tonie ziet een groot, somber fabrieksgebouw achter een muur. Opeens is haar geduld op.

'Dat is geen hotel,' zegt ze. 'Dat ziet er niet uit als een hotel.'

'Ja, hotel!'

De chauffeur wijst nog eens. Hij houdt koppig vol. Werd hij daarnet nog door twijfel verscheurd, nu is hij heel zeker van zijn zaak. Ze begrijpt wel dat hij in staat is haar hier af te zetten, of het nu een hotel is of niet. Een zekere ontgoocheling bekruipt haar, het gevoel dat ze in de steek is gelaten, niet door wat bekend en vertrouwd is, maar door wat nieuw en vreemd is. Ze blijft op de achterbank zitten. Als ze slecht behandeld wordt, trekt ze zich dat altijd erg aan, ze wordt er gedwee van, ze neemt de slachtofferrol aan. De mannelijkheid van de chauffeur werkt verlammend. Ze is niet in staat zich eruit te bevrijden. Hij moet haar loslaten, zoals een visser een vis van het haakje rukt. Opeens ziet ze mensen bij het gebouw, een stuk of vier figuren die door het halfduister van de ingang een koffer de traptreden op trekken. Terwijl de grote anonieme deur opengaat en zich achter hen sluit, wordt even een strook oranje licht zichtbaar. De chauffeur slaakt een uitroep. Hij is blij. Hij springt de auto uit en maakt het portier voor haar open. Om haar laatste twijfel weg te nemen wijst hij nogmaals naar de schemerige ingang. Ze betaalt hem. Ze beseft dat hij haar heus niet aan haar lot zou hebben overgelaten.

In haar kamer gaat ze op het bed haar aantekeningen zitten doornemen. Het is een grote, kale en helverlichte kamer, wit als een galerie. Achter de ramen huilt de wind. De hoge witte zonwering schommelt en rammelt. Ze gluurt door de lamellen en ziet weer de vlakke, zwarte verten waar het stroomt van de regen, de silhouetten van kranen en daarachter het duister dat schimmig aan de lage horizon kolkt. Het is of het over die woestenij op haar afkomt met het doel haar te verdrijven. Maar met z'n enorme vlekkeloze kaalheid, de eigenaardige langwerpige trossen hanglampen en het futuristische onaangeroerde meubilair heeft het vertrek een eigen kracht. Op de tafel staat een enorm blok glas – een vaas – met daarin een bos orchideeën en bloedrode gladiolen. De geurloze bloemen zijn bijna een meter hoog en hebben dikke, gifgroene stengels. Ze ogen kunstmatig, maar als ze eraan voelt blijken ze echt te zijn.

Tonie is hier om een lezing te geven op een congres. Het congres begint de volgende dag om tien uur, daarna neemt ze het vliegtuig naar huis. Toen ze vanmorgen wegging, had ze er niet aan gedacht dat ze zo gauw weer terug zou zijn. De breuk, het vertrek, daar was ze mee bezig, zoals de hordeloper bezig is met de hindernis, niet met de grond die aan de andere kant ervan gewoon doorloopt. Ze herinnert zich dat Alexa een rode jurk aanhad toen ze bij de deur stond om afscheid te nemen. Tonie kende die jurk niet: Thomas had hem voor haar gekocht. Alexa kreeg er iets onwerkelijks door, als een meisje in een droom. In die jurk scheen ze Tonie niet meer nodig te hebben, behalve om tot haar successen gerekend te worden. Maar het bezittersstempel was dat van Thomas: in die rode jurk was Alexa gewaarmerkt, als een zilveren beeldje. Zo ziet iemand eruit, bedacht Tonie, die door Thomas wordt verzorgd. Eigenlijk zou Tonie er ook zo uit moeten zien. Als ze naar Alexa keek, keek ze naar een versie van haar relatie met Thomas, een van verscheidene mogelijkheden, waarin zij een dierbaar voorwerp van hem was, uitgedost in een jurk die hij uitgekozen had.

Beneden is een restaurant. Voor de spiegel bereidt Tonie zich voor, ze past een andere blouse. Wie is ze? Wat doet ze hier in deze kamer met die enge bloemen, met de witte zonwering die dreigt te worden opengebroken door de wind en het duister? Haar lichaam, die eigen entiteit, zo gesloten en zelfstandig: dat is alles wat ze is, en toch leeft ze er zo weinig in. Als ze van huis is, is ze niets dan deze eenheid van vlees en bloed. Welke ervaringen heeft ze zichzelf te bieden? Wat kan ze doen om dit lichaam tevreden te stellen, opdat het zichzelf leert kennen? In haar eentje eet ze een visgerecht en drinkt ze een glas koude gele wijn. De ober is jong, attent, en zo formeel dat ze zich ongemakkelijk en vreemd voelt als hij naar haar toe komt. Ze heeft haar aantekeningen meegenomen en kijkt ernaar, kijkt naar wat ze gisteravond in Montague Street aan de keukentafel heeft opgeschreven, toen ze aan haar reisje zat te denken en zich de grote uitnodigende zee van het onbekende voorstelde waar ze zich met hart en ziel in zou storten. Nu begrijpt ze niet wat ze hier dacht te vinden. Ze ziet een vlek op een van de vellen papier: jus van de kippenpastei van gisteravond. Ze kijkt naar andere gasten, die zitten te praten en te eten in de modieus ingerichte ruimte.

Boven belt ze Thomas. Hij klinkt afstandelijk, een beetje stug. Hij weet niet hoe ze eraan toe is, dat hij met haar begaan zou moeten zijn. En ze kan het hem niet uitleggen, want net als een verhaal draait het om de onthulling van een verlangen naar iets wat geen naam heeft, dat zelf naamloos is en dat ze alleen zou kunnen bereiken via een pad van ontkenningen dat ergens via Thomas zelf zou moeten lopen. Maar hij stelt geen vragen. Ze is op reis voor haar werk, meer niet, dat was hij vroeger zelf ook vaak. Klaagde hij na afloop over eenzaamheid, over ontgoocheling? Misschien wel, bedenkt ze. Hij klaagde erover zoals de soldaat klaagt over zijn dienstschoenen die niet lekker zitten. Maar misschien heeft hij haar ook niet alles verteld.

Ze gaat op het bed zitten. Aan de ene kant wil ze naar huis, aan de andere kant niet. Ze kent dat gevoel nog uit haar jeugd, wanneer ze na een familieruzie naar haar kamer ging,

en als ze dan op haar bed lag ervoer ze datzelfde verscheu-
rende verlangen, dezelfde keuzemogelijkheid die, dat ziet
ze nu wel in, helemaal geen keuzemogelijkheid was, tussen
teruggaan naar beneden en blijven waar ze was. Beneden
speelde zich het lopende verhaal af, onafwendbaar en vol
verwikkelingen, over alles wat ze kende, maar in haar kamer heerste stilte, daglicht, gebrek aan structuur. Door uit
het verhaal te stappen had ze de leegte eromheen ontdekt.
Daar was het heel helder en stil, alsof er iets tot stand ging
komen, hoewel dat nooit zover kwam. Er was slechts eenzaamheid, mooi maar steriel, onbevrucht. Ze vond er nooit
iets. Uiteindelijk ging ze altijd terug.

Ze gaat naar bed en wordt die nacht telkens wakker van de
rammelende zonwering en van de wind die over het water
huilt.

8

Wat is kunst?

Kunst is het tegenovergestelde van verspilling, van overbodigheid. Thomas ruimt zijn kasten op en komt de ene doos met oude troep na de andere tegen. Kabeltjes, computeronderdelen, een hele set cartridges van grijze kunststof met het strakke cellofaan er nog omheen. De printer waarvoor ze bestemd waren is al ter ziele, en ze passen in geen enkele andere printer. Toch hebben ze het eeuwige leven.

Dat roept oude gewaarwordingen op van zijn kantoor in Londen, dat grote gebouw van staal en perspex, met al die snoeren, knipperende schermen en snerpende telefoons, de bittere geur van plastic en kunstlicht, de stille grijze ruimten, de potdichte ramen die de wereld dempen, het luchtje van de make-up van Samantha, zijn secretaresse, en van haar synthetische kleren, al die chemisch ruikende, keurig in het pak gestoken mensen, en hun manier van praten waardoor zelfs de taal kunstmatig werd, zodat je onwillekeurig naar hun tanden en hun ogen keek om je te helpen herinneren dat er echt een mens achter zat. En boven alles het gevoel dat je in hetzelfde schuitje zit, dat je in een oneindig heden leeft, het gevoel dat al die kunstmatigheid in stand kon worden gehouden zolang ze de kans niet kreeg in het verleden weg te glijden. Hij herinnert zich dat de werkelijkheid zelf onwerkelijk werd gemaakt. Thomas' laatste klus voor zijn vertrek was de reorganisatie van een bedrijf dat hondenvoer maakte. Het project liep een week of drie, vier toen iemand tijdens een vergadering een blik hondenvoer op tafel zette. Tot op dat moment was hondenvoer iets theoretisch geweest. Nu stónd het daar. Na al die kunstmatigheid was het stoffelijke ontdekt. Thomas realiseerde zich dat het er aldoor al was geweest. Hondenvoer was er aldoor al geweest. Honden – lief, vies en sterfelijk – waren er aldoor al geweest.

Hij ontdekt drie oortelefoontjes, elk als een embryo opgerold in het nog ongeopende plastic zakje. Ze zaten bij een mobiele telefoon die inmiddels is vervangen door een betere. De oortjes passen niet op de nieuwe telefoon. En toch hebben ze het eeuwige leven.

In de trein nam Thomas altijd allerlei besluiten. Hij besloot niet in slaap te vallen. Hij besloot geen krant te lezen. Hij besloot een dagboek bij te houden. Hij besloot in een schetsboek portretten van de andere passagiers te maken. Het was drie kwartier heen en drie kwartier terug, soms langer. Bij elkaar anderhalf uur die hij kon heroveren op de dagelijkse verspilling. Hij wilde een anker uitwerpen in dat smalle kanaal van de tijd. Hij wilde voorkomen dat hij wegdreef.

In de kast vindt hij het dagboek, drie notitieboekjes en het schetsblok met watermerkpapier waarop hij zijn tekeningen had zullen maken. Het dagboek is volkomen leeg. In het schetsblok staan twee potloodtekeningen waarvan hij niet eens meer weet dat hij ze heeft gemaakt. Dat geeft ze iets griezeligs. De ene is van een vrouw met een bril en pluizig haar als van een heks.

Opeens ziet hij een soort zwart koepeltje voor zich, een plastic geval dat altijd op zijn bureau stond. Hij heeft geen idee wat het was. Hij keek er elke dag naar. Er zat een soort spleet in, een kerf van een centimeter of tien die naar links boog en dan recht werd, met een knik aan het eind. Het is niet onmogelijk dat hij dat vreemde, zinloze voorwerp nooit zal vergeten. Het zal eeuwig voortleven in zijn hoofd, zonder te veranderen. In zekere zin zal het hem overleven. Zijn herinnering aan die kerf is zo gedetailleerd dat het een litteken op zijn eigen lijf had kunnen zijn. Maar de vrouw die hij heeft geportretteerd is verdwenen, evenals de handeling van het tekenen zelf.

Hij vindt een hele map vol gebruiksaanwijzingen van dingen die kapot zijn of die hij al niet meer heeft. Vooruitgang noemen ze dat, de vervanging van het ene voorwerp door het andere, het ene voorwerp zinloos maken door het andere. De zinloze dingen leven niet, maar ze gaan evenmin dood. De meeste mensen die hij kent vinden vooruitgang een groot goed.

Vaak kwam hij op het station aan om zijn trein volgepakt langs het perron te zien staan, met gesloten deuren, en dan zag hij de trein zonder hem wegrijden. Nooit heeft hij zich meer een enkeling gevoeld, scherper afgetekend, als op die momenten. Toch was het alleen zo dat hij even niet meer vooruitging. Eén tel was hij het verleden geworden. Het vreemde was dat er dus meer mogelijkheden leken te bestaan. Hij kan zich herinneren dat soms vanzelf de gedachte opkwam om naar Nieuw-Zeeland te gaan, of naar Zuid-Amerika. Dat idee was op geen enkel ander moment ooit bij hem opgekomen. Alleen daar, als hij zijn trein had gemist, overviel hem de drang om de vlucht te nemen naar een ver land, alsof hij lang geleden op het perron in Waterloo Station iets van zichzelf had verloren en daar af en toe weer over struikelde.

Kunst, denkt hij, is niet hetzelfde als vooruitgang.

9

Howard is ziek en ligt uit het raam te kijken naar de grijze middag in suburbia. Het uitzicht bestaat uit kale, vertakte bomen tegen een lege hemel vol licht, uit de bovenverdieping met het puntdak van nummer 32. Zo ziet hij de wereld nooit, in haar doordeweekse apathie. 's Morgens gaat hij om acht uur de deur uit, om pas twaalf uur later terug te keren; hij komt en gaat voortdurend, in en uit, als een naald die door de stof wordt gestoken. Hij vraagt niet hoe die stof tot stand komt, maar ze is er, ze weeft zichzelf uit stilte, uit stilstand. Howard geniet ervan zoals ze hem als een cocon omspint. In deze slaapkamer heeft de tijd een bepaalde dikte, een ondoorzichtigheid; in de loop van de uren lijkt er zich een huid op te vormen, als een vel op een afkoelende vloeistof. Howard hoort auto's voorbijkomen, soms stemmen. Er is een vogel die een geluid maakt als een piepend fietswiel. *Rie-rie-rie-rie-rie*. De stemmen bereiken hem als stukjes legpuzzel die hij in elkaar past tot grillige fragmenten leven. Moeder en kind. Man die hond uitlaat. Postbode die bij de buren iets bezorgt dat niet door de brievenbus kan.

Claudia komt bij hem en gaat helemaal aan de andere kant van het bed zitten. Ook zij lijkt zich bewust van de apathie, de drukkende stemming. Hij gaat ervan uit dat zij dat gevoel wel kent, maar kennelijk is dat niet zo: zij schijnt te denken dat hij het uitstraalt.

'Hoe voel je je nu?' vraagt ze kordaat. Haar ogen zijn als geglazuurd, ze heeft parfum op, is helemaal aangekleed. Een tikje ongeduldig, bespeurt hij, alsof hij een apparaat is dat het op haar terrein laat afweten en dat ze graag zo gauw mogelijk gerepareerd en verwijderd wil hebben.

Hij slaat het gekreukelde dekbed open en klopt op het laken.

'Heb je zin om erin te komen?'

'In bed?'

Hij raakt haar pols aan. Ze kijkt verschrikt.

'Er is niemand,' zegt hij.

Dat is, begint hij te begrijpen, het probleem met de dag: de menselijke wil heeft er geen vat op. De dag is vormeloos, een klomp klei die gestalte moet krijgen door inspiratie en verlangen. Dat, herinnert hij zich, is vrijheid. Nu hij drie-enveertig is, komt de vrijheid meestal in bewerkte toestand tot hem, in kleine hoeveelheden: beslissingen, richtlijnen, ingewikkelde mogelijkheden om succes te boeken. Hoe het ruwe materiaal aanvoelt weet hij niet meer. Claudia speelt met de zilveren hanger die ze om heeft. Hij kent het sieraad wel maar heeft er nooit goed naar gekeken, heeft nooit gezien hoe koud en compact het is, hoe het haar vingers als een magneet aantrekt.

'Dat kan niet.'

'Kom nou, Claude. Heel even maar.'

Hij heeft haar ergernis gewekt. Hij heeft haar boos gemaakt. Donkere vogelsilhouetten schuiven geluidloos langs de vale hemel. Claudia komt naast hem op bed liggen, een beetje stijfjes. Ze doet haar schoenen niet uit. Wel legt ze haar hoofd in zijn gebogen arm, zodat hij over haar haar kan strijken, dat er vandaag onfris uitziet en met veel zilverkleurige speldjes uit haar gezicht wordt gehouden. Daar kan hij zich over verbazen, over de manier waarop de mensen zichzelf geven, de manier waarop ze in de leegte van het naderende ogenblik een nieuw moment van leven scheppen. Hij hoort het opstijgen uit de onzichtbare straat: de vrouw die haar kind heel geduldig toespreekt, de man die zijn hond fluit. Hij bedenkt hoe rechtschapen ze zijn, hoe goed. De winterbomen tekenen grimmige, gearceerde beelden achter het raam. Volgens hem kunnen de mensen bewust nooit zo goed handelen als wanneer ze instinctief iets doen, in een lege straat op een doordeweekse novemberochtend. Wat ook geldt voor zijn vrouw, die naast hem op bed ligt, in dit verloren stukje van de dag.

'Heb je nog ergens zin in?' vraagt ze wanneer ze weer in de deuropening staat en haar kleren rechttrekt.

'Alleen een beetje soep,' zegt hij zwakjes. 'Niet te veel.'

'Soep,' zegt ze. 'En wat voor soep?'

'Zie maar wat er in huis is. Die preisoep van jou is erg lekker. En een broodje misschien, eentje, met boter.'

'Goed,' zegt ze.

Hij ziet haar blik van berusting, van tijdelijke lijdzaamheid. Wanneer hij naar zijn werk is, vergeet ze hem misschien helemaal. Waar denkt ze dan wel aan? Waar weerhoudt hij haar van, terwijl hij hier ligt te verkommeren tussen beddengoed dat naar hemzelf ruikt, in hun kamer die doortrokken raakt van zijn aanwezigheid? Ze zou moeten luchten, het dekbed rechttrekken en de ramen opengooien, bloemen in een vaas zetten. In plaats daarvan trekt ze haar kleren recht en komt er een verbeten trekje om haar mond als hij om soep vraagt. In het raam van het huis aan de overkant ziet hij een gestalte achter het donkere glas. Hij ziet een bleke arm die omhooggaat en beweegt, omhooggaat en beweegt. Hij ziet vaag haren over een witte schouder vallen. Een vrouw staat te strijken. Hij ziet het ijzer metalig blikkeren, de strijkbeweging waarmee ze telkens weer druk uitoefent. Haar gezicht bevindt zich in de schaduw. Wat is ze evenwichtig, ijverig. Getroost slaat hij haar gade. Het is waar dat het leven de liefde in ketenen slaat; dat zou volgens hem weleens het geheim van Claudia kunnen zijn. IJver heeft iets deugdzaams, zelfs al wordt de genegenheid erdoor ingeperkt, zelfs al wordt de tedere hand erdoor tegengehouden. Het is maar goed dat Claudia niet op commando de hele dag naast hem komt liggen. Hij weet nog hoe zijn moeder hem verzorgde als hij ziek was. Er stonden altijd wel bloemen in een glas naast het bed en er was altijd wel een dienblad onderweg naar boven. Hij herinnert zich dat die liefde verlammend werkte, dat ze hem bij zich leek te willen houden, en dat hij half en half bij haar gehouden wilde worden – alsof ze hem aan de wereld had ontstolen om nog beter voor hem te kunnen zorgen.

Hij slaapt een tijdje, en als hij wakker wordt ruikt hij de soep van beneden. De dag is onveranderd. De vogel roept bij het raam. *Rie-rie-rie-rie-rie.* De telefoon gaat en hij hoort Claudia praten. Ze praat een hele tijd. Een paar keer lacht ze. Later komt ze een blad brengen en zet dat naast hem op het dekbed. Het is kwart over twee; zijn mond is droog en hij heeft een bittere smaak van de honger. De soep is lichtgroen, dik, bespikkeld met kruiden, precies zoals hij zich had voorgesteld.

'Waar is jouw soep?' vraagt hij. 'Neem jij niet?'

Ze loopt rond, vergaart dingen, blijft buiten zijn bereik.

'Ik heb zelf beneden al wat genomen. Ik hoopte eigenlijk dat ik vanmiddag naar het atelier kon. Heb je verder nog iets nodig?'

Ook dat herinnert hij zich nog: het gevoel dat zijn moeder een verborgen leven had en dat hij daar inbreuk op maakte, luistervink speelde; alsof het huiselijk leven een trucje was, een kunstgreep, en zijn ziekte de manifestatie van zijn moeders schuldgevoelens. Als Claudia weg is begint hij aan de soep, en in zijn verbeelding ziet hij haar beneden aan tafel in haar eentje de hare eten.

10

Het huis is leeg. Olga loopt door de kamers en kijkt naar de dingen. Ze is vandaag vroeg terug, want ze heeft hoofdpijn, zo erg dat er heftige rillingen door haar hele lijf trekken. Ze mocht naar huis. Tijdens de hele busrit roffelde de pijn als een trommelstok tegen haar hoofd. En toen schreeuwde de chauffeur ook nog tegen haar omdat ze te laat op het knopje had gedrukt, en hij remde zo hard dat ze tegen de stang smakte. Ze heeft zich bezeerd, er zit een rode striem op haar arm. Waarom heeft hij haar dat aangedaan? Als ze hem ooit weer treft, zal ze het hem vragen. Ze heeft hier geen vrienden, geen familie, geen taal om zich in uit te drukken. Waarom heeft hij haar uitgekozen om pijn te doen?

Ze staat in de kamer met de fluwelen bank, waar ze nooit binnen wordt gevraagd, waar zij 's avonds zitten te praten. Er staan stoelen, een bekleed met leer en een met een ouderwetse gebloemde stof. Er staat een tafel, met stapels kranten en tijdschriften en twee gebruikte glazen erop. Er staat een oude bruine piano. De gordijnen in deze kamer zijn groen. Ze vindt de stof mooi, ruwe zijde, en ze vindt de gouden spiegel boven de haard mooi en de dingen die op de schoorsteenmantel staan ook: een gouden klokje, net een tempel, met gegraveerde minizuilen, een presse-papier met een bloedrode pioenroos opgesloten in het glas, een hemelsblauwe porseleinen vaas met een smalle hals. Op de buik zijn witte figuurtjes geëtst. Ze dragen tuniekachtige kleren, als goden en godinnen. Ze dansen en praten en feesten rondom. Ze bekijkt de boeken, die schots en scheef op de planken staan. Ze zijn stoffig, net als de piano. Maar de stoelen en de bank zien er vriendelijk uit, als pratende mensen, en de gordijnen doen haar denken aan de baljurken die actrices in oude films dragen. Het is een prettige kamer, een warme kamer, maar ze vragen nooit of ze er even bij komt zitten.

Ze gaat naar boven, naar hun slaapkamer, ook stoffig, overal kleren, het bed onopgemaakt. Op een avond heeft ze hen daar horen schreeuwen. Ze houdt niet van mensen die schreeuwen. Maar de volgende ochtend deden ze weer normaal, alsof er niets was gebeurd. Het bed doet door het kreukelige dekbed denken aan een rattennest. Vreemd dat twee mensen het er zo bij willen laten liggen. Onbegrijpelijk. Zelf zou ze het vertikken om in dat bed te stappen. Ze snapt niet waarom ze hun kamer niet netjes maken. Stuitend om zo te leven. Ze trekt een la open, kijkt erin. Mannenondergoed, keurig opgevouwen. Dat verbaast haar. Hij is zo slordig, zo lui, maar in zijn eigen la, die nooit iemand ziet, is alles ordelijk. Als ze weleens om een uur of drie, vier 's middags thuiskomt, ligt hij op de bank een boek te lezen, terwijl de keuken beneden er walgelijk uitziet en vies ruikt: er zoemen vliegen om de vuile borden, de ongeveegde vloer knerpt onder je voeten en pannen met aangekoekt eten blijven dagen staan. Ze had geen idee dat hij zijn onderbroeken opvouwt.

In haar eigen kamer is alles schoon en ordelijk. De witte winterzon schijnt door het raam. Een bromvlieg warrelt luidruchtig tegen de ruit. Ze mept hem dood met een op-

gerold tijdschrift. De hoofdpijn heeft een leegte achtergelaten. Met haar vingertoppen betast ze de rode striem op haar
arm. Ze voelt zich eenzaam. Ze gaat op haar bed zitten en
belt haar moeder.

I I

De pianoleraar woont met zijn vriend in een souterrain-flat aan de andere kant van de stad. Ignatius is ook pianist: zijn vleugel past maar net in de krappe slaapkamer, terwijl Benjamins piano in het woongedeelte staat, waar het lage, doorhangende plafond vol bruine vochtplekken zit en het raam uitzicht biedt op een betonnen binnenplaatsje en een bemoste trap naar de straat.

Nog voordat hij er is voelt Thomas al dat de sfeer dezelfde uitwerking heeft op zijn houding tegenover cultuur als een adstringerend middel op een open wond: de rijen verwaarloosde huizen, de trottoirs bezaaid met kapotte meubels en bolle zakken huisvuil, het roestige hek en het felle gifgroen van Benjamins trap, zelfs de splinterige voordeur, laag als de toegang tot een kerker – dat alles werkt opwekkend en verkwikkend, en wanneer de voordeur opengaat en Benjamin verschijnt, wordt Thomas dan ook overspoeld door een verwarrende sensatie, alsof hij zijn minnaar is. Benjamin is niet bijzonder knap, maar in dat armoedige halletje heeft zijn menselijke frisheid heel even iets overrompelends. Thomas geneert zich er een beetje voor dat hij met welgevallen kijkt naar Benjamins melkblanke huid, zo rustig aan de ogen, naar zijn haar, dat zwart en glanzend is, en naar zijn roze mond met de licht verbaasde uitdrukking van een koorknaap. Onder zijn onopvallende vest en ribbroek tekent zijn lichaam zich vaag af als een beeld onder een stoflaken. Sinds kort beseft Thomas, als ze in de deuropening tegenover elkaar staan, dat Benjamin ook blij is hem te zien. In de ruimte tussen hun onverenigbare lichamen ontstaat een warm, bijna opwindend gevoel.

Thomas steekt zijn hand uit – 'Hallo, daar ben ik weer' – en Benjamin neemt die hand na een korte aarzeling in de zijne, wat bij Thomas de vraag oproept of Benjamin de handdruk tussen mannen ervaart als ongemakkelijk, als typisch heteroseksueel. De gedachte komt bij hem op dat homo's elkaar misschien geen hand geven, maar dat ze elkaar net als vrouwen omhelzen of op de wang kussen. Hij vraagt zich af of hij de volgende keer het initiatief zal nemen om Benjamin te omhelzen.

'Fijn dat je er bent,' zegt Benjamin terwijl hij even Thomas' vingers drukt en ze dan loslaat.

Ze gaan de gang in, waar gescheurde stukken bruin vinyl onder hun voeten wegschuiven en een enkel peertje aan een groezelig snoer bungelt. Benjamin moet bukken om zijn hoofd er niet aan te stoten. Hij gaat de hoek om, bukt nogmaals bij de deur naar de buitensporig rommelige woonkamer. Thomas loopt zo dicht achter hem aan dat de haartjes van Benjamins camel vest slechts een handbreedte van zijn ogen af zijn, want in het krappe, hokkerige appartement is afstand houden onmogelijk, met als gevolg dat de menselijke gestalte er meer betekenis lijkt te hebben, meer structuur, meer associaties. In combinatie met de haveloosheid leidt dat ertoe dat Thomas het appartement van Benjamin associeert met jong-zijn. Hier wordt hij herinnerd aan een intensere en sensueel levendiger lichamelijkheid die hij achter zich had gelaten, al beseft hij dat nu pas. Wanneer hij naast Benjamin aan de piano zit, hun knieën elkaar bijna raken en hun handen elkaar bij het verkennen van de toetsen telkens kruisen, is Thomas fysiek dichter bij iemand dan hij in jaren is geweest, afgezien van zijn vrouw en zijn kind. Benjamins houten stoel is afkomstig uit een school en kraakt telkens als hij zich vooroverbuigt om de bladzijde om te slaan of iets voor te spelen. Zijn ledematen schampen Thomas' gezichtsveld, de armen en benen die zo stakerig en mechanisch bewegen op hun grote knokkelachtige gewrichten, de vaardige, grote handen met de brede, schone nagels, de stevige mannenpolsen en het dichte bruine haar op zijn onderarm dat zichtbaar wordt wanneer hij naar de metronoom reikt – dit is intimiteit, deze nabijheid die zich door de bewegingen steeds vernieuwt. Het valt niet mee om indruk te maken op iemand die zo dichtbij zit. Het heeft een tijdje geduurd voordat Thomas zich erop had ingesteld dat die indruk via zijn handen en niet via zijn gezicht tot stand moest komen.

Benjamin observeert hem van achter zijn bril met strakke blik.

'Hoe ging het van de week?'

'Goed, geloof ik. Prima.'

De eerste keer had Thomas zich niet goed raad geweten met die vraag, die druk leek uit te oefenen op een onzichtbare plek, wat om de een of andere reden klinisch overkwam, als de aanraking van een dokter die verborgen regionen van het lichaam onderzoekt. Hij probeerde zich te bedekken, hij probeerde met woorden het besef van afstand te herstellen dat hij fysiek niet kon bewerkstelligen. Maar nu is hij het gewend om zich bloot te geven. Hij verheugt zich erop dat het bevestigd wordt, het van schaamte ontdane terrein waarop hij zich nu al weken aan het ontwikkelen is.

'Je bent doorgegaan met de tweestemmige *Inventione*.'

'Eerlijk gezegd,' zegt Thomas nonchalant, 'heb ik ook al naar het adagio gekeken.'

Benjamin trekt zijn smalle wenkbrauwen op. 'Dat van Beethoven?'

Thomas knikt. Hij ziet wel dat Benjamin verrast is, lichtelijk sceptisch verrast, zodat Thomas' hart tegen zijn borstbeen begint te bonken. Hij weet wat er gaat komen. Nu hij een volwassen man is, zal hij, anders dan bij vrijwel alle andere aspecten van zijn leven, de bewering dat hij dat adagio kan spelen moeten waarmaken. Redeneren, uitstellen of veel praten, daar komt hij niet mee weg. Hij moet laten zien dat hij het kan.

'Heb je de muziek bij je?'

'Ja.'

'Ga je gang dan maar.'

Benjamin staat op, pakt zijn stoel. Hij waadt door de stapels muziekpapier die op het vieze tapijt slingeren en installeert zich op ruim een meter afstand, met zijn handen aandachtig ineengeslagen op schoot. Zijn scepsis is vervlogen, zijn gezicht staat weer opgeruimd en enthousiast. Per slot van rekening is scepsis hier niet op zijn plaats. Dat heeft immers geen zin? Thomas wordt bevangen door scepsis of twijfel wanneer hij naar Alexa kijkt die haar bord voorzichtig naar het aanrecht brengt, of naar Tonie die de auto achteruit inparkeert; dan voelt hij de wereld net buiten handbereik wankelen, als een vallend voorwerp dat hij stevig wil beetpakken om het weer rechtop te zetten. Maar kennelijk zal Benjamin dat onbehagen niet voelen als hij naar Thomas kijkt. Vindt hij het dan niet belangrijk hoe Thomas het adagio speelt? Heeft hij besloten dat hij zich, aangezien Thomas' vertolking hem in praktische zin winst noch verlies oplevert, net zo goed onverschillig kan opstellen? Benjamin knikt naar de piano. Het is een hoffelijk gebaar. Thomas ziet zichzelf al knikken naar Alexa, naar Tonie, terwijl ze iets rampzaligs dreigen te gaan doen. Het betekent dat Benjamin zich heeft teruggetrokken van het slagveld, het toetsenbord dat nu eens lijkt te grijnzen als een gebit, dan weer lijkt te schitteren als een ver, ijzig landschap, een oord even mooi als onmenselijk, waar de stilte zo nu en dan wordt verstoord door strijdgewoel dat weer wordt opgeslokt.

Benjamin schraapt zijn keel. 'Ben je zover?'

De waarheid is dat Thomas de afgelopen week aan het adagio heeft gewerkt als een eenzame gevangene die een tunnelt graaft onder de muur van het fort. Hij schaamt zich een beetje voor zijn heimelijke vasthoudendheid, de starheid van zijn aanpak, de niet-aflatende, eentonige arbeid die hij erin gestoken heeft, want zo heeft hij wat hij wilde in het leven altijd veroverd, en zo heeft hij kunnen afhouden wat hij niet wilde. Daardoor kreeg hij het gevoel dat hij bedrog pleegde, net als wanneer hij de hele nacht blokte om een examen te halen, of saaie vergaderingen moest uitzitten omdat hij beter op de hoogte was dan de rest, of tot in de kleinste details zijn strategie uitstippelde om de aandacht te trekken van een vrouw die hij leuk vond. Het werk leek altijd de plaats in te nemen van iets natuurlijkers, iets instinctiefs, iets dat is ingeboren, iets dat hij associeert met oprechtheid, al weet hij niet precies waarom. Als hij aan de piano zat raakte hij ervan overtuigd dat er een eerlijker methode moest bestaan om het adagio te leren spelen, iets beters dan elke maat oefenen tot die geestelijk gebroken is en tot een rammelkast van gekte is verworden, maar hij heeft niets kunnen bedenken. Terwijl zijn vingers nog met de muziek worstelden en haar aarzelend veroverden, bekroop hem al een vluchtige, bittere ontmoediging, want in zijn besluit om een instrument te leren bespelen ligt een naamloze hoop besloten die voor zijn ogen lijkt te vervliegen. Heimelijk stelde hij zich voor dat hem ergens binnen die strenge regels een soort verlossing wachtte, hij zag zichzelf als bevrijd, ongebonden, zodat hij over weidse witte vlakten van zelfexpressie kon ronddwalen. Maar er hebben zich alleen maar nieuwe perspectieven van discipline en details onthuld die de druk op zijn persoonlijkheid slechts hebben verhoogd.

'Zoals ik al zei, ik heb er nog niet echt in kunnen duiken,' zegt hij tegen Benjamin. 'Het valt niet mee om er tijd voor te maken. Je kent dat wel.'

Benjamin knikt weer en glimlacht.

'Goed, daar gaat ie dan,' zegt Thomas.

Heel even bestaat er in zijn hoofd niets anders dan het witte licht van de prestatie, de vreemde, vlakke helderheid die is achtergelaten door de wetenschap dat hij niet mag denken, dat hij zijn brein leeg moet maken en dat hij nu moet handelen – en de eerstvolgende keer dat hij naar de muziek kijkt, ziet hij dat hij al halverwege de eerste bladzijde is, en omdat hij nadenkt struikelt hij, waarna hij snel zijn hoofd opnieuw leegmaakt en terugkeert naar zijn handen. Er is een vreselijke passage die hem het gevoel geeft dat hij langs een smalle richel voortschuifelt, gevolgd door een gedeelte waarin hij zich veilig waant op een uitgestrekte, stevige vlakte, en dan opeens is er een waterval en stort hij naar de rand, naar de ramp, en hij wordt omlaaggesleurd door de complexiteit, om aan de overkant weer tevoorschijn te komen, waar stilte en daglicht heersen: de rommelige kamer waar Benjamin op zijn stoel zit.

'Bravo!' zegt Benjamin. Hij heeft een hoogrode kleur en kijkt verwonderd.

De slaapkamerdeur gaat met een ruk open. Het is Ignatius, even blozend, gedrongen en overvloedig behaard als Benjamin slank en gepolijst glad is. Hij staat in de deuropening te applaudisseren en luid te roepen in zijn fluwelige Amerikaans dat alles een aardiger en minder oprechte klank verleent dan normaal. Dan komt hij de kamer in, vrolijk en hanig in zijn strakke T-shirt – borsthaar kroest bij zijn hals, zijn broek omspant zijn heupen, een rossig sikje groeit aan zijn kin. Benjamin heeft een gespannen trekje om zijn mond.

'Dat adagio is góddelijk – ik had geen idéé dat je zo vooruit was gegaan! Ik stond met mijn oor tegen de deur en dacht: wie is daar in hemelsnaam bezig?'

'De andere delen kan ik nog niet spelen,' zegt Thomas bescheiden, hoewel zijn gezicht rood ziet van genoegen. Ignatius is een echte pianist, geen leraar maar een uitvoerend kunstenaar, zijn naam staat op flyers voor de lunchconcerten in Wigmore Hall. Thomas schaamt zich voor zijn verraad tegenover Benjamin; vagelijk begrijpt hij dat die schaamte voortkomt uit hun intimiteit. Gewoonlijk kan alleen Tonie hem op deze manier inkapselen, hem op subtiele wijze omweven met kennis over haarzelf, en dan voelt hij zich lomp en trekt hij de ragdunne draden kapot.

'Zo verwonderlijk is dat niet,' zegt Benjamin. Zijn stem klinkt een beetje afgemeten. 'Je bent pas een paar maanden bezig.'

Thomas bladert in de muziek, bladzijden vol wilde zwarte pieken en dalen van zestiende noten, de onrustige akkoorden in de partij voor de linkerhand. Hij begrijpt niet goed waarom hij dit niet kan spelen. Het adagio heeft hij onder de knie, maar het allegro molto e con brio en het grave kan hij niet ontcijferen. Ignatius kijkt over zijn schouder mee.

'God, wie kan dat nou wel?' zegt hij sotto voce, alsof zijn ketterse opmerking anders zou worden opgevangen door de Bengalese familie die boven woont en voortdurend bij de gemeentelijke gezondheidsdienst klaagt over het ondraaglijke geluidsniveau in het souterrain. 'Je moet gáán voor de grote melodieën, de dramatiek, de hoogtepunten. Ik lééf ervoor, ik lééf voor dat adagio! Ik heb er kippenvel van.' Hij strekt zijn dikke onderarm. 'Zie ik rood?' vraagt hij aan Benjamin.

'Een beetje,' antwoordt Benjamin stijfjes. 'In je hals.'

Ignatius trekt aan het boordje van zijn T-shirt, betast zijn hals. 'Ik heb een gevoelige huid,' zegt hij. 'Ik ben net een lakmoespapiertje voor emoties. Als ze eenmaal vat op me krijgen, zit ik zo ónder. Uitslag, vlekken, netelroos... Ik voel het door me heen sluipen, door al die weerloze cellen en bloedlichaampjes. Mijn moeder zei altijd dat God er op die manier voor zorgde dat ik nooit zou liegen.'

'Terwijl het overduidelijk vitaminegebrek was,' laat Benjamin zich ontvallen.

Ignatius maakt afkeurende geluiden. 'Inderdaad, ik kom uit de onvervalste armoede van een camperkamp,' zegt hij tegen Thomas. 'Bij ons thuis werden gevulde wafels tot de gezonde kost gerekend. Die verrukkelijke fris-fruitige nepsmaak... Als ik eraan dénk krijg ik al kiespijn.'

'Het zou moeten worden beschouwd als een vorm van mishandeling,' zegt Benjamin. Hij staat op en zet zijn stoel weer naast Thomas aan de piano. Ignatius kijkt naar hem met een mengeling van genegenheid en ergernis.

'Benjamin is doortrókken van vitaminen. Moet je dat haar eens zien!'

Benjamin raakt blozend zijn glanzende, donkere haar aan.

'Wij aten normaal en verantwoord, niks bijzonders. Normale Engelse kost.'

'*Shepherd's pie*,' zegt Ignatius dromerig. 'De shepherd's pie van je moeder is zálig. Ik zou de hele dag als een jong hondje achter haar aan hebben gelopen, in de hoop dat ze me een hapje zou toestoppen. Of zo'n klein aardappeltje, knapperig gebakken in ganzenvet.'

'Het was heus niet ideaal, hoor,' zegt Benjamin. 'Een kind heeft behalve eten nog meer nodig. Ik zeg alleen maar dat het normaal was.'

Thomas voelt de onderstroom van de relatie tussen de mannen verraderlijk om zich heen spoelen. Het is nieuw voor hem dat twee mannen iets van de liefde maken dat zo sterk lijkt op het heteroseksuele equivalent. Hij vraagt zich af of liefde een verschijningsvorm is, net als muziek, die bezit neemt van wat zelf geen naam of wezen heeft en daar gestalte aan geeft.

'Ik heb uitstekend te eten gekregen,' zegt hij. 'Maar tegenwoordig denk ik weleens dat ik liever pianoles had gehad.'

Ze kijken hem allebei nieuwsgierig aan: een nieuweling in hun domein. Opeens voelt hij zijn muzikale bevattingsvermogen onstuitbaar wegvloeien, zoals mensen hele talen vergeten waarin ze eens hun gevoelens konden uiten. Het adagio is weer onontcijferbaar geworden. Als ze hem zouden vragen het nu te spelen, zou hij daar niet toe in staat zijn.

'Werd er niet gemusiceerd bij jou thuis?' vraagt Benjamin, alsof hij ook dat als een vorm van mishandeling beschouwt. 'Dat is heel ongebruikelijk, moet ik zeggen.'

'Hemeltjelief!' Ignatius wappert geagiteerd met zijn handen. 'Dat is je reinste fantasie! Ik vind het vervelend om je uit de droom te helpen, maar in de wereld buiten de verrukkelijke omgeving waar jij bent opgegroeid, is muziek zuiver en alleen iets voor mietjes.'

'East Sheen, het chique deel van Richmond,' zegt Benjamin waardig. Hij slaat onverzettelijk zijn armen over elkaar. 'Ik ben het helaas niet met je eens,' vervolgt hij met verongelijkte, trillende stem, alsof een meningsverschil met Ignatius al iets voor mietjes is, waarop hij van zichzelf uit dwarsigheid trots moet zijn.

'Neem nou maar van mij aan,' zegt Ignatius, 'dat een jongen die in mijn milieu op pianoles wilde, prompt werd uitgemaakt voor flikker.'

Benjamin krijgt meteen een kleur.

'Dat was een vreselijke omgeving. Ze moesten dat hele terrein platgooien.'

'Op welke leeftijd heb je les gekregen?' vraagt Thomas. In hem roert zich een vage hoop.

'Pas op mijn achttiende speelde ik mijn eerste noot,' antwoordt Ignatius. 'Maar ik had wel al een keer een piano zien staan, bij een vriendje, in de garage. Hij stond daar zo tragisch mooi te zijn, tussen het elektrische gereedschap en de vuilnisbakken. Net een beeldschone vrouw, omringd met al die lelijke, praktische dingen. Mijn vingers jeukten' – hij laat zijn dikke, behaarde vingers dansen – 'jeukten om hem aan te raken, maar dat zat er niet in. Mijn hele akelige jeugd lang heb ik een stille liefde voor die ouwe piano gekoesterd.' Hij huivert. 'Als ik eraan denk, krijg ik er nog de kriebels van.'

Benjamin luistert, al heeft hij het verhaal waarschijnlijk al talloze malen gehoord. Zijn gezicht staat respectvol, ongeremd belangstellend, en Thomas vangt een glimp op van de woelige liefde die als een donkere rivier de wortels van

zijn wezen omspoelt. Maar het volgende moment is hij ge-
irriteerd, formeel, en trekt hij zijn manchet op om op zijn
horloge te kijken.

'We raken ver achter met onze les,' zegt hij. 'We moeten
echt verder.'

Ignatius legt zijn hand op Thomas' schouder, en Thomas
beseft dat hij aardig is, aardiger zelfs dan Benjamin, want
de liefde heeft hem niet ondermijnd zoals bij zijn geliefde
het geval is, en er welt verlangen in hem op naar de kracht
en de oprechtheid van deze tweede man, naar zijn tastbare
scherpte, zo anders dan de schone jongensachtigheid van
Benjamin. Het is of hun relatie bij hem is binnen gedrongen en zich via zijn eigen zintuigen vertolkt.

'Het adagio was goddelijk,' zegt Ignatius, en hij geeft hem
een kneepje. 'Je hebt het mooi gespeeld.'

Een andere keer, een grijze onstuimige middag, schaduwen
vallen en rollen zwaar door het schemerige raam van Benjamins kamer; op de hogergelegen straat komen de voeten van
voorbijgangers langs, afval wervelt om hun enkels. Ignatius
is op tournee in Duitsland. Benjamin heeft opgeruimd. Hij
biedt Thomas thee aan, maar als hij ermee aankomt blijkt
er een bruin vliesje op te liggen. Benjamin neemt de thee
weer mee en gaat een schoon kopje halen. De deur naar de
slaapkamer staat op een kier. Thomas ziet de solide zijkant
van Ignatius' vleugel, de klep is dicht. De kamer is zo klein
dat het bed dienstdoet als pianokruk. Geschokt vraagt hij
zich af hoe ze zo kunnen leven. Nu Ignatius er niet is, is
Benjamins invloedssfeer al uitgebreid, ze vult en tekent het
appartement. Thomas ziet hem in zijn verbeelding opruim-
men en spullen opbergen. Hij ziet hem tevreden de klep
van de vleugel sluiten.

'Ik heb ook nog kans gezien zelf het een en ander af te krijgen,' zegt Benjamin, als een huisvrouw die stelselmatig in de verdrukking komt door het succes van haar echtgenoot.

Toch zal Benjamin juist tijdens deze les voor Thomas veel veranderen. Ze zitten samen voor het adagio.

'Het is net een klok,' zegt Benjamin. 'Stel je voor dat je binnen in een klok zit. De muziek is het mechanisme.'

Hij speelt een paar maten: vingers gaan als hamertjes op en neer, hoofd zwaait als een slinger van links naar rechts. Met zijn tong maakt hij tiktakgeluiden tegen zijn tanden. Thomas moet erom lachen. Benjamin beloont hem door nog harder te tiktakken en zo heftig met zijn hoofd te schudden dat zijn hele lijf heen en weer wiegt.

'Tiktak tiktak...'

Hij klopt het adagio er met zijn hamerachtige vingers uit, en opeens begrijpt Thomas dat Benjamin het eigenlijk over de tijd heeft.

Thuisgekomen gaat hij aan de piano zitten om het adagio nogmaals te spelen. Alexa staat in de deuropening.

'Het is net een klok,' zegt hij, en hij tiktakt net als Benjamin op de maat van de muziek, maar ze schijnt het niet te begrijpen, en als hij probeert het haar uit te leggen merkt hij dat hem dat niet lukt.

12

Claudia belt. Ze wil naar een feestje, maar Howard is ziek. Ze vraagt of Tonie in zijn plaats met haar meegaat.

Tonie zegt ja, want ze houdt van onverwachte dingen. En het is eigenlijk wel roerend dat Claudia een chaperonne nodig heeft, dat ze na twintig jaar huwelijk niet geruisloos de kans waarneemt om iets in haar eentje te beleven. Ze komt Tonie ophalen in haar stationcar die naar hond ruikt. Het is een allesomvattend donkere avond. Claudia draagt iets met een bontkraag, net een Russische aristocrate. Haar oogleden zien ziekelijk blauw, de wimpers zijn met mascara tot sprietjes geborsteld. Haar haren zijn warrig, haar nagels afgekloven, haar oorringen duur. Bij het gele licht van de straatlantaarns maakt ze een prettig verloederde indruk.

'Het zijn zúlke interessante mensen,' zegt ze over hun gastheer en gastvrouw.

'Wat is er met Howard?'

Claudia steunt van wanhoop en laat even het stuur los.

'Wist ik het maar! Ik weet me geen raad... Hij is al drie weken niet naar zijn werk geweest! Hij knapt maar niet op. Hij loopt de hele dag in zijn ochtendjas te kniezen.'

Tonie kent Claudia al jaren, heeft tijdens talloze familie-etentjes veelbetekenende blikken met haar gewisseld, bij doopplechtigheden en op begrafenissen naast haar gestaan

– beiden op chique maar knellende schoenen – en haar baby's op de arm gehad. Ze weet hoe ze uiting geeft aan haar vreugde en haar verontwaardiging; sinds ze volwassen is hoort ze Claudia's partij geregeld, als de melodie van een andere sectie in het orkest.

'Maar wat heeft hij dan?' vraagt ze.

Claudia tuurt de donkere verte achter de voorruit in.

'Er schijnt iets met een long te zijn. Eergisteren is hij eindelijk naar het ziekenhuis gegaan om foto's te laten maken. Hij dacht dat het griep was, maar griep blijft immers niet dag in, dag uit hetzelfde? Ik heb aldoor gezegd van: ga in vredesnaam naar de dokter om een diagnose te laten stellen! Een diagnose! Laat een diagnóse stellen!'

Ze bonkt op het stuur.

'En dat heeft hij dus gedaan,' helpt Tonie haar vriendelijk herinneren.

'Nou ja, pas nadat hij al mijn plannen om te werken had getorpedeerd en me bij wijze van spreken de weg naar het atelier had versperd, want hij vond dat ik voor hem moest zorgen, ook al was dit mijn eerste echte kans om te schilderen sinds de kinderen na de zomervakantie weer naar school zijn...'

Het is inmiddels december, de week daarop begint de kerstvakantie, maar Tonie neemt aan dat Claudia dat ook wel weet. Een poosje rijden ze zwijgend verder.

'Hoe dan ook, er blijkt een plekje te zitten,' hervat Claudia.

'Wat is een plekje?'

'Gewoon, een soort donker... plekje, op zijn long. Ze willen een hoe-heet-dat-ook-weer doen, een biopsie. Vroeg of laat zullen ze ons wel vertellen wat het is.'

Tonie drukt haar vlakke handen tegen haar bovenbenen.

Het is een pikdonkere avond. De bomen en de hekken zijn al berijpt. Ze bevinden zich in een buitenwijk die ze niet kent, grote huizen, donkere volumineuze silhouetten, dure zilverkleurige auto's op inritten met wit beijsde ramen. Alles ziet er geacheveerd uit, verlaten. Ze rijden een van de inritten op, bellen aan bij een deur die wordt beschenen door rijtuiglantaarns. Het is een kast van een huis. De bel galmt diep in het inwendige. Tonie is bang.

Er wordt opengedaan door een struise vrouw, theatraal gekleed als een operazangeres. Als ze hen ziet spreidt ze haar armen.

'Schattebouten!' roept ze uit.

Ze komen in een kamer vol mensen. De vrouw is erg luidruchtig. Tonie kan niet verstaan wat ze zegt, ze hoort alleen het geluid dat ze maakt. Ze heet Dana of Lana. Het vertrek is licht, druk, verwarrend. De wanden zijn rood geschilderd. Er zijn Afrikaanse beelden, primitieve maskers, een tijgerhuid boven de haard. Tonie kijkt naar de andere mensen: van middelbare leeftijd, rimpelig gezicht, dunnend haar en een zacht vormeloos lijf. Tussen de reusachtige zwarte fallussen en de beelden van zwangere wilden ogen ze uitgeblust en afgemat. Claudia staat te praten met een documentairemaker. Terwijl Tonie toekijkt, wil ze van alles over hem weten. Hij heeft een bleek vollemaansgezicht met ogen als scherfjes lege blauwe lucht; het valt Tonie op dat hij zich met zorg heeft gekleed: afgedragen modieus. Hij is onlangs teruggekeerd van de Galapagoseilanden, waar hij heeft gefilmd.

'Wat interessánt,' zegt Claudia, zo vleierig dat het volgens Tonie ironisch bedoeld moet zijn.

Ze stelt hem de ene vraag na de andere, zoals een moeder een baby hapjes eten voert: als hij de ene vraag heeft beantwoord, staat zij al klaar met de volgende. Ze horen over de leguanen, over de schildpadden die het strand op komen om hun eieren te leggen, over zijn heldhaftige inzet voor kwetsbare dieren. Claudia knikt, paait en lacht, en elke keer dat Tonie een drankje krijgt aangeboden, neemt ze het aan.

'Waarom ziet de wereld er in zulke films toch altijd volmaakt uit?' vraagt Tonie hem.

Hij, de baby in zijn kinderstoel, wikt en weegt: is ze vriend of vijand?

'Ja,' antwoordt hij, 'ik geloof dat ik wel begrijpt wat je bedoelt. We knippen alle troep eruit, hè? De mensen hebben geen idee dat er nét buiten beeld een parkeerplaats is, en een lange rij hotels, om nog maar te zwijgen van andere filmploegen die allemaal op hetzelfde afkomen en elkaar voor de voeten lopen. Soms is het een nachtmerrie om erop te krijgen wat je wilt en weg te laten wat je niet wilt.'

'Vréselijk moeilijk,' beaamt Claudia.

'Maar waarom kun je het niet laten zien zoals het werkelijk is?' wil Tonie weten. 'Wat heeft het anders voor zin?'

Hij fronst en steekt zijn handen in zijn zakken. 'De mensen hebben geen behoefte aan dat soort werkelijkheid. En het is niet mijn taak om ze die te laten zien.'

'Dan ben je dus gewoon een leugenaar,' zegt Tonie, maar het is rumoerig in de kamer. Ze weet niet of hij het wel heeft verstaan.

'Heeft je vrouw niet net een baby gekregen?' vraagt Claudia. Ze spreekt het woord 'baby' uit alsof het een enorme traktatie is, een beloning omdat hij het zo goed heeft gedaan. Tonie kijkt ervan op: ze had niet de indruk dat Claudia de man al kende. Ze is ervan overtuigd dat hij niet eens weet hoe Claudia heet. Hij heeft geen enkele persoonlijke vraag gesteld: Claudia en zij bestaan niet voor hem, ze zijn niet meer dan invalshoeken, punten aan de hand waarvan hij zijn plaats in de ruimte kan bepalen.

'...nu zes maanden,' zegt hij. 'Door het filmen heb ik haar amper gezien. Ik geloof dat ik' – hij maakt een rekensom – 'in dat halve jaar twee weken thuis ben geweest. Maar ja, zo gaat het als je een roeping hebt. Het is zwaar, echt heel zwaar. Maar het is niet anders. Je moet er veel voor opgeven.'

Claudia is bijna in tranen, zo leeft ze met hem mee, alsof ze niets heeft uit te staan met degene die Tonie op een keer uit het slaapkamerraam tegen Howard heeft horen schreeuwen dat ze de deur op slot had gedaan en niet van plan was hem binnen te laten, omdat hij had beloofd die avond op tijd thuis te zijn om haar met de kinderen te helpen maar zich niet aan die belofte had gehouden of het was vergeten. Tonie peinst verder over Howard. In haar verbeelding is hij opeens heel klein, als een pop. Hij is geringd door het lot: hij is representatief geworden. Alles wat hij heeft gedaan en is geweest balt zich samen in dat kleine figuurtje dat een zwak teken van leven geeft. Ze ziet dat hij als door een onzichtbare hand door een speelgoedkoninkrijk wordt geschoven. Ze ziet dat hij zomaar zou kunnen worden weggevaagd.

Ze loopt bij Claudia weg en wringt zich de kamer door. Even later is ze in gesprek geraakt met een man die doodkisten maakt. Hij ziet er sjofel en hippieachtig uit en heeft lang grijs haar. Hij maakt de doodkisten met de hand, van hout uit duurzame bronnen. Ook organiseert hij natuurbegrafenissen, in overeenstemming met de wensen van de familie. Tonie hoort hoe uiteenlopend die wensen zijn, hoe ze zijn ontstaan en hoe ze worden gerealiseerd. Inmiddels krijgt haar verlangen naar een indringende vraag iets van begeerte, maar zo'n vraag blijft uit. In plaats daarvan hoort ze over de bosgebieden in Sussex en Kent, de taaiheid van de kastanjeboom. Er wordt Afrikaanse muziek gedraaid, hard. De helft van wat de man zegt gaat verloren. Ze kijkt naar zijn bewegende lippen. Hij werpt telkens een vluchtige blik op haar: hij merkt wel dat het haar onberoerd laat, dat ze onaangedaan is.

Opeens staat Claudia vlak naast haar mee te luisteren. Ze knikt terwijl de man aan het woord is, ze stelt vragen. Wanneer hij zich van haar aanwezigheid bewust wordt, richt hij de stroom informatie op haar. Zij is een dankbaarder gehoor dan Tonie. Ze vraagt naar de doodkist van zomereiken. Ze vraagt naar het superduurzame model van wilgenhout. Haar belangstelling is oprecht, merkt de man. Tonie kijkt vol ontzetting toe. Is Claudia gek geworden? Opeens krijgt ze het gevoel dat ze is meegevraagd om er getuige van te zijn dat Claudia een daad van verraad pleegt. Wat hier vanavond wordt blootgelegd is haar onuitroeibare afhankelijkheid – van Howard, van mannen. Claudia legt haar hand op de arm van de man. Ze is sprankelend, transactioneel en door haar bontkraag licht tragisch.

'Heb je een kaartje?' vraagt ze hem.

'Toevallig wel,' antwoordt de man, en hij pakt er een uit zijn achterzak. 'Verwacht je dat er iemand... heengaat?'

Heel even kijkt Claudia zowel geschrokken als gebiologeerd, als een slang die uit zijn mand wordt getoverd; haar gezicht glanst, haar opgemaakte ogen staren. Ze neemt het kaartje van de man aan en stopt het in haar tas.

Op de terugweg heerst er een gedwongen sfeer tussen hen. Het is duidelijk dat Tonie het niet naar haar zin heeft gehad op het feest. En plotseling krijgt Tonie het gevoel dat ze Claudia helemaal niet kent. Ze is zich bewust van Claudia's lichaam, van haar beringde handen op het stuur, van haar uitstraling die haar door het donker bereikt. Maar haar kennis omtrent deze entiteit – Claudia – is naar de marge verwezen. In de verlaten straten slaan ze linksaf en rechtsaf. In Montague Street stapt Tonie uit, en Claudia rijdt weg.

13

'Hoor je nog weleens iets van Clare?' vraagt Tonie aan Thomas.

'Van wie?'

'Clare. Clare Connelly.'

'Nee,' zegt hij. 'Waarom vraag je dat?'

'Zomaar. Soms moet ik aan haar denken.'

'O ja?' Hij lijkt verbaasd. Hij vindt het kennelijk verbazingwekkend – niet dat hij niet aan Clare denkt, maar dat zij dat wel doet. En toch hadden ze het ooit aldoor over haar.

Tonie begint te lachen. 'Denk jij dan nooit aan haar?'

Ze zijn in de keuken. Het is laat op de avond. Thomas is aan het opruimen. Ze ziet hoe hij elk voorwerp vasthoudt – het pepervaatje, de botervloot, de steelpan met het beschadigde geëmailleerde deksel – terwijl hij bepaalt waar het thuishoort. Niets gaat werktuiglijk. Het is of mannelijke trots hem verbiedt te berusten in de orde der dingen. Hij moet nadenken over die steelpan en dan besluiten waar hij moet worden opgeborgen.

'Sinds de laatste keer dat ik haar zag, heb ik niet meer aan haar gedacht,' zegt hij. 'Eerlijk waar.'

Ze realiseert zich dat hij blij is dat hij niet aan Clare heeft gedacht. Dat hij die oppervlakkigheid in zichzelf ontdekt, die eenvoud, stemt hem tot tevredenheid. Strikt genomen mag ze eigenlijk niet zeggen dat zijzelf aan Clare dénkt. Het is meer dan dat: Clare is een plek in haar gedachten die ze en passant aanraakt, soms met opzet, soms schampt ze haar per ongeluk. Clare wekt in Tonie een soort nostalgie, als een bepaalde song die als een sleutel past in het slot van de tijd, waardoor het verleden naar buiten kan stromen. Op dezelfde manier ontsluit de ingewikkelde Clare-heid van Clare Tonies herinneringen aan de eerste weken samen met Thomas. In die tijd praatte Thomas voortdurend over Clare. Hij worstelde met het morele probleem waarvoor ze hem stelde, terwijl Tonie verwonderd en bewonderend toekeek. Het is dus vreemd – ja toch? – dat hij nu niet meer aan haar denkt, zich amper nog kan herinneren wie ze is.

'Dat is heel... raar,' zegt Tonie.

Gedurende die winter sprak hij stiekem met Tonie af aan de rivier in Putney, waar hij toentertijd woonde, en dan maakten ze in het donker lange wandelingen. Onder de dekmantel van de schaduw liepen ze eindeloos langs Richmond en Kew, naast het stille snelstromende water, heen en weer langs de cafés en restaurants zonder er ooit binnen te gaan, hoewel Tonie daar in haar hart best zin in had. Ze wilde samen met Thomas in de warmte zitten, aan een tafel met kaarslicht. Ze wilde zijn volle aandacht, want ze wist niet zeker of die ze op het modderige jaagpad in het donker ooit kreeg. Maar ze opperde het nooit: ze begreep wel dat hij dat ongepast zou vinden. In plaats daarvan liepen ze aan één stuk door pratend kilometers in de kou. Tijdens hun gesprekken kreeg Tonie het gevoel dat er iets groots en rijks in de nabijheid was, zoals je de zee al gewaarwordt nog voordat je hem kunt zien. Soms werden opwinding en emotie haar te machtig en draaide ze zich naar Thomas toe om hem te kussen, maar dan stootten haar lippen tegen zijn kin of zijn oor omdat hij zijn gezicht afwendde. Hij wilde haar per se niet kussen, vanwege Clare. Hij wilde per se niet ontrouw zijn. Tonie had nog nooit meegemaakt, geloofde ze, dat iemand zich integer gedroeg. Dat riep zo'n overweldigende sensatie op dat ze nauwelijks kon ademhalen. Ze stond onder spanning, ze verloor haar verstand, wat bij andere mannen door hartstocht was veroorzaakt. Maar het was een duizendmaal grotere kwelling om hartstocht ondergeschikt te zien worden aan integriteit. Toen dat drie weken zo was gegaan, had Thomas een gesprek met Clare en haalde hij zijn spullen uit haar flat. Een tijdlang belde ze geregeld op, en dan klonk haar stem hoog en veraf als Tonie opnam; een enkele keer ging Thomas met haar lunchen. Op een dag zei hij dat Clare had besloten een eind te maken aan de gesprekken en de lunches. Ze wilde niet meer met Thomas praten. Dat vond ze te pijnlijk.

Tijdens het laatste hoofdstuk van Clare had Tonie haar aandacht er eigenlijk niet goed bij. Ze zag Clare aan de rand van haar gezichtsveld: ze nam haar geleidelijke verdwijning waar zoals ze een stad zou waarnemen die ze vanuit de trein zag langskomen, wegglijden en vervagen, zonder echt te kijken. Als de trein tot stilstand was gekomen en de stad niet had plaatsgemaakt voor buitenwijken en groene velden, dan had ze misschien opgekeken en er nota van genomen, maar in dit geval wekte Clares slinkende aanwezigheid bij Tonie geen waakzaamheid of argwaan. Clare verdween gewoon langzamerhand, terwijl Tonie en Thomas een toekomst tegemoetgingen die even rijk en rekbaar leek als het verleden dor en star was.

Clare was één keer naar hun huis gekomen, met een pakje voor Thomas dat bij haar was bezorgd. Ze was toevallig in de buurt, zei ze, en ze had de auto met draaiende motor midden op de weg laten staan, met het portier wijd open. Ze was rijzig. Tonie stond versteld van de stevigheid van haar gestalte, de indrukwekkende verschijning en die schone, gezonde uitstraling, zoals ze de stoep op kwam rennen met dansende borsten onder een strakke witte trui en een eveneens dansende blonde, goed verzorgde paardenstaart. Thomas had altijd beweerd dat Clare van nature blond was. Tonie weet nog dat ze veel energie had verspild om hem dat vreemde idee uit zijn hoofd te praten, maar nu vraagt ze zich af of ze ongelijk had, of alles aan Clare wat indertijd zo kunstmatig was overgekomen misschien wel echt was geweest. Juist omdat ze echt was is Tonie haar niet vergeten. Hoewel er tien jaar zijn verstreken heeft ze evenmin kunnen vergeten dat Thomas tijdens die avondwandelingen langs de rivier zijn gezicht had afgewend en dat hij zijn eerste ontmoetingen met Tonie iets had opgelegd van een boetedoening, van een straf bijna. Ze krijgt steeds sterker het idee dat haar leven zich kenmerkt door het feit dat ze nergens in uitblinkt. Alexa is volgens haar de enige die onvoorwaardelijk van haar houdt. Misschien heeft die authentieke liefde haar duidelijk gemaakt hoe onvolkomen de andere liefdes waren.

Ze ziet opeens dat het leven niet lineair verloopt, dat het geen reis is, geen tocht, maar een gestaag proces van onomkeerbare aanwas. Het perspectief beweegt, schuift als de zon over alles heen, werpt nu eens licht, dan weer schaduw. De hoek verandert, de relatie van het een met het ander, de verhouding tussen donker en licht, maar de ervaring zelf is solide, cumulatief en statisch. Daarom vindt ze het vreemd en verontrustend dat Thomas niet aan Clare denkt. Want Clare is niet verdwenen. Integendeel, na tien jaar werpt ze een langere schaduw dan vroeger. En die avonden aan de rivier, wanneer Tonie naar de verlichte restaurants keek waar ze zo graag tegenover Thomas had willen zitten om het middelpunt van zijn blik te zijn en zijn volledige aandacht te krijgen, ook die avonden hebben meer betekenis gekregen, niet minder. Hoe vaker ze eraan denkt, hoe symbolischer ze worden. Ze symboliseren dat volmaaktheid onmogelijk is, evenals ware, volmaakte liefde. Ze verlangde ernaar om naar binnen te gaan, maar om Thomas te ontzien deed ze alsof het tegendeel het geval was. Het is symbolisch dat verlangen en spel doordringen tot een liefde die op zich toereikend is. Terwijl hij vrijelijk uiting gaf aan zijn schuldgevoelens, zijn onzekerheid en zijn opvatting van eerzaamheid, onderdrukte zij het verontwaardigde stemmetje dat zei dat zij, terwijl ze aan het waagstuk van de liefde begon, recht had op zijn volledige aandacht.

Ze denkt terug aan de manier waarop Clare definitief afstand had gedaan; nogmaals, op dat moment had ze het nauwelijks opgemerkt, maar Tonie wordt er daardoor aan herinnerd dat zijzelf Thomas had kunnen opgeven, dat zijzelf dat andere leven had kunnen gaan leiden, het leven zonder Thomas, wat Clare waarschijnlijk ook nu nog doet. Ze vraagt zich af welk leven het beste uitgepakt heeft. Ze vraagt zich af waarom ze het ene zoveel liever wilde dan het andere, terwijl ze in zekere zin hetzelfde zijn. Ze beseft dat zij, Tonie, van hen drieën de enige is die niet resoluut heeft gehandeld.

'Het is heel raar dat je niet aan haar denkt,' zegt ze.

Hij heeft de steelpan nog in zijn hand. Hij vraagt zich af wat ze bedoelt. Ze beseft dat het ook voor hem hetzelfde is geworden: niet aan Clare denken of wel aan haar denken. Niettemin biedt hij het haar, Tonie, aan als een huldeblijk, een geschenk: de nieuwe incarnatie van zijn eergevoel.

Maar ze wil hem eraan herinneren hoe voorzichtig en bezorgd hij zich aan de rivier betoonde. Ze wil zijn aandacht vestigen op het feit dat hij eens, toen het belangrijk was, heeft beknibbeld op Tonies aandeel. Hij zou moeten weten dat Tonie sindsdien honger heeft, dat ze bang is voor die honger, bang dat ze zich op een dag gedwongen zal zien hem te stillen.

'Als het om mij ging, zou ik dat niet leuk vinden,' zegt ze.

Dat zou ze inderdaad niet leuk vinden.

'Maar het gaat niet om jou,' zegt hij.

'Het had net zo goed wel zo kunnen zijn.'

Hij kijkt haar verwonderd aan. Hij zucht, schudt zijn hoofd, zet de steelpan in de kast.

'Zou het beter zijn als ik zei dat ik aldoor aan haar denk?' vraagt hij.

14

Het is maar een vreemd huisje, hoog, smal en kwetsbaar als een poppenhuis. De Swanns zeggen bij wijze van grapje wel tegen hun vrienden dat ze hun adem moeten inhouden als ze bij Antonia op bezoek gaan.

Hun oudste dochter, Elizabeth, heeft onlangs met haar gezin een achttiende-eeuws landhuis betrokken, met twee hectare grond, een zwembad en een voortreffelijke trein-verbinding naar Londen voor James – grapjes daarover zijn niet op hun plaats. Als mevrouw Swann haar vrienden een beschrijving wil geven van het huis van Elizabeth, stuit ze op onvoorziene problemen. Ze weet de juiste toon niet te treffen. Ze heeft Elizabeth altijd goed in toom kunnen hou-den, als een ervaren jockey die een renpaard berijdt, maar de laatste tijd wordt het tempo zo hoog opgevoerd dat ze zich moet vastklampen. Ze merkt dat ze weinig te zeggen heeft over dit onderwerp, want het kost haar al moeite om in het zadel te blijven.

Gedachten aan Antonia brengen dan ook enige verlich-ting, wat ongebruikelijk is. Mevrouw Swann kan Antonia's doen en laten moeiteloos invoegen in een gesprek, zoals een romanschrijver een bijfiguur invoegt. Dat gebeurt door middel van de herhaling: Antonia wordt opgevoerd om de tegenstrijdigheid en de excentriciteit uit te beelden waar ze bij haar gehoor al om bekendstaat. Ze ontwikkelt zich niet, ze wordt alleen bevestigd. Op het ogenblik is het voor mevrouw Swann veel makkelijker om terug te vallen op oud repertoire dan om te bedenken hoe er verslag kan worden gedaan van Elizabeths onstuitbare opkomst – met alle duistere, verwarrende afgunst en angst van dien – zonder de verteller in een kwaad daglicht te stellen.

Terwijl haar echtgenoot Montague Street in rijdt, herinnert mevrouw Swann zich echter dat het heel anders zit. Antonia bestond in haar ogen uit een reeks eigenaardigheden, als een reeks pianotoetsen die wachten op haar aanraking, maar dat beeld verdwijnt volkomen. Het maakt plaats voor een beklemmende stemming van bitterheid en onmacht waar ze sinds haar laatste bezoek geen last meer van heeft gehad, maar die haar beter dan een stadsplattegrond duidelijk maakt dat het huis van haar jongste dochter niet ver meer is.

Ook haar man heeft er last van. Hij neemt de straat in zich op. Ze talmen, want ze hebben nog geen zin om de geborgenheid van hun Mercedes 4.0 te verlaten.

'Wat denk jij, kan ik de auto hier veilig neerzetten?' vraagt hij.

Thomas doet open. Antonia staat vlak achter hem in de smalle gang. Mevrouw Swann ziet haar grote, strakke ogen, ziet haar verwonderde blik. Van buitenaf maakt de gang een donkere indruk, met diepe schaduwen, en daarin zweven Antonia's ogen, die mevrouw Swann aanstaren alsof ze in haar ziel kunnen kijken.

'Stoot je hoofd niet,' zegt ze tegen haar man terwijl hij voor haar uit onder de deurpost door loopt.

Op de drempel blijft hij op haar wachten.

'Pas op, val niet,' zegt hij. 'Daar zit een vloerplank los.'

Eenmaal binnen haalt mevrouw Swann meteen de tas met kerstcadeaus – de aanleiding voor hun bezoek – tevoorschijn. Ze zijn luxueus verpakt, in glanzend papier zonder de naam van de winkel erop, en de goudkleurige lintjes zijn in volmaakte krullen gedraaid. Haar man heeft ze ingepakt. Hij is royaal geweest met het papier, typisch iets voor een man, want hij weet amper wat hij inpakt. Mevrouw Swann heeft de cadeaus gekocht, alleen. Ze heeft het aan haar man overgelaten om royaal met pakpapier te zijn, zij heeft zich met de inhoud beziggehouden.

Thomas probeert de cadeaus van haar over te nemen, maar mevrouw Swann ontdekt dat ze er nog geen afstand van kan doen. Haar handen weigeren de tas los te laten.

'Waar is de kleine meid?' Ze kijkt zoekend om zich heen of ze Alexa ziet.

'Die is naar een verjaarsfeestje,' zegt Thomas.

'O nee toch!' roept mevrouw Swann uit. Ze is verbijsterd. Geen enkele maal heeft ze zich dit tafereel zonder een kind erbij voorgesteld. Het is als een mis die wordt opgedragen zonder een priester bij het altaar. Alles wordt overtogen met een vreselijke burgerlijke grauwheid. 'Had ze dat voor deze ene keer niet kunnen overslaan?'

Haar man legt bij wijze van waarschuwing zijn hand op haar arm.

'Selina,' zegt hij, 'bemoei je er niet mee. Het kind heeft een eigen leven.'

Ze verstaat hem: hij spreekt haar toe in een taal die ook ten grondslag ligt aan haar eigen bewustzijn, die des te intiemer is en dieper gaat omdat haar moedertaal, eenzaamheid, er in de loop der jaren door is vervaagd.

'Ach,' zegt Thomas, 'het duurt maar tot vier uur.' Hij kijkt op zijn horloge. 'Ze kan elk moment terugkomen.'

'O,' zegt mevrouw Swann. Het kan haar niet schelen wanneer Alexa terugkomt. Het kind had er moeten zijn toen zij arriveerde. 'Hallo, Antonia,' vervolgt ze, op een toon alsof ze bijna was vergeten haar te begroeten.

Antonia komt naar voren, krijgt een koele kus op haar wang.

'Hai, mam,' zegt ze.

Haar dochter draagt een zwarte broek, een zwart T-shirt en zwarte schoenen – vreselijk negatief, net als die dingen in de ruimte die je met huid en haar kunnen opslokken terwijl ze helemaal geen plaats innemen. Geen make-up of sieraden. Haar volle, vleeskleurige mond is uitdagend naakt. Als tiener droeg Antonia ook al zwart. De dochters van mevrouw Swanns vriendinnen droegen Laura Ashley-jurken met ruches, nette kleine pumps en mohairen truitjes in pasteltinten, terwijl Antonia in het zwart rondliep als een Griekse weduwe. In de supermarkt had iemand haar in bijzijn van mevrouw Swann zo genoemd – je dochter, die Griekse weduwe – en mevrouw Swann had ter plekke een hete maar volstrekt machteloze woede voelen opwellen, zodat ze met opgekropt gemoed naar huis was gegaan, ziedend van een razernij die zich zo dringend moest ontladen dat ze zich in het openbaar te schande dreigde te maken, zo erg als sinds haar jeugd niet meer was voorgekomen. Die herinnering komt nu terug, het gevoel dat ze haar waardigheid misschien zou verliezen, een gevoel zo heftig, zo overweldigend, dat mevrouw Swann medelijden met zichzelf kreeg, diep medelijden. En zelfs nadat ze naar Antonia's kamer was gegaan en haar woede had gekoeld op haar in het zwart geklede dochter, nadat ze dingen had gezegd en gedaan die een afspiegeling leken van die oude schande en er op sommige momenten zelfs mee leken samen te vallen, beschouwde ze zichzelf nog als het slachtoffer en haalde ze op alle mogelijke manieren uit naar degene die haar belaagde.

Van meet af zijn zulke scènes kenmerkend geweest voor haar verhouding met Antonia: al op haar allereerste levensdag voelde mevrouw Swann, het staat haar nog levendig voor de geest, dat ze iets was kwijtgeraakt, en dat Antonia haar dat had ontnomen. Ze herinnert zich een uitdrukking – je waardigheid bewaren – die haar tijdens Antonia's jeugd achtervolgde, omdat ze die code al onherroepelijk had geschonden. Het probleem is dat zulke grenzen, nadat ze eenmaal met voeten zijn getreden, moeilijk weer kunnen worden getrokken. Ze heeft het geprobeerd, maar ze bezwijken onder de geringste druk. Als haar man partij voor Antonia had gekozen was het anders gelopen. Maar dat had hij niet gedaan: mevrouw Swann had dat niet toegestaan. Door de jaren heen heeft ze vaak overwogen zich van die macht te bevrijden en zich in haar boosheid terug te trekken; instinctief voelde ze aan dat haar boosheid, eenmaal geïsoleerd, genezen zou kunnen worden. Maar er is iets dat dieper gaat dan haar boosheid, iets dat al bestond, iets oorspronkelijks en authentieks dat alleen aan het licht komt wanneer haar man samenspant met Antonia. Dat is de grootste angst van mevrouw Swann. Ze hoeft er maar één blik op te werpen om te beseffen dat er geen alternatief is – er is nooit een alternatief geweest en dat zal er ook nooit zijn – voor het gesloten front dat zij en haar man vormen tegenover hun dochter.

In de gang, pal voor mevrouw Swann, omhelst Antonia haar vader. Haar armen omvatten hem een tel te lang, haar smalle heupen en parmantige kleine billen staren mevrouw Swann brutaal aan.

'Zullen we doorlopen?' zegt mevrouw Swann gebiedend. 'Na al die uren in de auto zou ik best een kopje thee lusten, als het niet te veel gevraagd is.'

Thomas maakt een rondje door de volle woonkamer om de stoelen van oude kranten te ontdoen en gebruikte kopjes en glazen te verzamelen. Het feit dat ze niet hebben opgeruimd of zich hebben voorbereid op het bezoek van de Swanns is net zo erg als de afwezigheid van Alexa: het maakt de wereld grauw, ongestructureerd, verstoken van vertrouwen. Mevrouw Swann gaat samen met haar man op de velours bank zitten, die kraakt en trilt onder hun beider gewicht.

'Heb je hem opnieuw laten bekleden?' vraagt ze, en ze betast de kale armleuning van velours.

Antonia schudt haar hoofd. 'Er is niets aan veranderd.'

'O nee? Mmm. Maar de gordijnen zijn wel nieuw,' zegt ze.

'Die heb ik laten maken.' Antonia is daar zichtbaar tevreden over. 'Vind je ze niet prachtig? Het is antieke zijde.'

'O ja?' Mevrouw Swann voelt zich gekrenkt. De gordijnen ademen kritiek, iets wat riekt naar afwijzing. 'Waarom heb je niet gezegd dat je gordijnen nodig had? Ik heb nog dózen vol oude gordijnen staan, die had je zó kunnen krijgen. Je had ze voor een schijntje kunnen laten vermaken.'

Meteen ziet ze Antonia's gezicht verstrakken, zich sluiten als een deur.

'Ik wilde groene gordijnen,' zegt ze. 'Ik wilde díe kleur.'

'Doodzonde!' zegt mevrouw Swann. 'Als ik denk al aan die gordijnen op zolder, allemaal prachtig gevoerd, met bijbehorende kappen, die liggen nu maar te verstoffen...'

Ze denkt aan de zolder, de schemerige ruimte, met al die mooie maar overbodige werkstukken. Ze ziet al voor zich hoe ze de doos van de plank pakt en de zware, muffe stof uitvouwt alsof het een deel van het verleden is dat gered kan worden, herbeleefd. Het zou goed zijn om iets van die overtolligheid te redden. Ze stelt zich de gordijnen voor, haar gordijnen, voor de ramen bij Antonia. Bij nader inzien zou ze dat misschien toch niet zo leuk vinden.

Bij de voordeur klinkt gerucht, en even later komt Alexa binnen. Als ze de Swanns ziet klaart haar gezicht op, met voorbehoud.

'Hallo, oma,' zegt ze, en ze gaat naar haar toe.

Mevrouw Swann pakt haar beet, verwelkomt haar, en Alexa laat zich zonder tegenstribbelen op schoot trekken. Ze is net een pop of een teddybeer. Mevrouw Swann heeft het idee dat ze alles tegen haar kan zeggen.

'Die gekke mamma,' zegt ze. 'Die gekke mamma laat gordijnen maken terwijl oma thuis dózen vol heeft staan.'

Alexa glimlacht onzeker, kijkt schuins naar haar moeder.

'Wat voor gordijnen?' vraagt ze.

'Al die gordijnen bij mij thuis op zolder. Je herinnert je mijn zolder toch wel? Nou, die ligt tot de nok toe vol met gordijnen, zonde en jammer dat ze niet gebruikt worden.'

'Waarom gebruikt u ze dan niet?' vraagt Alexa haar.

'Oma kan ze niet gebruiken, lieve kind. Oma heeft al overal gordijnen hangen.'

Alexa denkt even na. 'Waarom geeft u ze dan niet aan een goed doel?'

Mevrouw Swann voelt een lichte ergernis opkomen, een vermoeden dat dit netelig gaat worden. Dat kan ze zich nog herinneren van haar eigen kinderen, het gevoel dat een kind dat zuiver en nieuw ter wereld was gekomen, gaaf, op de een of andere manier ingewikkeld was geworden, met veel haken en ogen. Geef haar maar een baby, een blanco blad.

'Oma vindt dat de familie voorgaat. Als iedereen voor zijn

eigen familie zou zorgen, was liefdadigheid immers helemaal niet nodig.'

Thomas komt binnen met het dienblad. Mevrouw Swann wil het wel uit zijn handen rukken, een dampend kopje thee met iets erbij. Ze vraagt zich af hoe ze met Alexa op schoot haar thee kan drinken. Ze ziet dat Thomas zich hetzelfde afvraagt terwijl hij haar het kopje aanreikt. Hij houdt het net buiten handbereik.

'Alexa, laat oma rustig haar thee drinken,' zegt Antonia, en ze gebaart dat Alexa van oma's schoot af moet gaan.

Alexa maakt aanstalten, maar mevrouw Swann klampt zich aan haar vast alsof haar leven ervan afhangt.

'Laat haar nog maar even,' zegt ze. 'Ik zal voorzichtig zijn, hoor. Het is mij heus wel toevertrouwd om op een kind te passen zonder dat het brandwonden oploopt.'

Antonia en Thomas wisselen een blik. Thomas zet het kopje op tafel, net buiten handbereik. Mevrouw Swann laat Alexa op haar knie paardjerijden.

'Dan zullen we het eerst maar een beetje laten afkoelen, hè?' zegt ze. 'Mamma en pappa zijn zo vreselijk bezorgd. Ze denken dat oma niet eens zonder morsen haar thee kan drinken. Maar oma is groter dan zij. Grappig, hè?'

'Ik heb gehoord dat je freelancer bent geworden,' zegt meneer Swann tegen Thomas.

'Zo zou je het kunnen noemen,' antwoordt Thomas.

'Weten ze je te vinden? Ik ben zelf een paar jaar consultant geweest. Indertijd zag het ernaar uit dat daar het grote geld zat, maar persoonlijk kon ik er niet tegen. Het gebrek aan structuur beviel me niet. Ik heb anderen eruit zien stappen om voor zichzelf te beginnen, en sommigen hebben goud verdiend, maar vroeg of laat loopt het allemaal op niets uit. Velen hebben het niet gered. Er waren goede vrienden van ons bij. Intussen heb ik mijn aandelenopties en mijn pensioen. Ze zeiden allemaal dat ik te behoudend was, dat ik meer risico moest nemen, maar kijk eens wie er het laatst lacht.'

Het blijft even stil. De anderen drinken hun thee, maar mevrouw Swann is gescheiden van haar kopje.

'Het ergste was,' zegt ze, 'dat hij het vreselijk vond om de hele dag thuis te zitten. Wat heeft een man in huis te zoeken? Dat was het probleem. Veel van die huwelijken,' voegt ze er veelbetekenend aan toe, 'zijn op een scheiding uitgelopen. De vrouwen konden er domweg niet tegen. Ze hadden geen enkel respect meer voor hun echtgenoot. Ik vind dat er in een huwelijk iets te raden moet blijven,' vervolgt ze, want ze hoort zichzelf graag. 'Ik heb het nog zó tegen ze gezegd, maar luisteren..., ho maar! Ze dachten dat het een aaneenschakeling zou zijn van uitgebreid lunchen en 's middags het bed in duiken. Ik zei tegen ze: nee, zorg dat hij níet thuiskomt! Als een man de hele dag thuis is, is hij geen man meer. En in een huwelijk heb je nu eenmaal een man nodig. Maar ze hebben niet naar me geluisterd. En dan zijn ze verbaasd als hun' – ze bedenkt dat ze Alexa op schoot heeft – 'hun intieme leven ook nog eens naar de knoppen gaat!'

Ze schatert het uit. Ze koestert bijna genegenheid voor ze, voor de misleide zielen die ze heeft opgeroepen. Ze heeft ze opgeroepen en vervolgens hun ondergang tegemoet gestuurd omdat ze geen acht hebben geslagen op haar wijsheid, haar ervaring.

Ook Thomas begint te lachen. 'Tonie laat genoeg te raden over, hoor,' zegt hij.

'O ja?' Mevrouw Swann vindt dat maar een verwerpelijke opmerking.

'En tegenwoordig is ze haast nooit thuis. Dus dat is misschien een bewijs van uw theorie.'

Mevrouw Swann knippert met haar ogen. 'Waarom is ze niet thuis?'

'Dat heb ik je toch verteld, mam,' zegt Antonia. 'Ik werk nu fulltime. Ze hebben me benoemd tot hoofd van het faculteitsbureau.'

Mevrouw Swann recht haar rug. Denken ze soms dat ze seniel aan het worden is? 'Ik wist wel dat ze je tot hoofd hadden benoemd,' zegt ze. 'Maar ik dacht het een... een formaliteit was. Ik had niet begrepen dat het inhield dat je meer uren ging werken. Dat had je er niet bij gezegd.'

'Ze krijgen wel waar voor hun geld bij jou, hè?' zegt meneer Swann, met het lachje waarmee hij zijn afkeuring laat blijken.

Mevrouw Swann trekt Alexa dichter tegen zich aan. 'En wie zorgt er voor de kleine meid?'

'Thomas.'

'Maar ik dacht dat Thomas thuis werkte! Hoe kan hij nou werken en ook nog voor een kind zorgen?'

Antonia zucht. 'Dat heb ik je allemaal al verteld, mam.'

Mevrouw Swann beeft. Dat komt doordat het haar inspanning kost om deze scène tot een goed einde te brengen, om te zeggen wat er gezegd moet worden; aan de ene kant wordt ze er doodmoe van, aan de andere kant geeft het haar kracht.

'Je hebt dus onbetaald verlof gekregen?' vraagt meneer Swann aan Thomas.

'Nee,' antwoordt Thomas. 'Ik heb ontslag genomen.'

'Je meent het.' Meneer Swann gaat achteroverzitten, duidelijk geschokt. 'Heb je echt ontslag genomen?'

Thomas staat op en begint de theekopjes af te ruimen.

Mevrouw Swann heeft altijd diepe genegenheid voor Thomas gekoesterd, als voor een waardevol voorwerp dat eigendom is van haar dochter. Antonia's andere vriendjes waren meestal jongens waar ze meewarig of minachtend naar kon kijken, maar in bijzijn van Thomas voelt mevrouw Swann zich altijd wonderlijk alert en van zichzelf bewust. Het is of zij degene is tot wie hij zich aangetrokken voelt, niet Antonia. Hij heeft een mager, gespierd lijf dat ze graag zou willen aanraken, met een harde, buigzame kern, als een stuk touw. Ze zou graag bezit van hem nemen, ze zou hem graag voor zichzelf hebben. Maar ze beseft vaag dat ook Antonia onder dit verlangen valt. Op de een of andere manier ketst het af op de moederlijke oorsprong. Thomas fungeert als prisma: hij ontvangt haar tegenstrijdige gevoelens en splitst ze op, scheidt haar haat van haar liefde. Ze valt door Thomas heen en ze wordt bevrijd van haar last duistere gevoelens.

Maar als ze nu naar hem kijkt, ziet ze zijn glans doven. Ze voelt dat het oppervlak barstjes begint te vertonen. Uiteindelijk is zijn vernietiging haar doel. De realiteit van de wortel, van de diepe, primaire verwarring ervan, vereist dat.

Wanneer het tijd wordt om weg te gaan neemt mevrouw Swann haar dochter apart.

'Wat ben je mager geworden,' zegt ze. 'Je ziet er moe uit. Je zorgt toch wel goed voor jezelf?'

Antonia's zwarte broek zit strak, een onmogelijk klein maatje. Mevrouw Swann weet nog dat ze lang geleden, toen Antonia niet thuis was, een middag op haar kamer heeft doorgebracht; ze weet nog dat ze kleren uit de laden van haar dochter heeft gehaald, blouses en broeken en jurken, en dat ze haar eigen vlekkerige armen en benen erin heeft geperst. Ze was heel dik, en dat is ze nog steeds. Ze weet nog dat ze erom heeft gelachen, om de broeken die niet eens over haar knieën wilden, om de mouwen waar ze haar handen nauwelijks doorheen kon wurmen.

Antonia kijkt verbaasd. 'Het gaat goed met me,' zegt ze. 'Ik voel me prima.'

Opeens staat meneer Swann naast haar. Als ze hem tevoorschijn had kunnen toveren, had hij niet op een beter moment kunnen verschijnen.

'Zorg dat je niet bezwijkt onder de verantwoordelijkheden,' zegt mevrouw Swann. 'Ik zeg net, Richard, dat Antonia er erg moe uitziet, erg afgetobd.'

Meneer Swann kijkt treurig op de hem eigen onbuigzame, harde manier. Ze neemt zich voor hem aan te sporen een nieuwe bril te nemen. Dit stalen montuur geeft hem iets robotachtigs. Ze ziet hem al voor zich met een schildpadmontuur, iets moderners en zachters.

'We moeten eens praten,' zegt hij tegen Antonia. 'Je moeder en ik hebben... Nou ja, laten we zeggen dat we ons zorgen maken. We vinden dat jij en Thomas een grote vergissing begaan. Over een paar dagen hebben we het er nog wel over. Laat ons dan alsjeblieft ons zegje doen.'

Mevrouw Swann had het zelf niet mooier kunnen zeggen.

Antonia kijkt bedrukt. 'Goed,' zegt ze. 'Maar heus, het gaat prima met me.'

Tijdens de terugrit laten de Swanns alles nog eens de revue passeren. Ze pluizen de hele middag uit. Eenmaal weer thuis hebben ze de situatie al zo grondig geanalyseerd dat het niet nodig is er nog met Antonia over te praten. Als mevrouw Swann in het donker nog even wakker ligt, bouwt ze het verhaal van hun bezoek aan Montague Street op. Ze heeft nog een bepaald woord nodig, de sleutel tot het geheel, een woord dat ze de laatste tijd al een paar keer heeft gehoord zonder het helemaal te begrijpen. Maar ze vertrouwt erop dat dit verhaal het woord zal verklaren, of dat het haar anders tijdens het vertellen te binnen zal schieten. Ze zoekt en zoekt, en eindelijk vindt ze het. *Huisman.* Ze is tevreden. Ze sluit haar ogen en voelt zichzelf steeds kleiner worden, tot ze verdwijnt.

15

In het begin mist hij Alexa niet. Het ene moment staat ze nog in haar schooluniform bij de deur, het volgende is ze verdwenen, bestaat ze niet meer, net als vroeger, toen Thomas op zijn werk was. Als ze naar school is denkt hij zelden aan haar. Er zijn twee werkelijkheden: een waarin ze bestaat en een andere, los daarvan, die hij alleen bewoont. En om vier uur staat ze weer voor de deur, enigszins verfomfaaid, met een zweem van vervreemding op haar gezicht, en dan wordt hun gezamenlijke leven hervat.

Op een dag probeert Thomas halverwege de ochtend het moment van haar vertrek terug te roepen. Aan het ontbijt had ze geklaagd over buikpijn. Vaag ziet hij haar gezicht voor zich, bleek en bedrukt, maar verder herinnert hij zich alleen nog zijn vaste voornemen om haar naar school te sturen. Het is of zijn wil een hard geluid was dat al het andere heeft overstemd. Waarom wilde hij haar zo graag weg hebben? Hij weet het niet precies. Nu vraagt hij zich af wat het probleem was. Hij wil het reconstrueren: Alexa die buikpijn had, hoe zij het uur dat ze samen doorbrachten heeft ervaren, dat ze met tegenzin de deur uit ging – maar hij hoort alleen zichzelf als een symfonie boven alles uit schetteren. Om halfvier wacht hij niet tot Georgina haar thuisbrengt. Hij gaat haar zelf halen.

Als hij op het geasfalteerde schoolplein staat, bekruipen hem soms vage gevoelens van welwillendheid en mededogen, van droefheid bijna. Meestal is hij aan de vroege kant: de kinderen zijn nog niet naar buiten gekomen. De kleurige, geometrische klimrekken, de lege zandbak en de perken met keurige, onverwoestbare struiken komen hem heel bekend voor. Ze lijken een herinnering, maar hij ziet ze nu, in werkelijkheid. Het is of hij ze vanuit een vreemd hiernamaals waarneemt. Hier, beseft hij, brengt Alexa overdag de meeste tijd door.

Er arriveren nog meer mensen, en hij hoort het opkomende geroezemoes van gesprekken, het gehuil van baby's, het geschreeuw van kleine kinderen. Het is hem opgevallen dat de omgevingsgeluiden in het halve uurtje dat hij daar is een vrijwel onbelemmerd crescendo beschrijven, van piano naar fortissimo. Er komt altijd een moment dat hij het ene geluid niet meer van het andere kan onderscheiden. Het is een onwezenlijk gevoel om geen verschillen meer te kunnen waarnemen. Antonia moet naar buiten komen, hij heeft iets nodig wat hij kan identificeren om weer te kunnen bestaan. Rondom staan bankjes, en hij gaat zitten. Hij neuriet het adagio. Hij trommelt met zijn vingers op zijn bovenbenen.

16

Op de keukentafel staat een kan met gele rozen. Thomas heeft ze daar neergezet. Telkens als hij er langs loopt trekken ze zijn aandacht: goudgele zonneschijn in de schemerige diepte van het huis.

Hij probeert te bedenken welke maand het ook alweer is. Het geel van de rozen herinnert hem aan de zomer, maar het omringende licht is grauw en gelaten, alsof het zich elk moment aan de duisternis kan overgeven. Hij lacht hardop – wat gek dat hij niet weet welke maand het is. Hij prevelt de namen van de maanden voor zich uit. Geen enkele naam springt eruit. Even weet hij niet eens zeker in welk deel van de tijd hij zich bevindt, of de duisternis dichter of lichter wordt, of het de dag is die nadert of de nacht. Hij kijkt op zijn horloge: nu weet hij weer dat het donderdag is, dat het januari is. Dat lucht op. Hij heeft een kleine maar noodzakelijke taak verricht, waardoor hij zich beter voelt. Het jaar is een gebeurtenis die hij gadeslaat zonder eraan deel te nemen, als publiek dat naar een toneelstuk kijkt. Hij heeft het zich gemakkelijk gemaakt te midden van de toeschouwers en hun gebrek aan ambitie, maar zo nu en dan bevangt de onzekerheid hem, wordt hij onverwacht uit zichzelf weggerukt, als een argeloos dier dat opeens door de klauwen van een roofdier wordt beetgegrepen. Zijn positie heeft iets weerloos. Een kwetsbaarheid die samengaat met het gebrek aan betrokkenheid. Elk moment kan de onzekerheid op hem neerduiken en hem meevoeren.

Hij besluit om te gaan hardlopen. Hij levert Alexa af bij school en daarna rent hij de ochtend in, over de trottoirs en door de woonstraten naar het park. Dat doet hij elke dag. Aan het eind van de week voelt zijn lichaam zelfverzekerder, assertiever. Hij is vervuld van een soort gespannen verwachting die nooit wordt bevestigd of ingelost, maar die overgaat in de ontlading van de volgende dag. Hij voelt de spanning, en hij voelt de bevrijding van die ontlading. De rozen worden bruin rondom hun gele hart.

Op een dag komt Tonie halverwege de middag thuis. Er is brand geweest in het computercentrum en de universiteitsgebouwen zijn ontruimd. Ze komt binnen met haar tas vol dossiers, geladen met een gevaarlijke, opgekropte energie.

Thomas zit aan de piano. Hij studeert de fuga in C-groot uit *Das Wohltemperierte Klavier*. De prelude is makkelijk, maar de fuga gaat boven zijn macht. Hij kan de linkerhand spelen en hij kan de rechterhand spelen, maar wanneer hij probeert ze samen te voegen blijkt hij ernstig tekort te schieten. De moeilijkheid is dat de partijen gelijkwaardig zijn. In alle andere stukken die Thomas heeft gespeeld domineerde de rechterhand; hij is afhankelijk geworden van het gezag van die hand, is zich ermee gaan identificeren, als met een romanheld. Gewoonlijk heeft de linkerhand louter een ondersteunende functie, zonder op zichzelf een bepaalde betekenis te hebben. Maar in de fuga is de linkerhand autonoom.

'Wat een vertoning.' Tonie staat lachend bij de deur van de woonkamer. Haar lach heeft onzichtbare, harde kanten, als de dossiers in haar tas.

Thomas kijkt op. 'Ik begrijp het niet,' zegt hij. 'Het lukt me domweg niet.'

Ze trekt een spottend gezicht. 'Je hóeft toch niet.'

'Ik wíl het. Andere mensen kunnen het ook.'

Zonder haar jasje uit te doen begint ze de kamer op te ruimen. Het is inderdaad zo dat Thomas steeds meer in beslag wordt genomen door het geheim van andermans talenten. Hij kan het nauwelijks nog opbrengen om te luisteren naar zijn platen van Glenn Gould, naar zijn cd's van Clifford Curzon, naar Feinsteins onduidelijke oerversie van Bach, zo wordt hij overweldigd door de wetenschap dat die mannen hem veruit de baas zijn. En dat is niet alleen zo bij muziek: hetzelfde gevoel overvalt hem wanneer hij nadenkt over literatuur of schilderkunst, wanneer hij de illustraties doorbladert in zijn *Encyclopedia of World Art*, een gevoel dat verdergaat dan jaloezie, dat neigt naar somberheid. Al die anderen, net als hij geboren op dezelfde wereld – ze zijn allemaal beter, bekwamer, bijzonderder dan hij. Kortgeleden is hij met Alexa naar het circus geweest, en zelfs de acrobaat in zijn armoedige glitterpak, zelfs het zwaar geschminkte hoelameisje waren bijzonderder. De acrobaat wervelde op een koord de halflege tent door, een en al kracht en soepelheid. Zijn mannelijke stramheid was volkomen overwonnen: hij kon zijn lichaam alles laten doen wat hij het opdroeg. Maar Thomas kan zijn handen nog niet eens dwingen die fuga te spelen. Het rondtollende hoelameisje liet, breed lachend met haar beschilderde mond, twintig zilveren ringen om haar achteloos uitgestrekte voet tollen. Op haar manier was ze een kunstenares. Zij heeft iets wat Thomas niet heeft, een bepaalde vaardigheid.

Hoe heeft de kunst hem kunnen ontglippen terwijl al die anderen er greep op hebben weten te krijgen? Wat heeft hij verkeerd gedaan? Hij herinnert zich de middagen uit zijn jeugd, de aanwezigheid van zijn moeder, zijn stellige voornemen zich te verzekeren van haar goedkeuring en liefde, om als eerste bij haar te zijn, vóór zijn broers. En dat is hem gelukt. Hij had de situatie bestudeerd en er zijn voordeel mee gedaan. Zo moeilijk was dat niet geweest. Zijn broers leken altijd met iets anders bezig, heel chaotisch, de dingen die zij leuk en bevredigend vonden kwamen willekeurig, toevallig, onvoorzien. Maar ze kwamen wel. Wanneer zijn moeder genegenheid toonde voor Howard of Leo kon hij de reden daarvoor nooit ontdekken. Als Thomas nadenkt over zijn leven, ziet hij zichzelf altijd in gevecht met een onveranderlijke creatie, hij worstelt ermee, probeert er zijn voordeel mee te doen. Heeft hij ooit naar zijn moeder gekeken, werkelijk naar haar gekeken? Heeft hij goed gelet op zijn broers, mensen even echt als hijzelf? Vroeger, toen ze klein waren, nam hij het voor Leo op tegen Howard; hij had besloten, herinnert hij zich, dat een geslaagd iemand zich zo diende te gedragen: de zwakke tegen de sterke verdedigen, een soort kwalificatie, als een diploma. Hij weet nog dat hij het aan de voeten van een onzichtbare autoriteit neerlegde, zijn diploma. Het zorgde er niet voor dat hij minder van Howard ging houden, of meer van Leo. Het zorgde niet voor persoonlijke betrokkenheid. En zijn moeder? Het enige wat hij zich van haar herinnert is haar buitenkant, de vorm van wat hij voor zichzelf wilde hebben. Hoe ze was, dat zou hij niet kunnen beschrijven.

En zo is de kunst hem ontglipt, tijdens het gevecht om te slagen in het leven. Een kunstenaar, veronderstelt hij, sterft aan het leven, bezwijkt tijdens dat gevecht, sterft en wordt herboren. Tonie loopt de kamer rond, ze bukt en ze ordent. Ook zij, beseft hij, weet wat het is om iets te scheppen. Zij heeft Alexa geschapen; hij weet nog hoe haar oude leven stierf en onafgemaakt in de afgrond te pletter sloeg: de geboorte van Alexa viel samen met de dood van de oude Tonie. En vervolgens ontworstelde zich iets nieuws aan de brokstukken: de nieuwe Tonie, de vrouw die hier nu in haar nette kleren staat, meer dan ooit vervuld van leven en van gevaarlijke energie.

'Doe dat nou niet,' zegt hij, terwijl hij haar gadeslaat.

'Iemand moet het toch doen,' zegt ze. 'Het is hier een bende.'

Het idee was bij hem opgekomen om met elkaar naar bed te gaan, nu, vanmiddag. Maar dat zit er niet in, dat is duidelijk. Hij ziet wel dat ze gefrustreerd is. Ze wil niet thuis zijn, aangespoeld op het huishoudelijke strand nog voordat haar dag zijn beloop heeft gehad. Haar bestaan berust op de scheiding tussen de dingen. Nadat ze op de klippen van de creativiteit is stukgelopen, kan ze nooit meer één geheel zijn. Ze zou er gek van worden als ze met haar man in bed belandde op een moment dat ze normaal gesproken op haar werk zou zijn. Niet dat ze vindt dat die dingen gescheiden hóren te zijn. Ze zíjn gescheiden, zoals de twee helften van een gebroken bord gescheiden zijn, zoals zijn rechterhand van zijn linkerhand gescheiden is. Maar de ene helft kan niet zonder de andere.

'Ik was het van plan,' zegt Thomas. 'Ik was van plan het straks te doen.'

Als hij de kamer rondkijkt ziet hij de wanorde die er heerst. Hij ziet dat Tonie zich afvraagt hoe hij zo kan leven. Ze bekijkt hem alsof hij iets is dat volkomen los van haar staat. De mogelijkheid bestaat dat Tonie hem bedriegt, dat ze hem zonder gewetensbezwaren bedriegt. Het kan zijn dat haar gebroken delen niet meer op elkaar aansluiten. Ze zouden zomaar elk hun eigen weg kunnen gaan.

'Dat weet ik wel,' zegt ze. Ze legt haar hand tegen haar voorhoofd. 'Het lijkt opeens belangrijk. Waarom weet ik niet, maar het is zo.'

Hij staat op van de pianokruk. Hij vergaart de muziekboeken die rondom op de grond zwerven en legt ze terug op de plank waar ze horen. Hij pakt de kopjes en de borden – hij heeft de gewoonte aangenomen om aan de piano te lunchen – en brengt ze naar de keuken. Daar vindt hij nog meer kopjes en borden, en hij verzamelt alles, loopt heen en weer, zet de kraan open. Tonie verschijnt: ze heeft haar jasje uitgetrokken en haar mouwen opgestroopt. Ze heeft handenvol dingen bij zich die ze achter elkaar in de vuilnisbak mikt. Thomas zoekt vieze pannen, ovenschotels en bakplaten bij elkaar en dompelt ze kletterend onder in de woelig schuimende gootsteen. Tonie doet de werkkast open en pakt de mop. Later ziet hij dat ze de planken en de deuren aan het aflappen is. Als hij klaar is met de pannen gaat hij het fornuis schoonmaken, en hij houdt zich steeds aandachtiger bezig met de hoeken en gaatjes van kookplaat en branders, gaat helemaal op in de donkere ovenspelonk. Opeens is Olga terug. Ze komt naar de keuken. Ze staat naar hen te staren.

'Wat zijn jullie aan het doen?'

Als Thomas weer opkijkt, heeft Olga de stofzuiger uit het inwendige van de trapkast tevoorschijn gehaald en is ze hem met een schroevendraaier aan het demonteren. Ze maakt de onderdelen schoon, zet het apparaat weer in elkaar en laat het loeien. Thomas wijdt zich inmiddels aan de ramen, Tonie boent de vensterbanken. De vaatwasser draait, de kraan druppelt ritmisch in de blinkende gootsteen. Het gebonk en gegier van de stofzuiger wordt zachter en weer harder, zachter en weer harder. Tonie plonst en spoelt haar spons in de emmer naast haar, het water opent en sluit zich met een rauw, ietwat vies geluid. Zijn oren doen hun best om alle klanken te ordenen. Hij hoort zijn doek knerpen over het glas en hij syncopeert het geluid, laat het invallen op de offbeat van de stofzuiger. Er dreigt chaos. Hij voelt dat zijn schepping zich op het randje van de verbrokkeling bevindt, dadelijk vervliegt ze in het niets. Er klinken voetstappen, een schuierende bezem. Het water sluit zich, de stofzuiger sterft weg. Het einde nadert – o, de spanning, de pseudospanning van de almacht! Het scheppingsproces, begrijpt hij, houdt in dat je die almacht laat varen, dat je alleen nog maar waarneemt. Maar hoe kan hij iets in veiligheid brengen waarover hij geen macht meer heeft? Zijn vingers stuntelen met de doek, die op de grond valt. Hij bukt zich om hem op te rapen, en terwijl hij op zijn hurken zit hoort hij Tonie de emmer leeggooien, het schuim en het vieze sop plenzen de afvoer in, een lang, zacht geluid, volkomen beheerst. De stortvloed stroomt zijn oor in, zijn spanning ebt weg. En daarna klinkt de laatste trilling op uit de houten vloer: Olga komt eraan. Ze heeft de verwelkte gele rozen bij zich. Haar voetstappen worden luider, een laatste aanslag op de naderende stilte. Ze staat stil, ze wacht. Dan stopt ze de rozen triomfantelijk in de vuilnisbak en sluit ze het deksel met een klap.

Hij maakt eten klaar voor Alexa, dingen die ze lekker vindt. Hij wast haar haar. Hij poetst haar schoolschoenen en zet ze op een krant naast de deur. Hij weet op welke dag ze haar gymspullen mee naar school moet nemen. Hij zit bij haar terwijl zij haar huiswerk maakt, en ziet erop toe dat ze het op tijd inlevert. 's Avonds, wanneer ze haar pyjama aantrekt, bekijkt hij tevreden als een kunstenaar het witte smokwerk dat fraai tegen haar huid afsteekt, haar nauwkeurig gepenseelde wenkbrauwen en wimpers en haar goed geproportioneerde armen en benen. En haar gezonde tandvlees, haren en nagels, haar scherpzinnige reacties, zelfs haar verkwikkende slaap – hij wordt erdoor bevestigd, het straalt op hem af, ook al heeft ze haar eigen bestaan. Juist omdat zij haar eigen bestaan heeft, wordt hij erdoor bevestigd. Hij vormt haar uit de materie van wat ze al is. Hij begeleidt haar naar haar volmaaktheid. Het is ook mogelijk om Alexa te bederven, haar te verwaarlozen of te vernietigen. Die macht heeft hij over niemand anders.

Het huis is op orde en schoon.

17

Begin februari kijkt Tonies baas op van zijn bureau en zegt:
'Nu zijn de wittebroodsweken voorbij.'

Het is een grijze, lichtloze middag, en het nog donkerder grijze interieur van het gebouw is een raster van monochrome vierkanten en rechthoeken die vreemde, blokachtige perspectieflijnen vormen die nergens heen leiden. Het is een grote doolhof van gangen en trappen, van anonieme kamers waar bureaus en metalen archiefkasten en identieke zwart beklede stoelen als legpuzzelstukjes in elkaar passen. Deze onoverzichtelijke, rechtlijnige somberheid staat voor ideeën, intellect, onpersoonlijke ambitie. Het is Tonie opgevallen dat de menselijke gestalte wegvalt tegen de heersende geometrie; het is of ze hier alleen fragmenten van mensen ziet: een stel benen in een trappenhuis, een rug die in een deuropening verdwijnt, een over een bureau gebogen profiel, vluchtig gezien door een paneel van veiligheidsglas.

'Nu zijn de wittebroodsweken voorbij,' zegt Christopher, wiens profiel zich aftekent tegen het grijze licht van het kantoorraam. 'We vinden dat je vanaf dit moment zelfstandig moet kunnen functioneren.'

'Goed,' zegt Tonie na een lange stilte.

Het kantoor van Christopher is huiselijker dan de andere kamers. Als faculteitsvoorzitter heeft hij een iets grotere versie van de hokjes waar de anderen zitten. Hij heeft lampen op lage tafels, kussens, een vloerkleed. Sinds september komt ze hier een paar keer per week, en dan heeft ze het idee dat ze het territorium betreedt van een bondgenoot en vriend. Ze zit graag op Christophers duifgrijze bank om zich heen te kijken naar zijn geordende boekenkast, zijn ingelijste Hollandse prenten. Ditmaal vraagt ze zich af of het bij Christopher thuis neutraal en onpersoonlijk is, of hij eigenlijk wel een huis heeft, of dat hij niet meer is dan dit kantoor: een man in een kamer die ondanks de gerieflijkheid toch maar drie meter breed is.

'Goed,' zegt ze.

'Als je vragen hebt kun je altijd bij mij terecht,' zegt hij, 'maar ik dien mijn tijd vooral te besteden aan de onderkant van de organisatie. Ik moet rekening houden met die jongere, minder ervaren collega's die echt reden hebben om mijn hulp in te roepen.'

Tonie is aan Christopher gewend, aan zijn voorkomen, aan zijn hoge stemgeluid, aan zijn specifieke vrijgezellensmaak, aan zijn lange, smalle gestalte tussen de andere gestalten die ze kent. Al jaren ziet ze hem vertrekken naar zijn lunchorgelconcerten in de St. John's, zijn middeleeuwse blokfluitavonden, zijn vernissages. Maar tot nu toe heeft ze al die dingen nooit bij elkaar opgeteld. Ze heeft hem nooit tot een geheel gemaakt.

'Klinkt redelijk,' zegt ze.

'De infrastructuur ontbreekt hier nu eenmaal om medewerkers van de afdeling aan het handje te nemen. We hebben er het geld niet voor.'

'Ik heb het begrepen,' zegt ze.

Tonie werkt al acht jaar bij de faculteit Engels. In die periode heeft ze meegemaakt dat mensen ruziemaakten, op hoge benen uit vergaderingen wegliepen, en plein public in de gang stonden te huilen. Ze weet dat emotionaliteit hier altijd tot de mogelijkheden behoort, meer dan elders op de universiteit, en, sterker nog, elders op de wereld. Als gevolg daarvan leunen de beraadslagingen op de faculteit zwaar op de bureaucratische grondslag. De grijze muren trillen van de tomeloze gevoeligheden: slechts de regels staan een algehele uitbarsting van opgekropte emoties in de weg. Nu Christopher dit gesprek heeft geëntameerd zou het volkomen acceptabel zijn als Tonie tegen hem tekeer zou gaan, in snikken zou uitbarsten en woedend zou wegbenen naar haar eigen ongezellige kantoortje met uitzicht op de parkeerplaats; misschien verwacht en verlangt Christopher dat wel van haar.

Ze kijkt naar zijn geplooide zijden lampenkappen, naar zijn pluchen kussenovertrekken.

'Dank je,' zegt ze. 'Bedankt voor de wittebroodsweken. Ik heb ervan genoten.'

Ze lacht zachtjes en maakt aanstalten om weg te gaan.

Hij verstrakt in zijn stoel, is beledigd. 'Zoals ik al zei, binnen redelijke grenzen ben ik altijd beschikbaar. En als het om een dringende vraag gaat, zal ik die uiteraard beantwoorden.'

Weer begint ze te lachen. Eens was zij Christophers leidinggevende op de faculteit, toen hij nog een aankomend wetenschappelijk onderzoeker was met veel te wijde boorden om zijn dunne nek. In die tijd keek hij Tonie naar de ogen, hunkerend naar af en toe een schouderklopje. Ze begrijpt dat hij wordt achtervolgd door die versie van zichzelf. Hij wil die versie uitbannen, uit haar herinnering snijden. Hij heeft geen idee hoeveel er in de tussenliggende jaren met haar is gebeurd, hoe weinig ze zich met hem heeft beziggehouden. Hij weet niet hoe treurig ze het opeens vindt dat hij zijn beste jaren heeft verdaan met pogingen zich op te werken aan een tweederangsuniversiteit, waar alleen onrustige moeders hem in de weg stonden.

'Ik zal het in gedachten houden,' zegt ze.

Eenmaal op de gang beseft ze dat ze een stapel mappen bij zich heeft. Ze kijkt ernaar. Ze zijn hard, nietszeggend, hebben een metalen rug. Ze houdt ze tegen haar borst. Heel even heeft ze geen flauw idee waar ze over gaan.

18

Thomas wordt wakker. Hij heeft gedroomd. In de droom liepen Tonie, Alexa en hij door een soort winkelcentrum ergens in het buitenland. Er waren lange, grijze, duistere betonnen wandelpaden zo breed als snelwegen. Vele niveaus boven elkaar leidden omlaag de aarde in.

Thomas en Tonie wilden kleren kopen voor Alexa. Ze lieten haar ergens achter en ontdekten een kleine winkel. Het was heel licht in de winkel, de wanden en het plafond waren helemaal van glas. Thomas begon de kleren te bekijken. Ze waren heel mooi. Hij vond een jurk als een bloemenweide, en nog een die was gemaakt van plukjes witte wolk. Er was een soepel vallend kledingstuk, een soort Griekse tuniek, van melk. Tonie had ook wel ideeën, maar elke keer dat Thomas iets vond, liet ze die varen. Kennelijk besefte ze dat hij opeens een bijzonder vermogen bezat om nieuwe dingen te ontdekken. Ze wachtte af wat hij nog meer zou vinden. Uit het rek pakte hij een jurk met lange mouwen die was vervaardigd van het origineel van *De geboorte van Venus* van Botticelli. Bij de manchetten en langs de zoom flakkerden matte vlammen in het daglicht. Ze waren het erover eens dat dit een gouden vondst was. De jurk was voor Alexa gemaakt: er leek iets van haar karakter in te zitten, iets wezenlijks van haar dat ze herkenden maar waren vergeten, alsof het er bij haar geboorte wel was geweest en Tonie en Thomas het in de loop der jaren hadden laten verfletsen of verwateren. Nu ze hun keuze hadden bepaald bood Tonie aan om Alexa te gaan halen. Ze liet Thomas alleen in de winkel en verdween in de uitgestrekte, grijze krochten van het winkelcentrum. Waarom hadden ze Alexa in dit wonderlijke oord achtergelaten? Hij had geen idee waar ze was of wat er van haar geworden was. Hoe hadden Tonie en hij het in hun hoofd gehaald? Hoewel hij droomde werd hem duidelijk hoe onlogisch dat was. Hij deed zijn uiterste best te begrijpen waarom ze zoiets onverantwoords hadden gedaan. Uiteindelijk drong tot hem door dat het kwam doordat het maar een droom was. Van dat besef werd hij meteen wakker. Blijkbaar is er vertrouwen voor nodig om te kunnen dromen. Als je dat eenmaal kwijt bent, breekt de droom bij je handen af.

Thomas ligt wakker in het donker, dat heel ijl is, heel onwerkelijk: hij heeft het gevoel dat hij erdoorheen valt en naar buiten of naar beneden stort. Rondom hem gaapt het heelal. Het is of hij de oneindige afstanden en de sterrenvlekken kan zien. Het bed is als een kleine steile rotswand aan de rand ervan. Zijn contact met stoffelijke zaken lijkt aan een ragdun draadje te hangen. Dat gevoel is opgeroepen door de absurditeit van de droom. Op dat ogenblik komt het hem onvoorstelbaar voor dat hij in zijn leven gelooft. Waarom klampt hij zich niet doodsbang vast aan de rand van het bed? Waarom doet iedereen dat niet? En Alexa, Tonie – wat betekenen die mensen voor hem? Wat zijn het toch, die verhoudingen, die overtuigingen, die gedragscodes? Dit woud van voorwerpen, nu donker en vaag – wat hebben ze te betekenen? Hoe kan hij ze hebben gekozen: de stoel, de ladekast, de donkere spulletjes op de

schoorsteenmantel in hun nog donkerder poelen van schaduw, terwijl pal ernaast het heelal gaapt?

De klok op het nachtkastje tikt gestaag. Na een poosje
slaapt Thomas verder.

19

Tijdens de drie kwartier dat de dokter op zich laat wachten denkt Howard dat hij doodgaat.

De assistente is er wel, ze loopt door de kamer. De lucht achter het ziekenhuisraam op de derde verdieping is leeg. Haar witte uniform blinkt: het plooit en ontplooit zich terwijl ze zich bukt en opricht en als een witte bloem knikt in het licht.

'Wilt u iets drinken?' vraagt ze. 'Een kopje thee misschien?'

Haar gezicht komt dichtbij. Het is beschilderd; haar jeugd gaat schuil onder de verf, alsof ze zich door een groot verdriet genoopt heeft gezien het te begraven en haar geschilderde dodenmasker op te zetten.

'Ja, graag,' fluistert hij. 'Heerlijk, ja, thee.'

Ze gaat weg. Even later is ze er weer: hij hoort het theekopje rinkelen op het schoteltje. Als ze het voor hem neerzet, ziet hij haar bleke onderarm. Er zit een moedervlek in de vorm van een muntstuk. Donkerrood, vurig, als een brandmerk in haar blanke, gave huid.

'U hebt u gebrand,' zegt hij.

'Dat heb ik met het strijkijzer gedaan,' zegt ze. 'Dom, hè?'

In gedachten ziet hij haar strijken, stapels witte lakens, haar verpleegstersuniform. Hij ziet de dodelijke stalen punt door het wit bewegen. Vreselijk, de gedachte aan haar zachte huid.

'Wees toch voorzichtig,' zegt hij. 'U moet goed op uzelf passen. We zouden allemaal beter op onszelf moeten passen.'

Ze loopt te redderen, met haar ogen discreet neergeslagen. Op de oogleden zit make-up.

'De dokter komt zo,' zegt ze.

Howard kijkt op de klok aan de wand van de praktijkruimte. De secondewijzer verspringt horterig over de wijzerplaat. Claudia is de auto aan het parkeren. Ze heeft hem bij de ingang afgezet, niet wetend dat ze hem hierheen zouden brengen. Nu begrijpt hij dat ze beter bij elkaar hadden kunnen blijven. Hij begrijpt dat het een val is. Hij is weggelokt bij zijn gezin, zijn huis, zijn auto en zijn vrouw, door een bedriegster die al die tijd heeft gewacht, die heeft staan wachten bij zijn wieg en zijn ledikant, die door de jaren heen heeft staan wachten in deuropeningen, op stations en in de stad, op velden en op vreemde stranden, in gangen, hotels en passagiersstoelen van auto's, en de laatste tijd onder de appelboom in de donkere tuin, tot Howard alleen was. Claudia was weggereden en had nog naar hem gezwaaid. Hij herinnert zich hoe verwarrend het was om helemaal alleen in de grijze toegangshal te staan. Hij is in dit ziekenhuis geboren. Het was alsof Claudia hem hier had teruggebracht om te worden geresorbeerd, alsof ze ervandoor was gegaan met zijn naam, zijn identiteit, zijn leven zelfs, maar zijn omhulsel, zijn lichaam, hier had achtergelaten, waar het vandaan was gekomen, als een leeg flesje dat retour ging naar de brouwerij.

De deur gaat open.

'Meneer Bradshaw?'

Er komt een man binnen. Hij draagt een pak. Doordat de

stof een zilverachtige glans heeft, ziet hij eruit alsof hij niet helemaal echt is. Howard wordt bang. De onechtheid van deze man – hij is jong, heeft bruin haar en een onschuldig gezicht – jaagt hem opeens angst aan. De man geeft hem een hand. Hij heeft iets van de presentator van een spel-programma die de winnaar feliciteert. Howard beseft dat er van alles kan gebeuren, van alles.

'Ik heb hier de uitslag van uw biopsie. Er zat een, eh, don-ker plekje op de rechterlong waar u zich een beetje onge-rust over maakte, klopt dat?'

Hij fronst, trekt rimpels in zijn voorhoofd. Hij raadpleegt zijn aantekeningen.

'Dat klopt,' zegt Howard.

'Tja,' zet de man, 'ik moet zeggen dat ik niet helemaal snap waar al die drukte voor nodig was.'

'O nee?'

'Die kant is kennelijk ooit een beetje aangetast door een longontsteking, maar dat is immers niet het einde van de wereld, nee toch?'

'Nee,' zegt Howard.

'Nee toch?' herhaalt de man. Hij maakt zijn ogen groot en lacht erbij.

'Nee,' zegt Howard, en hij lacht mee.

'Er is eigenlijk met een kanon op een mug geschoten. Vindt u ook niet?'

'Dat zal wel,' zegt Howard.

'Bedrust, zeker,' zegt de man met geheven wijsvinger. 'Maar een biopsie... Ho even!'

Hij slaat zich lachend op de knie, en Howard lacht weer mee, hoewel hij uit zijn doen is geraakt door wat hij hier aan de kartelrand van het leven heeft ontdekt, de gekken en dwazen die de machinerie bedienen.

'Bedrust.' Hij staat wankelend op. 'Dat is alles?'

'En vooral veel drinken. Maar liever geen alcohol, meneer Bradshaw.'

'Ho even,' zegt Howard zwakjes.

Op de terugweg houdt hij Claudia's hand op de versnellingspook vast.

'We zouden ze voor de rechter kunnen slepen, schat,' zegt hij. 'Die lolbroek reikte het me eigenlijk op een dienblaadje aan.'

'Wat een goed idee,' zegt Claudia. 'Zullen we het doen?'

Hij geeft een kneepje in haar vingers. Hij neemt zich heilig voor om zijn leven te beteren.

20

Ze plant een hortensia in de beschaduwde border achter het huis. Het is ochtend. Het dorp ligt er versuft bij in zijn prille rust. Op het gras parelt dauw. De aarde is donker en wemelt van leven.

Even na tienen komt haar man naar buiten: ze hoort zijn voetstappen naderen over het grind. Op een armlengte afstand staan ze stil.

'Ik kom even gedag zeggen,' zegt hij.

Ze komt overeind, haar knieën protesteren. Haar handen zijn aangekoekt met aarde. Om haar tegen te houden steekt hij zijn schone hand op als een politieman.

'Je hoeft niet op te staan. Ik kan je zo ook gedag zeggen.'

Maar ze staat al, dat ziet hij toch. Ze klopt haar handen tegen elkaar om de aarde eraf te krijgen. Niettemin deinst hij terug, in zijn geschuierde blazer en schone overhemd.

'Mag ik je niet aanraken?' vraagt ze, en ze loopt naar hem toe zodat hij verstrakt van onbehagen. 'Je ziet er keurig uit.'

'Liever niet.'

'Maar ik wil je aanraken!'

Hij glimlacht kil. De lichtgrijze, windstille dag omringt hem. Opeens krijgt ze het gevoel alsof ze gewicht en dichtheid verliest: ze wordt in de steek gelaten. Ze wordt opgesloten in een oord waar de een de ander niet mag aanraken.

'Ik ben om vijf uur terug,' zegt hij. Per slot van rekening gaat hij alleen maar naar de jaarlijkse lunch van de bridge-vereniging in Tunbridge Wells.

Met getuite lippen en haar vieze handen op de rug in-eengeslagen buigt ze naar voren. Ze neemt zijn dorre kus in ontvangst. Vroeger mocht ze de kleren van haar moeder nooit aanraken, die van haar vader evenmin. Zo kusten ze haar: over de afgrond van het afscheid heen. In de diepte heerst een peilloze duisternis. Ze moet zorgen dat ze er niet in valt. Maar ze wordt aangelokt door de geurige, verzorgde uitstraling van mensen die vertrekken. Ze zou zich graag op hen storten en met vieze vingers naar hun schone, gestre-ken kleren grijpen en graaien. Maar ze weet dat die afgrond er is.

'Tot vanmiddag,' zegt ze.

'Tot vanmiddag.'

Hij is weg, zij knielt weer op de aarde. Ze pakt haar schep-je en graaft een gat, zoals ze als kind in haar zandbak groef. Ze kijkt naar haar vingers die door de aarde bewegen. Tot haar verbazing ziet ze dat haar handen oud zijn. Ze graaft een gat voor de hortensia, zet hem erin en drukt de aarde behoedzaam aan.

Een kauw heeft kans gezien de kas binnen te komen en twee ruiten te vernielen. Ze zet de deur open om hem eruit te la-ten, maar hij blijft in trage cirkels boven haar hoofd vliegen, rond en rond, zonder ergens neer te strijken. Ze gaat naar het huis om een deken te halen. De vogel heeft een hele bak met zaailingen vernield. Haar plantjes liggen op hun zij in bergjes potgrond. Ze is bang voor vogels, een oude angst: haar vader, een slecht schutter, de vogels nooit dood maar totaal van karakter veranderd, kronkelend door het gras, gek van ontregeling. Deze, die zo zwart en zo kwaadaardig rondjes vliegt, is als iets wat ze zelf heeft veroorzaakt. Haar angst zwerft de wereld door, richt van alles aan. Verlies van identiteit, daar is ze bang voor. De kauw die in zijn gevangenschap rondcirkelt, past in het patroon. Ze pakt de deken stevig beet, springt op het goede moment omhoog en vangt hem in de plooien, waarna ze het bedekte beest in haar armen klemt. De kauw verzet zich, door de wol heen pikt zijn snavel telkens naar haar arm. Ze gaat de tuin in en laat hem los.

Daar staat Thomas op het gazon.

'Wat ben jij nou aan het doen?' vraagt hij.

Ze weet niet zeker of hij wel echt is. Ze staart hem verward aan. Maar ze zegt wel iets.

'O, ben je daar... Hoe komt het dat ik de auto niet heb gehoord?'

Hij loopt over het gras naar haar toe. Ze was vergeten dat hij zo oud was. Terwijl hij haar wang kust, vouwt ze de deken op.

'Ik heb twee keer gebeld, maar je deed niet open. Ik ben te laat van huis gegaan.'

'Geeft niet,' zegt ze. 'Je bent er nu.'

'Ik was al bang dat je zonder mij met die dozen was gaan zeulen.'

'Ik heb ze met geen vinger aangeraakt. Ik ben ontzettend verstandig geweest.'

Ze hoort haar eigen stem: wat die zegt is volkomen waar. Ze weet dat ze het twee dagen geleden met haar zoon over die dozen heeft gehad. Hij had aangeboden ze voor haar naar beneden te halen. Vanmorgen heeft ze de overloop opgeruimd om makkelijker op zolder te kunnen komen. Ze twijfelt niet aan de werkelijkheid van die dingen, maar zij heeft ze strikt genomen niet beleefd. Ze zijn iemand overkomen die ze goed kent, die soms bij haar is en soms ook weer niet. Ze is zich altijd al bewust geweest van dat wezen, zelfs als kind wist ze al dat er iemand in haar woonde, iemand die niet zijzelf was. Maar tegenwoordig gaat die figuur steeds vaker weg. Ze ziet ertegenop, tegen haar vertrek, maar als het gebeurt merkt ze niet dat ze weg is. Pas als ze terugkomt wordt duidelijk dat ze er niet was.

Thomas neemt haar bij de arm, en samen lopen ze langs de borders met vaste planten.

'Kijk, de eik heeft een gezicht,' zegt ze vrolijk, en ze wijst.

Vreemd dat het haar niet eerder is opgevallen: een lang gezicht met een grote kin en droeve ogen. Het lijkt wel de kop van een monnik, met een kap van schors. De meeste andere gezichten in de tuin kent ze wel. Maar dit heeft ze nog niet eerder gezien. Het staart haar aan vanuit zijn gevangenis in de stam.

'Je hebt gelijk,' zegt Thomas. Hij blijft even staan om het te bekijken. Hij is altijd een beetje te enthousiast, te meelevend; toen hij nog klein was vroeg ze zich af of hij wel helemaal goed bij zijn hoofd was. Haar honden waren net zo, ze liepen trillend als kompasnaalden om haar heen, zodat haar man niets met ze kon beginnen. Ze ziet dat Thomas is aangekomen. Hij begint een onderkin te krijgen. Zijn hand omklemt pijnlijk haar arm. Er zitten rode plekjes op de huid waar de kauw haar heeft gepikt. Ze huivert bij de herinnering aan wat ze heeft gedaan. Ze neemt zich voor het haar vader te vertellen, ook al is hij dood, net als de wereld waarin hij leefde.

'Zullen we naar binnen gaan?' zegt ze. 'Laten we die stomme dozen eerst maar eens opruimen.'

Ze lopen in de richting van het huis. Charles is degene

die zegt dat de dozen weg moeten. Hij heeft ze opeens in het vizier gekregen, hoewel ze jaren onopgemerkt onder het dak hebben gestaan. Om de een of andere reden moest hij aan die dozen denken, en nu wil hij ze weg hebben. Ze zijn het laatste verborgen plekje van haarzelf, en hij heeft ze ontdekt.

'Wat zit er eigenlijk in?' vraagt Thomas.

'O, alleen maar een heleboel ouwe troep. Pappa zegt dat ze weg moeten, en hij zal wel gelijk hebben.'

Eerlijk gezegd heeft ze zich tegen hem verzet, wat is uitgelopen op zo'n bittere strijd dat ze dieper dan ooit door het stof is gegaan. Hij heeft haar zover gekregen dat ze er met frisse blik naar heeft gekeken: een stuk of dertig grote dozen met haar naam erop, dozen die ze – hij heeft haar gedwongen het toe te geven – niet meer open heeft gehad sinds ze op zolder zijn neergezet, waar ze zo veel ruimte innemen dat er geen plaats meer is voor de opslag van noodzakelijke dingen. Uiteindelijk was ze het met hem eens dat de situatie niet zo kon blijven. Dat vond ze echt. Ze had gehuild en was hem dankbaar geweest. Als Thomas de dozen naar beneden heeft gehaald en de ladder weer heeft opgeborgen, verbaast ze zich er dan ook over dat het er maar zes zijn.

'Is dat alles?'

'Dat is alles. Ik heb twee keer goed gekeken.'

Ze weet nog dat Charles de deur uit is gegaan. Was dat vanmorgen? Hij is naar Tunbridge Wells en komt pas eind van de middag terug.

'Ik dacht dat het er wel twintig, dertig waren,' zegt ze hulpeloos. Ze gaat op het kleed op de overloop zitten.

Thomas maakt een van de dozen open en kijkt erin. Hij haalt haar kreukelige doopjurk tevoorschijn, haar oude stu-

dentenalmanak, een pop die, herinnert ze zich – o, die vreselijke golf herinneringen! – Clarissa heet en een geruite
baret opheeft.

'Pappa wil dat alles naar een kringloopwinkel gaat!' barst
ze uit. 'Dat vind ik onverdraaglijk! Zorg dat hij mijn spullen
niet wegdoet!'

Thomas kijkt ontsteld. Hij knielt naast haar neer.

'Natuurlijk mag hij ze niet weggeven,' zegt hij. 'Het zijn
jouw spullen. Jij mag bepalen wat ermee gebeurt.'

'Maar ik heb beloofd... Ik heb beloofd dat ze het huis uit
zouden zijn als hij terugkwam!'

'Alsjeblieft zeg,' mompelt Thomas.

Hij is boos. Maar niet op haar. Hij pakt Clarissa, draait
haar stijve lijf om en om.

'Volgens mij vindt Alexa het vast wel leuk om sommige
van die dingen te bekijken,' zegt hij.

Haar stem klinkt toegeeflijk. 'Dat denk ik ook.'

Hij zucht. 'Wat is er nog meer?'

'Niet zoveel – boeken, een paar aandenkens. Het is gek,
voor mij betekenen ze heel veel, maar een volslagen vreemde zeggen ze helemaal niets.'

In werkelijkheid kan ze zich niet meer herinneren wat er
in de dozen zit. Hij doet er het zwijgen toe.

'Wij hebben nog minder ruimte dan jullie,' zegt hij ten
slotte. 'Het is te gek.'

Ze kijkt pruilend naar het kleed. 'Dan zal pappa wel gelijk
hebben. Het moet allemaal weg.'

Hij zucht nogmaals van ergernis. Dit is een oud verbond,
ouder dan Thomas zelf, want de oorsprong ligt in haar
eerste eenzaamheid, toen haar poppen – Clarissa, weet ze
nog, was er zo een – haar vriendinnen werden en haar hun
meegaande hart aanboden. Als kleine jongen had Thomas

iets van die meegaandheid gehad, een soort opgewekte, verwachtingsvolle leegheid, en na Howard – de kleine hongerlap, altijd stompte hij haar met zijn mollige vuistjes – kreeg ze een zwak voor Thomas, die haar met ronde ogen vol verwonderde liefde volgde. Zodra ze uit zijn gezichtsveld was begon hij steevast te huilen.

'Goed dan,' zegt hij ten slotte. 'We vinden er wel ergens een plekje voor. Maar god mag weten wat Tonie ervan zal zeggen.'

Als Tonies naam valt voelt ze de onbehaaglijke huivering die gewoonlijk alleen door haar man wordt opgeroepen. Ze weet nog dat ze op een keer met Tonie bramen is gaan plukken in de heggen langs de weg buiten het dorp; ze weet nog dat Tonie bij elke struik stug doorging tot er geen vruchtje meer aan zat. Zelf bestrijkt ze liever meer terrein en plukt ze wat toevallig onder handbereik komt.

'Lieve hemel... Ik wil jullie geen overlast aandoen.'

'Nee, het komt wel goed. Geen probleem.'

Ze kijkt hem stralend aan. Nu hij haar onderdanigheid als een last van haar schouders heeft genomen, heeft ze liever dat hij weggaat. Uiteindelijk werkt zijn bereidwilligheid haar op de zenuwen. Het was een lieve eigenschap in een kind, maar je kunt niet je hele leven kind blijven. Tegenwoordig geeft ze toch de voorkeur aan Howard.

'O, wat ontzettend lief van je,' zegt ze. 'Zullen we ze naar de auto brengen? Je zult wel gauw weer weg moeten.'

Hij glimlacht, een eigenaardig lachje dat ze niet van hem kent.

'Ik dacht dat ik misschien wel mocht blijven lunchen,' zegt hij.

'O!' zegt ze. 'Ja natuurlijk, dat spreekt vanzelf, als je niets anders te doen hebt.'

Maar zelfs na de lunch maakt hij niet meteen aanstalten om weg te gaan.

'Moet Alexa niet van school gehaald worden?'

Weer glimlacht hij. 'Ze gaat naar een vriendinnetje.'

'Zie je, ik was van plan om de hond uit te laten. Maar je hoeft niet mee, hoor.'

Hij vraagt: 'Wil je graag dat ik meega?'

Ze vindt dat eigenlijk een heel onbeleefde vraag.

'Ja,' antwoordt ze koeltjes. 'Natuurlijk. Dat is gezellig.'

Ze lopen met Flossie de laan uit, en in een greppel vol halmen en doornstruiken vinden ze een klein, dood hert.

'Wat zielig!' zegt ze. 'Zeker aangereden door een auto.'

Ze kijkt naar de verschrompelde bek die krioelt van de zoemende vliegen, naar de dichte ogen, de verstrengelde jonge poten op het koude bed van wintergras. Het is waarschijnlijk pas een dag of twee geleden gebeurd. Als ze opkijkt ziet ze tot haar verrassing het moederhert staan, roerloos, verderop in de halfduistere laan. Ze grijpt Thomas bij zijn arm.

'Kijk... De moeder. Ze is helemaal niet bang, zie je dat? Ze zoekt haar kind. Ze weet dat het hier ergens is en ze wacht tot het terugkomt. O, wat zielig!'

Het wijfje heft haar kop. De grote, amandelvormige ogen zijn zwarte poelen. Er ligt een beangstigende uitdrukking in. Flossie begint te blaffen. Heel even verroert het hert zich niet, maar ten slotte loopt het gelaten weer terug naar de bomen.

'O, wat aandoenlijk.' Ze maakt Flossies riem los. Naast haar ontsnapt Thomas een soort snik. Ze draait zich om en ziet tot haar verbazing dat hij huilt.

'Wat is er in hemelsnaam aan de hand?' vraagt ze.

21

Er is iets veranderd. Of niet veranderd: verloren gegaan. Het dringt met een schok tot Tonie door, ze schrikt ervan, zoals ze langs haar hals zou tasten naar een ketting, om te beseffen dat ze hem kwijt is.

Ze wandelen met Alexa naar Beacon Park, waar schommels zijn, waar ze sinds haar geboorte al talloze malen met haar heen zijn geweest, en niet één keer heeft Tonie het gevoel gehad dat er iets ontbrak, maar nu dus wel. Het is zaterdag. Alexa heeft nieuwe schoenen aan; het rode leer is stug, glanzend en gaaf. Thomas heeft ze voor haar gekocht. Ze waren heel duur. Tonie zou nooit zulke dure schoenen voor Alexa hebben gekocht, mooie Italiaanse schoenen met een voetbed van wit geitenleer. Ze is er nog niet achter waar ze meer moeite mee heeft, met het feit dat ze zo mooi zijn of met het feit dat ze zo duur zijn.

Het is koud en helder, een diamantharde februaridag, en Tonie loopt met haar handen in haar zakken voor de anderen uit over het trottoir. Bij het hek doet ze zwijgend een stap opzij om hen erdoor te laten. Alexa gaat eerst, daarna Thomas. Tonie ziet de tengere schouders van haar dochter, haar hoofd dat als een bloem op de tere nek draait, de donkere glanzende paardenstaart die over haar rug danst. Ze zou hem graag aanraken. Op dat moment steekt Thomas zijn hand uit om de staart aan te raken, de puntjes te betasten. En dan beseft Tonie dat er iets verloren is gegaan. Ze is zijn aandacht kwijt.

Die middag besluit ze spaghetti bolognese te maken. Met veel gekletter en gerammel pakt ze de pannen. Ze vult de keuken met de lucht van gebakken uien en vlees. Ze hakt van alles fijn en mikt het in de pot. Ze is fanatiek geconcentreerd bezig, ze gaat helemaal op in het bereiden van de rode saus die, dik en vulkanisch, vlak bij haar vingertoppen borrelt. Ze weet niet wat er zal gebeuren als de saus klaar is. Ze weet niet wat ze dan gaat doen.

Zo nu en dan komt Thomas de keuken in, rommelt wat rond, gaat weer weg. Met haar gezicht klam van de damp staat Tonie bij haar kookpot haar roodhete woede op te stoken. Ze kan wel gillen, heeft zin om met iets te smijten. Elke keer dat Thomas beschroomd en met een neutraal gezicht iets komt zoeken, zou ze hem het liefst met geweld de stuipen op het lijf jagen. Hij moet in het gareel worden gebracht. Hij moet worden gestraft. Voor het eerst wenst ze dat hij weer gaat werken. Hij moet worden tegengehouden en belemmerd, ingeperkt door regels; hij moet worden berispt. Nu ziet hij eruit als iemand die ergens ongestraft mee weg is gekomen. Hij kan haar zonder angst voor vergelding zijn aandacht onthouden.

'Wat zoek je toch?' vraagt ze op ijzige toon als hij voor de derde of vierde keer binnenkomt.

'Hè?' Hij kijkt op, ziet haar staan. 'O, niks.'

Als ze naar boven gaat blijken Thomas en Alexa heel rustig en gezellig in de woonkamer te zitten. Ze staat in de deuropening, maar geen van beiden kijkt op. Ze gaat niet terug naar haar rode saus, die nog op het fornuis staat te borrelen. Ze laat hem staan, laat hem in de steek, gaat naar de slaapkamer. Ze gaat op bed liggen. Een tijdje later steekt Thomas zijn hoofd naar binnen.

'Volgens mij is je saus wel klaar,' zegt hij. 'Zal ik hem afzetten?'

'Mij best,' zegt Tonie.

Hij gaat weer weg. In het hele huis hangt de rijke rode geur van haar creatie. Het wordt donker in de kamer. Ze hoort dat er beneden muziek gedraaid wordt. Ze blijft stil liggen. Ze doet geen licht aan.

22

Claudia stelt voor om Lottie zakgeld te geven. Nu Lottie veertien is, zegt Claudia, moet ze zelf over een bepaald bedrag kunnen beschikken. Dat zegt ze tegen Howard, die een beetje afstandelijk en zakelijk doet, alsof hij op de hoogte wordt gesteld van een onbelangrijke verordening die binnenkort van kracht wordt. Hij staat in zijn nette pak de post door te nemen.

'Ze moet een bankrekening openen,' zegt hij. 'We zouden voor alle kinderen een bankrekening moeten openen.'

Claudia kijkt verwonderd.

'Waar heeft Martha een bankrekening voor nodig? Ze is pas zes.'

'Iedereen hoort een bankrekening te hebben.'

'Hè? Moet een kind van zes al een chequeboekje hebben, bankkosten betalen, en stromen aanbiedingen voor persoonlijke leningen door de brievenbus krijgen?'

Howard opent een envelop en leest de inhoud. Claudia ziet zijn ogen van links naar rechts bewegen. Als hij klaar is zegt hij: 'Ik zeg alleen: als Lottie zakgeld krijgt, moeten we dat bedrag op een bankrekening zetten.'

Claudia zwijgt, want ze wil de indruk wekken dat ze over dat voorstel nadenkt. Het probleem is niet dat Howard helemaal ongelijk heeft. Het probleem is dat een bankrekening openen lang zo leuk niet is als Lottie geld geven.

'Dat is te ingewikkeld,' zegt ze even later. 'Het enige wat Lottie nodig heeft is een beetje zakgeld.'

'Zo ingewikkeld is het heus niet,' zegt Howard.

'Ik vind het nog te vroeg. Ze is nog te jong.'

'Het is doodsimpel, Claude. Dan kan ze beginnen met sparen.'

'Waar moet ze voor sparen?'

'Ze moeten allemaal leren sparen,' preekt Howard.

Claudia heeft het idee dat Howard het niet helemaal snapt. Zij wil van hem weten hoeveel ze haar moeten geven. Wat haar voor ogen stond, was een discussie daarover. Voor zichzelf heeft ze al uitgemaakt dat Lottie vijfentwintig pond per maand zou moeten krijgen.

'Waarmee zouden we moeten beginnen?' vraagt ze.

Howard kijkt peinzend naar het plafond.

'Vijftig?' zegt hij.

'Per maand? Grapje zeker.'

'Te weinig?'

'Te veel. Vijfentwintig, had ik gedacht.'

Howard reageert verbaasd. Hij kijkt haar over zijn leesbril heen aan.

'Met vijfentwintig pond kan ze niet veel,' zegt hij. 'Dat is maar zes, zeven pond per week, Claude. Amper genoeg voor een plak kauwgom.'

'Meer dan genoeg voor een meisje van veertien.'

Claudia kan zich niet herinneren dat ze ooit geld van iemand heeft gekregen, al is dat waarschijnlijk wel gebeurd.

'En moet ze daar dan ook kleren van betalen? Schoenen?'

Claudia denkt nog eens na. 'Goed, dertig dan. En schoenen voor mijn rekening.'

Claudia zegt tegen Lottie dat ze, vanaf de eerste dag van

de volgende maand, een vast bedrag van dertig pond aan zakgeld krijgt.

'Goed hoor,' zegt Lottie.

'"Goed hoor" slaat nergens op,' verbetert Claudia haar. '"Goed hoor" gebruik je als ik jou vraag om iets voor mij te doen.' Lottie kijkt haar niet-begrijpend aan. 'Niet als ik aanbied jou iets te geven.'

Lottie zwijgt. Claudia zegt: 'Ik blijf je schoenen betalen, en alles wat je voor school nodig hebt.'

'Goed... Dank je.'

'Je mag met je zakgeld doen wat je wilt. Het is jóuw geld. Als je wilt sparen, kan dat. Als je alles er in de eerste week doorheen wilt jagen, dan moet je tot het einde van de maand maar zien dat je je redt.'

'Weet ik,' zegt Lottie.

'Het heeft geen zin om halverwege de maand tegen me te komen zeggen dat je geen geld meer hebt. Het doel van de exercitie is dat je met geld leert omgaan.'

'Weet ik.' Lottie kijkt verveeld.

'Je bent kennelijk een deskundige,' zegt Claudia. Ze weet nog dat ze zich op dit gesprek had verheugd. Toen ze er eerder die dag aan had gedacht, was dat met een warm, drukkend gevoel in haar borst, alsof er vanbinnen iets zat, iets wat wachtte tot het tevoorschijn werd gehaald en aangeboden, als een bos bloemen.

'Ik ben geen deskundige,' zegt Lottie. 'Dat heb ik toch niet gezegd.'

'Je hebt ook geen dank je wel gezegd.'

Lottie zwijgt. Ze kijkt met neergeslagen ogen langs haar heen.

Na een korte stilte vraagt Claudia opgewekt: 'Krijgen anderen op school al zakgeld?'

'De meesten wel.'

'De méésten? Daar geloof ik niks van,' zegt Claudia. 'Sómmigen, waarschijnlijk.'

Een week later, op de eerste van de maand, overhandigt Claudia Lottie dertig pond in briefjes van tien. Gedurende die week heeft ze haar houding tegenover Lottie bijgesteld. Ze vraagt zich af of ze zo intens heeft geprobeerd om te zien hoe Lottie zich ontwikkelt, dat haar is ontgaan hoe ze ís. Wanneer Lottie 's middags uit school komt, loopt ze regelrecht naar de keuken en gaat daar boterhammen staan eten die zo dik besmeerd zijn met jam dat haar tanden er bij elke hap een afdruk in achterlaten. Het lijkt Claudia's lot te zijn om de keuken binnen te komen op het beslissende moment van dat ritueel, om te zien hoe Lottie over het aanrecht gebogen staat: haar haren vallen voor haar gezicht, haar mond sluit zich om de rood met witte plak en wordt volgepropt. Al kauwend maakt Lottie vreemde, kreunende geluidjes. Haar lichaam in het schooluniform is haar tot last, ze zit niet lekker in haar vel. Als klein kind zat Lottie ook al niet lekker in haar vel en had ze last van haar afhankelijkheid. Toch kan Claudia nu geen sympathie voor haar opbrengen. Als ze Lottie beklaagde, zou ze zichzelf beklagen.

'Geweldig,' zegt Lottie als Claudia haar het geld geeft.

Die zaterdag zegt Lottie tegen Howard en Claudia dat ze met Justine en Emily de hele dag de stad in gaat.

'Hoe doe je dan met de lunch?' vraagt Claudia.

'Weet ik niet. Misschien nemen we daar wel iets.'

'Als je buiten de deur gaat eten, ben je in één dag door je geld heen.'

Meteen kijkt Lottie ontwijkend. Ze staart opzij, naar een punt vlak boven de grond.

'We geven je geen zakgeld om de hele middag bij McDonald's te kunnen zitten,' zegt Claudia.

Lottie draait met haar ogen. Ze maakt een briesend geluidje, als een pony. Ze doet denken aan die kleine, ronde, nukkige shetlanders, die hun neusgaten opensperren en hun klitterige manenwaterval naar achteren gooien. Lottie heeft diezelfde dierlijke geestkracht over zich, dezelfde wanverhouding tussen lichaam en rationaliteit.

'Jullie zijn maar met z'n drieën?' informeert Howard.

'Misschien komen er nog wel een paar bij.'

'Mooi zo,' zegt Howard.

Om halfvijf komt Lottie terug uit de stad. Ze had haar jas niet meegenomen. Claudia vond hem nog aan het haakje in de gang. De hele middag moest ze eraan denken. Een paar keer heeft ze hem in het voorbijgaan gestreeld: ze heeft haar hand van de schouder naar de zoom over de onverschillige stof laten glijden. Ze heeft het weer in de gaten gehouden. Het is onstuimig en grijs, en de wind zwiept de bomen af en toe heen en weer, om dan zomaar te gaan liggen. Lotties jas aan het haakje is als een versie van Lottie zelf, een afgedankte fase in haar ontwikkeling die Claudia mag houden. Ze gelooft dat die Lottie, de Lottie van de jas, haar dierbaarder is dan de echte. De jas hangt aan de capuchon, die van een afstandje doet denken aan een klein hoofd.

Howard is de hele dag samen met Lewis bezig geweest met het aanleggen van een houtstapel in de tuin. Marta is boven, samen met haar vriendinnetje Sadie. Zo nu en dan komt Claudia langs de deur van Martha's kamer en dan ziet ze de twee kinderen op de grond zitten, omringd door Martha's speelgoed. Op een gegeven moment hebben ze van lakens lange hoofdtooien gemaakt, die ze hebben vastgezet met de gevlochten lussen waarmee Martha's gordijnen worden opgehouden. Witgesluierd en in kleermakerszit gaan ze op in eindeloze zachte gesprekken, als twee belangrijke afgezanten uit verre ministaatjes. Als Claudia naar beneden gaat ruikt ze de rook van het vuur, die geleidelijk aan het huis is binnen gedrongen.

Lottie is in de keuken. Claudia komt achter haar binnen.

'Hoe was het?' vraagt ze opgewekt.

Lottie kijkt verschrikt op.

'Nou, eh... Gewoon,' zegt ze.

'Je was je jas vergeten. Ik zag hem in de gang hangen. Ik was bang dat je het koud zou hebben.'

'Ik heb het niet koud gehad.'

'Je hebt de kou misschien niet gevoeld,' zegt Claudia. 'Maar als je je niet warm kleedt, loop je makkelijker iets op, en dan krijgen we het hier thuis allemaal.'

Het is schemerig en rommelig in de keuken. Claudia knipt het licht aan. Ze begint op te ruimen. Ze zet alle potten en pannen die op het afdruiprek staan weg. Alles wat op het aanrecht en het werkblad ligt bergt ze op. De aluminium pannen kletteren als ze ze op de plank zet. Ze opent de kastdeuren en slaat ze weer dicht. De glazen rinkelen, de kopjes rammelen op hun schoteltje. Ze opent de koelkast, veegt er een armvol spullen uit, schopt de deur achter zich dicht. Als ze op het pedaal van de vuilnisbak trapt, klapt het deksel als een cimbaal tegen de muur. Achter elkaar gooit Claudia alles weg: lege melkpakken, bedorven etensresten, oude plastic bakjes. *Bonk! bonk! bonk!* doen ze, en ze verdwijnen in de ritselende diepte. Claudia is bezeten van een soort geniale gekte. Haar hoofd zit vol geluiden: ze is een componist die een waanzinnige, onwelluidende symfonie creëert. Nogmaals slaat ze met de kastdeuren. Ze trekt de besteklade eruit en strooit de inhoud met een heldere, schelle cascade van staal over de keukentafel uit. *Ting! ting! ting!* doen de messen en vorken en lepels als ze ze weer in de goede vakjes mikt.

Bij elk geluid krimpt Lottie ineen.

'Wat ruik ik toch?' vraagt ze ten slotte.

Claudia houdt even op. Zwijgend staat ze daar, waakzaam. Ze wordt overmand door een immense vermoeidheid, moedeloosheid bijna.

'Het is een branderige lucht,' zegt Lottie.

Het vuur. Claudia ruikt het ook.

Ze zegt: 'Pappa heeft een vuur aangelegd in de tuin.'

Lotties gezicht klaart op.

'Echt?' zegt ze.

Wanneer Claudia weer naar buiten kijkt, ziet ze dat de anderen allemaal in de tuin zijn, in de invallende schemering. Ze gaat bij het keukenraam staan. Howard harkt bladeren bijeen, en Lewis gooit ze met handenvol tegelijk op het vuur. Lottie heeft een lange stok in haar hand. Zij houdt de smeulende hoop in de gaten, duwt de nieuwe bladeren naar het hete midden, klopt de bovenkant aan. Met haar stok verzamelt ze ontsnapte papiertjes en takjes, die ze weer het vuur in port. Claudia hoort Lottie en Lewis en Howard samen praten. Ze hoort niet wat ze zeggen, alleen het geluid dat ze maken. Grote grijze rollende rookgolven stijgen op, de ene na de andere. Af en toe rollen ze naar het raam waar Claudia staat. En dan opeens verandert de rook van richting, om weerloos de lucht in getrokken te worden.

Die avond gaan Howard en Claudia uit.

Terwijl de kinderen aan tafel zitten, blijft Claudia boven om zich voor te bereiden. Ze trekt een zwarte broek en een zwarte trui aan. Ze doet de ketting om die ze van Howard heeft gekregen. Hij is van zilver, een flinterdun zilveren blad aan een zilveren ketting. Ze gaat voor de spiegel zitten en strijkt haar haar uit haar gezicht. Het verbaast haar hoe verzorgd ze eruitziet, hoe af. Het is of ze er niets meer aan hoeft te doen. Het is of de spiegel tegen haar gezegd heeft dat ze een tijdrovende, ingewikkelde opgave tot een goed einde heeft gebracht, dat alles is gedaan wat er gedaan moest worden.

Wat grappig om niets meer te wensen te hebben, niets meer nodig te hebben! Ze denkt aan de bankbiljetten die ze Lottie heeft gegeven. Als ze zich dat geld voorstelde, was het zoiets als het stoffelijke bewijs van een ontwikkelings-fase, net als de eerste lepeltjes vast voedsel die ze Lottie als baby heeft gevoerd. Ze is altijd een beetje te vroeg met zulke dingen. Ze jaagt haar op. Ze wil Lottie leren iets te willen, ergens behoefte aan te hebben. Vermoedelijk is dat haar manier, haar poging om de zaken tussen hen te vereen-voudigen, want als Lottie ergens behoefte aan heeft, dan is het aan Claudia om daarin te voorzien. Als Lottie iets wilde hebben zou zij, Claudia, haar dat kunnen geven. Tenminste, zo heeft ze zich dat altijd voorgesteld. Lottie heeft nooit om geld geváágd. Maar door het haar te geven, meende Clau-dia dat ze Lottie op één lijn kon stellen met zichzelf. Ze zouden beiden dezelfde kant op kijken, naast elkaar, speu-rend naar de dingen die ze wilden hebben. Maar nu lijkt het erop dat Claudia niets wil hebben. Ze heeft helemaal niets nodig.

Howard komt binnen. Hij stopt zijn gezicht in het hol-letje van haar hals waar ze parfum op heeft gesprayd.

'Wat denk je, heeft Lottie een leuke dag gehad?' vraagt Claudia.

Hij tilt zijn hoofd op, en ze kijken elkaar via de spiegel aan.

'Volgens mij doet het er helemaal niets toe wat wij denken,' zegt hij.

Beneden zitten de twee jongste kinderen voor de tv. Claudia gaat in de keuken kijken of Lottie daar is, en roept dan onder aan de trap dat ze beneden moet komen. Lottie past die avond op. Aan de keukentafel noteert Claudia adres en telefoonnummer van de mensen naar wie ze toe gaan. Ze hoort iemand de trap af komen.

'Ik ben hier!' roept ze.

Na een poosje gaat ze in de gang kijken. Daarna kijkt ze in de woonkamer. Daar zit Lottie bij Lewis en Martha. De televisie tast met zijn blauwe licht haar bewegingloze gezicht af. Claudia ziet dat ze een nieuwe rok aanheeft.

'Lottie!' zegt ze zachtjes. 'Kun je even meekomen? Ik wil je een telefoonnummer en zo geven.'

Ze draait zich om en gaat weer naar de keuken. Korte tijd gebeurt er niets, dan komt Lottie binnen.

'We gaan alleen maar naar de Carters,' zegt Claudia. De Carters wonen aan de andere kant van Laurier Drive.

Ze geeft Lottie instructies. Claudia hoort zichzelf praten, maar ze kan zich nauwelijks concentreren op wat ze zegt. Ze probeert haar ogen op Lotties gezicht gericht te houden, maar ze dwalen steeds af – gebiologeerd, verwonderd – naar haar rok.

'Heb je die vandaag gekocht?' vraagt ze ten slotte.

Lottie kijkt omlaag, als om zich ervan te vergewissen dat ze het over hetzelfde hebben.

'Ja,' antwoordt ze.

'Waar?'

'In een winkel.'

Het is een roze rokje met een ruche langs de zoom. Het reikt tot Lotties knieën. Het roze is zuurstokroze. De ruches zijn slordig aangezet. Het rokje is Lottie zowel te groot als te klein: het lubbert bij haar heupen maar zit strak over haar buik. Het is zo'n goedkoop stofje dat Lotties ondergoed erdoorheen schemert. Het is een kinderrokje, van het soort dat Claudia voor Martha had kunnen kopen, maar aan Lotties lijf is het zonder twijfel het minst flatteuze kledingstuk dat Claudia ooit heeft gezien. Lottie draagt er haar eeuwige capuchontrui bij.

'Een leuk ding,' zegt Claudia. 'Goed gedaan.'

Lottie lijkt tevreden. 'Ik dacht wel dat je het mooi zou vinden,' zegt ze.

Een tijdje later moet Claudia op een zaterdag de stad in. Ze laat Howard en de kinderen thuis en gaat alleen. Er zijn drommen mensen op de been. Ze dwalen als rusteloze zielen over de trottoirs, als talloze thuisloze geesten die komen zoeken wat ze allemaal kwijt zijn. Ze hebben tassen bij zich, dozen, volumineuze voorwerpen met grote plastic zakken eromheen. Sommigen kunnen de hoeveelheid spullen die ze hebben gekocht nauwelijks torsen. Ze ziet een man met een tuinschaar, een man met een plastic ligstoel, een vrouw met een kinderfietsje in een reusachtige plastic zak. Het stuur steekt eruit, en aan elk handvat zit een glitterend kwastje dat, terwijl de vrouw voortstapt, trilt als de paardenstaart van een klein meisje.

Het is een heldere, winderige dag. De hemel is vloeiend blauw. Claudia versnelt haar pas. Ze stapt over het met afval bezaaide trottoir, kijkt vluchtig in de etalages, kijkt vluchtig naar de gezichten die voorbijkomen. Ze begint zichzelf te vergeten, er welt een soort blijdschap in haar op. Het is weleens goed om weg te zijn uit je vertrouwde omgeving: weg uit je huis, waar alles van jou is, iets over jou zegt of jou weerspiegelt, tot het een soort slopende ziekte wordt, die behoefte om te bestaan, je te laten gelden. Maar hier loopt ze – vrij! Wat kan het haar schelen wat de mensen kopen, waar ze heen gaan, hoe ze hun tijd besteden? Wat heeft zij daarmee te maken? Zij is niet verantwoordelijk voor hen – ze zijn vrij, net als zij. Het is juist die verantwoordelijkheid die je in een keurslijf dwingt, die je vervormt en verwringt en je in je eigen ogen lelijk maakt. Ze loopt met grote passen, de wind rukt aan haar haren. Even verderop ziet ze een groepje tienermeisjes uit een winkel komen. Ze lopen lachend het trottoir op, met de armen om elkaar heen. Ze zijn als een lachend dier met veel tentakels, een kluwen van armen, benen en lachjes. Ze hebben tassen, kettingen en oorringen, en de wind blaast hun haren in slierten om hen heen, zodat je niet meer kunt zien welk haar bij welk hoofd hoort. Een van de meisjes trekt haar aandacht. Ze kijkt een hele tijd naar dat meisje voordat het tot haar doordringt wie het is: Lottie.

23

Er is een vrouw die Thomas geregeld op het schoolplein ziet. Net als hij is ze vaak vroeg. Ze gaat op een bankje aan de rand van het asfalt zitten lezen.

Hij weet eigenlijk niet hoe het komt dat ze hem is opgevallen, maar nu het is gebeurd betrapt hij zich erop dat hij een onwezenlijke relatie met haar aangaat. Als hij arriveert speurt hij het schoolplein af naar haar over het boek gebogen gestalte met het bruine haar. Hij vindt het geruststellend om haar te zien, zoals hij het ook geruststellend vindt om bij onbekenden verlichte ramen te zien, om te weten dat er iemand is. Op een keer ziet hij haar in de stad: ze steekt de straat over en komt zijn kant op. Ze loopt te praten met een andere vrouw, en als ze toevallig zijn kant op kijkt, glimlacht hij. Even worden haar ogen groot van verwarring, dan is ze verdwenen. Een enkele keer is ze niet op het schoolplein, en dat stoort hem dan. Hij stelt zich voor dat hij hier weggaat en in actie komt; de drang is groot om iets te doen wat die passiviteit uit zijn brein spoelt. Hij voelt zich vormeloos, als een bal deeg waarin iedereen die daar zin in heeft een indruk kan achterlaten. Maar de volgende dag is ze er weer en wordt de deuk die ze heeft gemaakt opgevuld.

Op een middag komt Alexa hand in hand met een ander

meisje naar buiten. Het is de dochter van de vrouw met het bruine haar. Thomas weet dat, want hij heeft hen samen gezien.

'Dit is Clara, mijn vriendinnetje,' zegt ze.

'Hallo, Clara.' Hij glimlacht. Hij moet denken aan Clara Schumann. Hij wil het kind vragen of ze naar haar is genoemd. Hij bedenkt hoe hij die vraag zou kunnen inkleden. 'Dat is een mooie naam,' zegt hij.

Opeens is de vrouw er. Van dichtbij is ze kleiner dan hij had verwacht. Alles aan haar is bruin: haar grote ogen, haar jas, het haar dat in zijdeachtige plukjes over haar schouders valt. Hij weet zich met zijn figuur niet goed raad. Hij beseft dat hij het beeld van deze vrouw in zich heeft meegedragen, zoals mensen vroeger geschilderde miniatuurtjes bij zich hadden. Hij krijgt het gevoel dat hij haar, zonder dat ze het merkte, iets heeft ontstolen.

'Ik zei net dat je dochter zo'n mooie naam heeft.'

Ze glimlacht een beetje verbaasd. 'Dank je.'

'Ik geloof dat we nog geen kennis hebben gemaakt.'

Ze houdt haar bruine hoofd vorsend een beetje scheef. 'O nee? Ik ken wel je... Is ze je vrouw?'

'Ja. Ja, dat klopt.'

'Ik dacht laatst nog dat ik haar al een tijd niet heb gezien.'

Hij is al gewend aan deze schoolpleingesprekken, met de vreemde weglatingen en ouderwetse fijngevoeligheden, de onverhoedse, verrassend openhartige ontboezemingen. Dit is niet voor het eerst dat hij Tonies verdwijning aan een gebiedend vrouwelijk gehoor moet uitleggen. Gelukkig verwart hij hun nieuwsgierigheid niet meer met vriendelijkheid tegenover hem persoonlijk.

'Ze is fulltime gaan werken,' zegt hij.

Ze knikt filosofisch. 'Ik dacht al zoiets,' zegt ze, alsof het net zo goed iets anders had kunnen zijn, haar overlijden misschien, of gevangenisstraf.

'Ja, ze hebben haar promotie aangeboden, en daar kon ze echt geen nee op zeggen.'

'Dat is geweldig,' zegt de vrouw. Ze schijnt het echt geweldig te vinden. Ze glimlacht, haar wangen gaan omhoog, de huid onder haar grote chocoladebruine ogen rimpelt. Hij ziet dat haar mondhoeken opkrullen, als achtste noten met een vlaggetje.

'Ja, dat vind ik ook wel,' zegt hij.

Stilte. Thomas wil weg. Hij wil naar huis en Bach spelen. Al met al bevalt dit gesprek hem niet.

'Pappa, mag Clara bij ons komen spelen?' Alexa houdt het andere kind nog steeds stevig bij de hand. 'Hè ja, mag het?'

'Vandaag niet,' antwoordt hij. 'Een andere keer.'

Alexa dringt aan. 'Morgen?'

Hij kijkt naar de vrouw. Ze glimlacht weer, en hij reageert met een verlegen grimas.

'We zullen zien,' zegt hij. 'We zullen het er thuis over hebben.'

Hij pakt Alexa bij haar arm en loodst haar gedecideerd het schoolplein af, naar de straat. Op de terugweg wordt hij geplaagd door een wrang gevoel van teleurstelling, maar die avond, als Tonie thuis is, moet hij toch weer aan de vrouw met het bruine haar denken. Haar beeltenis is terug in het lijstje. Tonie loopt in de keuken rond, ze ziet bleek, is verstrooid. Heel even vergeet hij de aard van hun verbintenis: ze bezit een zekere gedetailleerde neutraliteit, een compactheid, alsof hij haar, deze sterke levensgezellin, alles zou kunnen vragen.

'Ken jij de moeder van een meisje dat Clara heet?' vraagt hij.

'Wie?'

'Clara.'

Ze blijft even bij het aanrecht staan. Hij ziet haar bijna denken, de gegevens opzoeken. Ze draagt een zachtpaarse trui die er dik en kriebelig uitziet. Het kledingstuk met de grofgebreide kabels en knellende col, het onneembare wollen bolwerk, komt hem vagelijk voor als een symbool van marteling. Het is of ze het heeft aangetrokken om de wereld te waarschuwen: blijf uit mijn buurt.

'De moeder heet Helen, geloof ik,' zegt ze even later.

'Ik heb vandaag met haar kennisgemaakt, op het schoolplein. Ze zei dat ze jou kent.'

'O ja?'

'Kennelijk is Alexa erg dol op dat meisje.'

'Op Clara?' Tonie draait de kraan open. 'Dat is dan nieuw. Clara en zij hadden nooit zoveel met elkaar.'

Ze zegt het alsof daarmee de kous af is. Wat Thomas' indruk van de situatie ook is, wil ze maar zeggen, zij weet het beter. Ze herinnert hem eraan dat hij in de wereld die hij nu bewoont niets nieuws zal ontdekken. Er valt niets te weten wat zij niet allang weet.

'Ze leken vandaag anders dikke vriendinnen.'

'O ja? Zulke dingen duren nooit zo lang. Alexa zal wel ruzie hebben met Maisie en zich tijdelijk troosten met Clara.'

Thomas schiet in de lach, ook al vindt hij haar opmerking lichtelijk irritant.

'Zoveel cynisme had ik van haar niet verwacht,' zegt hij.

Tonie trekt haar wenkbrauwen op. Ze geeft geen antwoord.

'Eerlijk gezegd,' houdt hij aan, 'vond ik het best aandoenlijk zoals ze daar hand in hand stonden. Het leek me allemaal volkomen onschuldig.'

Haar gezicht staat ondoorgrondelijk. 'Prima,' zegt ze, alsof hij haar ergens toestemming voor heeft gevraagd. Na een korte stilte voegt ze eraan toe: 'Je zou vriendschap moeten sluiten met Helen. Een aardige vrouw. Het zou je goeddoen als je een vriendin op school had.'

'Bedankt,' zegt hij effen.

'Ach, je snapt best wat ik bedoel,' zegt ze. 'Volgens mij kun je vast goed met haar opschieten. Ze is trouwens musicus.'

'O ja?'

'Ze speelt viool. Informeer daar maar eens naar.'

Thomas gaat naar boven om Alexa welterusten te zeggen. Hij voelt zich beklemd, enigszins verstikt, alsof Tonie net zo'n zachtpaarse trui als de hare om hem heen heeft gesponnen. Voordat hij het licht uitdoet vraagt hij: 'Zullen we eens zien of Clara morgen hier wil komen?'

Alexa kijkt neutraal. Ze haalt haar schouders op. 'Goed hoor,' zegt ze.

Dat irriteert hem. 'Wil je dan niet dat ze komt?'

Ze denkt erover na. 'Jawel. Mij best.'

Maar de volgende dag ziet hij haar niet, en de dag daarop ook niet. Alexa zegt dat Clara ziek is.

'Wat heeft ze?'

'Ik weet het niet. Ze is altijd ziek,' zegt Alexa mismoedig.

Op een dag zit de moeder weer op haar bankje. Hij merkt dat hij haar was vergeten. Ze was een gewoonte die zich in zijn gedachten had gevormd, meer niet. De details van die gewoonte kan hij zich nu niet meer herinneren.

'Hallo,' zegt hij.

Zijn schaduw valt over haar heen. Ze kijkt op. Zo te zien is ze aangenaam verrast.

'Hé, hallo,' zegt ze.

'Ik heb je al een tijdje niet gezien.'

Het wordt duidelijk dat ze niet van plan is op te staan, en ze maakt evenmin aanstalten om voor hem op te schikken. Dit is de lichaamstaal van volwassenen op het schoolplein, deze non-directieve houding. Ze kan hem uitnodigen noch wegsturen. Toch gaat hij maar naast haar op het bankje zitten.

'Het is voorjaar,' zegt hij, want dat dringt pas op dat moment tot hem door. Het is maart. De zon kabbelt zwakjes tegen zijn witte gezicht en handen, en er zitten harde groene knoppen aan de kale takken van de bomen die hier en daar in betonnen ankerplaatsen staan. Hij verwondert zich erover dat die bescheiden kracht voldoende kan zijn om alles te vernieuwen wat vernieuwd moet worden. Hij neuriet een passage uit de *Frühlingssonate*.

'Ik weet niet hoe je heet,' zegt ze.

Hij heeft zijn ogen dicht, hij voelt de zon. 'Thomas,' antwoordt hij.

'Ik ben Ellen.'

'Éllen?'

Hij doet zijn ogen open. Ze reikt hem de hand. Hij schept enig afstandelijk genoegen in Tonies vergissing. Nu vindt hij de vrouw nog aardiger. Er valt voor hem dus toch nog iets te ontdekken.

'Je bent musicus,' zegt hij.

Ze kijkt verbaasd. 'Hoe weet je dat?'

Hij overweegt haar te plagen. 'Ik dacht dat iedereen dat wel wist. Je bent toch beroemd?'

'Welnee, helemaal niet.' Ze vindt het niet erg. Ze kijkt verward.

Hij sluit zijn ogen weer. 'Mijn vrouw vertelde dat je viool speelt.'

'Altviool,' zegt ze, 'om precies te zijn.'

Hij glimlacht bij zichzelf. Volgens hem laat het verschil tussen een viool en een altviool Tonie koud.

'Ik was graag musicus geworden,' zegt hij.

De bel snerpt, de kinderen komen naar buiten. Het schoolplein loopt vol. Opeens is Clara er, en ze klautert bij haar moeder op schoot. De vrouw kust haar op haar kruintje, en dan pas ziet Thomas dat ze mooi is, alsof de komst van haar dochtertje haar heeft ontsluierd. Hij denkt aan de vrouwelijke vorm van de altviool, geelbruin en glanzend, met het kind als een strijkstok op schoot. Hij beseft dat hij niet naar iets moois kan kijken zonder de wens het volledig te doorgronden. Hij kijkt rond waar Alexa blijft, want opeens geneert hij zich ervoor dat hij zo dicht bij hen zit, alsof zijn gedachten voor iedereen zichtbaar zijn geworden en hij zich er zijn hele leven voor zal moeten verantwoorden. Hij weet nog hoe hij vroeger uit de verte naar haar keek, met het idee dat hij de bezitter van haar gestalte was. Hij begrijpt zichzelf niet. Hij staat op en dringt het gekrioel in.

Op een dag komt Clara mee naar huis. Een zwijgzaam, kwetsbaar meisje, trillend als een waterdruppel, zo ijl dat het doodvermoeiend is. Thomas had een kind verwacht als een prelude, een vloeiend, melodieus ding; die verwachting berust op zijn indruk van haar moeder, realiseert hij zich. Maar zonder haar is Clara vormeloos. Althans, het lukt hem niet om de vorm die ze misschien heeft te ontcijferen. Hij betrapt zich erop dat hij geregeld op zijn horloge kijkt. Keer op keer neemt Alexa haar mee naar boven, naar haar slaapkamer, en telkens komt Clara een paar minuten later in haar eentje de trap af, langzaam, tree voor tree, om te kijken waar hij is. Hij begint zich te ergeren aan haar kleine weifelende gestalte. Hij weet dat ze eigenlijk niet naar hem op zoek is.

Om vijf uur maakt hij een fles wijn open.

'Wil jij ook iets drinken?' vraagt hij aan Clara, die zwijgend vlak bij hem staat, met een verweesde uitdrukking op haar gezicht.

Ze knikt. Hij geeft haar sinaasappellimonade in een plastic beker. Het is vreemd om voor dit onbekende kind te zorgen. Hij ervaart een soort intimiteit met haar moeder in het vacuüm waar Ellen thuishoort. Hij vergeet hoe klein ze nog is en zet de beker net iets buiten haar bereik, en wanneer ze hem wil pakken stoot ze hem om, zodat de oranje vloeistof over de tafel en over haar witte blouse gutst. Zwijgend kijkt ze naar de oranje vlek.

'O jee,' zegt Thomas.

Met haar kleine hand in de zijne neemt hij haar mee naar boven, om op de kamer van Alexa een schone blouse te pakken. Alexa ligt op haar bed te lezen.

'Hè bah,' zegt ze als ze de vlek ziet. Op dat moment doet ze hem aan Tonie denken. Het is of die twee samen op bed liggen te kijken naar de wonderlijke situatie waarin Thomas verzeild is geraakt, naar dit vreemde meisje over wie hij zich heeft moeten ontfermen en voor wie hij zo onhandig zorgt.

Hij zet Clara op het voeteneind van het bed en begint aarzelend haar blouse uit te trekken. Met slap afhangende armen laat ze volkomen passief toe dat hij de knoopjes losmaakt. Hij slaat de blouse open, en hoewel zijn hart even stilstaat bij de aanblik van de rauwrode operatielittekens die horizontaal en verticaal in haar kwartelachtige borst gekerfd staan, blijft hij doodkalm. Hij pakt een schone blouse en knoopt hem met vederlichte vingers dicht.

24

Een hoogleraar komt een lezing houden over de dichters van de Eerste Wereldoorlog.

De faculteit heeft de lezing uitgebreid in de publiciteit gebracht, maar in de collegezaal zijn slechts enkele plaatsen op de eerste rij bezet. Tonie geneert zich. Ze had eigenlijk gehoopt dat ze zelf niet had hoeven gaan, maar alle anderen zijn ziek of afwezig, en de professor is haar verantwoordelijkheid. Ze wacht bij de receptie. Hij komt binnen door de glazen deur vanaf de donkere straat, waar het verkeer bumper aan bumper in de regen staat. Hij is een stuk jonger dan ze had verwacht. Ze kijkt op het affiche hoe hij ook alweer heet.

In stevig tempo lopen ze door de grijze gangen met tl-verlichting naar de collegezaal. Tonie probeert hem een beetje af te remmen, want ze wil niet dat hij zich opgejaagd voelt. Ze probeert een ontspannen ontvankelijkheid uit te stralen: het handelsmerk van haar faculteit Engels. Ze hoopt dat er inmiddels meer mensen zijn gearriveerd.

'Verwacht geen volle zaal,' zegt ze bij de deur. 'Ze hebben het niet zo op avondlezingen. Zodra het donker wordt, trekken ze zich terug in hun hol.'

Hij lacht beleefd. Ze ziet dat hij zeer verzorgd gekleed gaat. Hij draagt een pak met das, manchetknopen, gepoetste schoenen.

'Dat geeft niet,' zegt hij.

Ze duwt de dubbele deur open. Er zitten misschien nog wel minder mensen dan eerst. Ze introduceert hem – zijn naam is Max Desch, van de universiteit van York – en als ze het podium af stapt klinkt er een flauw applaus. Ze gaat een paar rijen naar achteren zitten, alleen. Ze kijkt toe terwijl hij de microfoon verstelt, zijn aantekeningen uitstalt. Lange tijd zegt hij niets. Hij pakt allerlei boeken uit zijn aktetas en stalt ook die uit. Daarna schudt hij zijn hoofd, bergt sommige weer op en haalt andere tevoorschijn. Enkele aanwezigen draaien zich om en kijken naar haar. Ze voelen dat er iets mis is. Ze verwachten van haar dat ze ingrijpt, maar wat zou ze moeten doen? In zekere zin heeft ze bewondering voor hem. Ze heeft bewondering voor mensen die niet doen wat er van hen wordt verwacht.

Hij doet er zo lang het zwijgen toe dat iedereen opveert wanneer hij ten slotte iets in de microfoon zegt.

'Als jullie nu eens allemaal hier komen zitten?' oppert hij.

Alle aanwezigen verzamelen zich op het podium. Ze mopperen niet eens, zo overdonderd zijn ze. Tonie komt als laatste. Er staan een paar stoelen, en ze neemt plaats op een ervan. Anderen gaan op de grond zitten. De professor pakt een stoel.

'Poëzie,' zegt hij, 'kun je het beste hardop lezen. Vinden jullie ook niet? Ik zal nu een gedicht voorlezen.'

Hij leest een gedicht van Wilfred Owen. Iedereen luistert. Hij heeft een ongewone manier van voordragen. Elke regel wordt op vlakke toon uitgesproken, gevolgd door een lange stilte. Hij voelt zich allerminst ongemakkelijk in zijn onberispelijke pak. Enkele studenten beginnen te lachen. Maar na een poosje is iedereen stil.

'Wie wil er nu?' vraagt hij als hij uitgelezen is.

Tot Tonies verbazing wordt er hier en daar een hand opgestoken. Hij wijst een meisje aan en geeft haar het boek. Het is Julie Bowes. Tonie ziet haar vaak in de bus, dan fluistert ze in haar telefoon en staart bleekjes uit het groezelige raam. Ze leest iets van Rupert Brooke, zijn beroemdste gedicht. Een gedicht dat minder raakvlakken heeft met Julie Bowes is moeilijk te bedenken. Ze leest het zachtjes, hakkelend, met haar Zuid-Londense accent. Tonie krijgt pijn in haar nek en schouders. Als Julie Bowes vraagt: 'En is er dan nog honing voor op brood?' kan Tonie wel door de grond zakken. Ze is boos op de professor met zijn nette pak en zijn bekakte spraakje. Zijzelf houdt deze studenten, die al zo afgemat van het leven lijken nog voordat ze eraan zijn begonnen, altijd uit de wind. Ze is boos omdat ze gedwongen worden de vaderlandslievende woorden te lezen van jongens die op particuliere kostscholen hebben gezeten. Maar ze schijnen er zelf niet zo mee te zitten.

De professor gebaart dat Julie het boek moet doorgeven. Ze geeft het aan Nile, een zwijgzame, forse jongen in trainingspak, met gouden kettingen, schuiten van sportschoenen en gespierde benen die hij ongemakkelijk voor zich gekruist houdt. Hij bladert langzaam door het boek. Dan begint hij te lezen: Siegfried Sassoon. Zijn stem is krachtig en mooi, eenvoudig als een lichtstraal. Het is alsof Nile zijn stem nog nooit heeft gebruikt, alsof die door het gedicht is uitgehouwen uit de materie waaruit hij bestaat. Langzaam geeft Tonie zich gewonnen. Ze hoort hen dingen zeggen die ze normaal gesproken niet zeggen. Ze ziet hoe onschuldig ze zijn, hoe ongevormd, dat ze in een overgangsfase zitten. Ze stappen gemakkelijk in het vehikel van het gedicht. Heel even vallen ze ermee samen. Haar verontwaardiging en gêne ebben weg. Ze vindt het vermakelijk, ze is onder de indruk, en ten slotte vergeet ze een mening te hebben. Het uur is zo voorbij. Een gevoel van voldoening, van liefde bijna, omsluit haar. Voor het eerst in lange tijd heeft ze het hier naar haar zin.

'En u?' vraagt hij. 'Wilt u ook iets voorlezen?'

Ze kijken allemaal naar haar. Ze willen dat ze menselijk wordt, net als zij. Ze willen dat ze haar gezag aflegt, haar onveranderlijke leven verlaat, een klein figuurtje dat uit een groot gebouw komt. Ze willen zien wat ze werkelijk is.

'Goed,' zegt ze.

Opeens heeft ze het boek in haar handen. Ze begint te lezen waar het openligt, weer Wilfred Owen, 'Ongevoeligheid', een gedicht dat ze zich nog kan herinneren, hoewel het jaren geleden is dat ze het heeft gelezen, eraan heeft gedacht. Met verwondering hoort ze zijn stem door de hare spreken. Net als de anderen zegt ze niet vaak mooie dingen. Toch is het of het haar eigen woorden zijn, ze voelen aan als wat ze zelf zou hebben bedacht, als ze maar een dichtersgeest had gehad. Ze lijken een onbeproefde passie te schetsen, een duistere gedaante, als een tweede, naamloos lichaam in haar binnenste. Wanneer ze toe is aan de regels

...alles wat treurt in de mens
in het zicht van de laatste zee en de onfortuinlijke sterren

trilt haar stem. Het boek is oud, de bladzijden zijn vergeeld. Het is ouder dan zij, en Wilfred Owen is dood. Ze is bedroefd, spijtig, alsof hij een gemiste kans vertegenwoordigt, alsof hij haar alleen verder heeft laten gaan, vervuld van een doodgeboren passie. Als ze uitgelezen is geeft ze de professor het boek terug. Hun ogen ontmoeten elkaar.

'Dat was het dan,' zegt hij tegen de studenten.

Hij begint zijn boeken en paperassen op te bergen in zijn aktetas. De studenten staan nog even onzeker te dralen, lopen aarzelend naar de uitgang. Ze willen nog niet weg: ze willen dat er voor hen wordt gezorgd. Hij heeft hun een gevoel van geborgenheid gegeven, en nu zouden ze graag de verantwoordelijkheid voor zichzelf overdragen.

Tonie blijft achter om hem uitgeleide te doen.

'Kunnen we ergens in de buurt iets gaan drinken?' vraagt hij.

Ze gaan naar de pub waar de faculteit Engels van oudsher haar heil zoekt, en Tonie hoopt half en half er een bekende tegen te komen. Ze weet niet goed wat ze tegen hem moet zeggen. Terwijl hij de drankjes haalt, observeert ze hem. Nu het achter de rug is, vraagt ze zich af of zijn lezing eigenlijk wel iets voorstelde.

'Het was leuk om ze te horen voorlezen,' zegt ze als hij terugkomt.

Hij zet de drankjes op tafel. Dat van hem is iets helders, gin of wodka.

'Vond je?' Hij neemt een slok, ogenschijnlijk onverschillig.

'Meestal praten ze niet zoveel.'

'Praten is een valstrik.'

Ze werpt hem een verbaasde blik toe. Hij kijkt haar strak aan. Hij glimlacht, een lach die een stuk minder beleefd overkomt dan de rest van zijn houding.

'Ik wilde jóu horen voorlezen,' zegt hij.

Even houdt ze zijn blik vast. 'Nou,' zegt ze, 'dan heb je je zin gehad.'

'Ik zeg het niet graag,' antwoordt hij, 'maar je stem verraadt je.'

Hoe heet hij ook alweer? Max Desch.

'Ik dacht dat praten een valstrik was,' zegt ze opgewekt.

Hij houdt zijn hoofd schuin, trommelt met zijn vingers tegen zijn glas. 'Valstrikken heb je in soorten,' zegt hij. 'Deze is best prettig. Ik ben er met ferme maar zachte hand in gelokt.'

Het blijft even stil. Tonie wil niet dat het stil is. Haar stilzwijgen kan suggereren dat ze bereid is het initiatief aan hem over te geven.

'Je lijkt me erg jong om al hoogleraar te zijn,' zegt ze.

Hij kijkt verbaasd. 'Ik ben drieëndertig.'

Tonie schiet in de lach, opgelucht en licht teleurgesteld. Hij is nog jonger dan ze dacht. Ze had zich verbeeld dat hij met haar flirtte. Het is een veeg teken als je gelooft dat jonge mannen met je flirten.

'Dat is jong,' zegt ze. Toch kan ze amper geloven dat zij zoveel ouder is, bijna van een andere generatie. Ze beseft dat ze zich heeft vastgeklampt aan jong-zijn. Ze heeft geen idee wat ze moet doen als die periode helemaal voorbij is.

'Vind je?' zegt hij.

'In mijn ogen wel. Ik ben net veertig geworden.'

Dat wuift hij weg. 'Wat doet dat er nou toe?'

'Dat weet ik niet. Maar het doet er wel toe.'

Hij buigt zich naar voren, zet zijn ellebogen op tafel. Ze ziet zijn manchetknopen, gepoetste zilveren schijfjes in de stugge stof. Ze stelt zich voor dat hij ze in doet. Hij heeft brede, bleke en schone vingers.

'Waarom? Je bent nog jong. En mooi,' voegt hij eraan toe, waarna hij zijn glas naar zijn lippen brengt.

Tonie begint te lachen. 'Hou toch op.'

'Ik wil met je naar bed, dat is het,' zegt Max Desch.

Tonie krijgt rode wangen. Vreemd. Toen ze jonger en vrijer was, koesterde ze niets dan minachting voor een dergelijke opmerking, maar nu ligt er alle geheimzinnigheid in die het begrip liefde vroeger voor haar had.

'Dat mag je niet zeggen,' zegt ze.

'O nee?' Hij laat zijn drankje in het glas walsen. 'Waarom niet?'

Ze vraagt zich af of hij vanavond nog helemaal naar York teruggaat, of hij in de trein zal zitten en het bijzondere gewicht van zijn bezoek zal voelen, zoals de visser die naar huis terugkeert de afzonderlijke vissen voelt die hij heeft gevangen. Strikt genomen is er geen reden waarom hij niet alles tegen haar kan zeggen wat hij wil. Het is te laat – ja toch? – voor loyaliteit, voor scrupules, voor schuldgevoelens. De tijd daarvoor behoort tot het verleden. Het enige wat zin heeft, is de waarheid spreken.

'Daarom niet,' zegt ze. Ze vermant zich. 'En, wat heb je met Wilfred Owen? Waar komt die belangstelling vandaan?'

'Ik ben militair geweest.'

Ze glimlacht. Ergens gelooft ze hem niet. 'Dat ook nog.'

'Ik ben in het leger gegaan toen ik nog op school zat. Het was een manier om aan een universiteit te kunnen gaan studeren.'

Daar kijkt ze van op. Hij heeft haar op het verkeerde been gezet. Ze had hem aangezien voor een typische excentriekeling, van het geleerde soort. Maar in feite lijken de academici die ze kent in de verste verte niet op hem.

'En wat toen? Ben je niet teruggegaan?'

'Ik moest wel een tijdje terug. Ik ben uitgezonden naar het Midden-Oosten. Daarna ben ik afgezwaaid.'

'O,' zegt ze. 'En hoe was dat? Het leger.'

Hij kijkt haar koeltjes aan. 'Het was te doen.'

Ze ziet hem voor zich in het gezelschap van andere mannen, een mannenbolwerk, wat misschien verhelderend werkt: geen banden met vrouwen, waardoor het misschien mogelijk wordt hen als geheel te zien.

'Vond je die andere mannen aardig?'

'Ja.'

'Heb je er leren schieten?'

Hij schenkt haar zijn trage, spottende lachje. 'Natuurlijk. Vind je dat opwindend?'

Ze beantwoordt zijn glimlach. 'Niet echt, nee.'

Ze zitten elkaar aan te kijken. Na een poosje strekt hij zijn hand uit en tikt tegen de rand van haar glas.

'Wil je nog iets?'

Ze schudt langzaam haar hoofd. 'Ik moet naar huis.'

Hij kijkt zo teleurgesteld dat ze er bijna om moet lachen. Zijn oprechtheid is een bijzondere gewaarwording. Ze zou dat aan iemand willen vertellen, maar hij is de enige in de buurt.

'Wat jammer,' zegt hij. 'Moet dat echt?'

Het is duidelijk dat hij volkomen onbekend is met het begrip 'thuis' als een pakket verantwoordelijkheden, een plek waar regels gelden, net als op het werk. En toch heeft hij iets over zich waardoor ze zich veilig voelt. Ze gaat maar node weg, zoals de studenten ook maar node de collegezaal verlieten. Het is of hij alleen voor haar bestaat. Ze heeft zijn volledige aandacht.

'Ja, echt,' zegt ze. 'Niets aan te doen.'

Buiten, in de donkere straat, staat hij stil en wendt zich naar haar toe. Hij legt een grote witte hand vlak tegen haar sleutelbeenderen.

'Je bent heel teer,' zegt hij. 'Ik wil weten hoe het is om je te overmeesteren.'

'Ik ben niet zo makkelijk te overmeesteren,' zegt ze.

'O nee?'

Hij vergroot de druk van zijn hand. Met zijn andere hand bedekt hij haar ogen. Hij duwt haar achterwaarts over het trottoir tot ze een muur achter zich voelt. Zijn handen zijn heel warm. Door de kiertjes tussen zijn vingers kan ze hem zien. Hij buigt zich naar voren en kust haar hals.

'Dit kan niet,' zegt ze. 'Straks ziet iemand me nog.'

Hij kust haar mond, de huid onder haar oor, opnieuw haar hals. Ze lacht. Zijn hand ligt stevig op haar borst, zodat ze klem staat tegen de muur.

'Nog heel even,' zegt hij. Ze voelt zijn tanden zachtjes in haar hals bijten.

'Waag het niet,' zegt ze lachend, geblinddoekt.

Ze voelt hem lachen. Zijn lippen schampen vlinderlicht de hare. Ze pakt zijn pols en trekt zijn hand van haar ogen. Ze bevrijdt zich van hem, loopt naar het midden van het trottoir.

'Ik moet naar huis,' zegt ze.

Als er een taxi de hoek om komt, roept ze die aan. De wagen zwenkt naar de stoeprand, Desch opent het portier voor haar en ze stapt in.

'Ik ga naar het station,' zegt ze. 'Kan ik je een lift geven?'

Hij schudt van nee. Ten afscheid steekt hij zijn hand naar haar op. Ze kijkt hem na door de achterruit. Hij beent weg. Onder een straatlantaarn vangt ze een glimp op van zijn gezicht: scherpe trekken, eeuwig, als een gezicht in een kerk, de beeltenis op een zilveren munt.

Het huis ruikt naar bederf. Tonie loopt snuffelend de kamers rond. Verschaald zoet, weerzinwekkend, als de lucht in het verzorgingshuis waar haar grootmoeder woont, als de lucht van de kostuums van dode mannen in de kringloopwinkels in het centrum. Ze ruikt het alleen als ze er niet op verdacht is. Het slaat haar tegemoet uit haar spullen, om dan weer spoorloos te verdwijnen.

De laatste tijd wordt ze geplaagd door afschuwelijke dromen. Ze bezoedelen haar de hele dag met een gevoel van smoezeligheid en onbehagen. Het zijn de dromen van een waanzinnige. Wat heeft die zwarte rivier te betekenen die als een riool door haar slaap stroomt? Ze droomt vooral van dieren. Ze peilt hun stomme paniek, de geringe waarde van hun leven en dood. Vannacht heeft ze gedroomd van een man die vogels aan een mestvork spietste. Hij droeg het uniform van een parkwachter. Hij deed takjes en afval in een kruiwagen van de gemeente. Heel moeizaam en systematisch liep hij het stille park rond. Hij spietste een uil die in het gras zat, daarna een vogel met een lange hals en een snavel als van een aalscholver. Terwijl ze met heldere, verbijsterde ogen rondkeken, bracht hij ze op de tanden van zijn vork stuk voor stuk naar zijn kruiwagen.

's Morgens staat ze aan het raam de straat in te kijken. Ze wil graag concrete dingen zien, continuïteit, mensen die in de auto stappen om naar hun werk te gaan, de blauwe of grijze hemel van die dag. In een raam aan de overkant ziet ze een man met ontblote borst; hij leunt met zijn getatoeëerde armen op de vensterbank om de nieuwe dag met een sigaret te begroeten. Net als anders om deze tijd komt de dikke, zenuwachtige vrouw de voordeur uit stormen; met haar armen vol tasjes beent ze het trottoir af. Achter haar komen een voor een haar kinderen naar buiten, en ze volgen in haar kielzog zoals jonge eendjes hun moeder stroomopwaarts volgen.

Op zoek naar kleren opent en sluit Tonie haar laden. De lucht komt uit de derde la. Formaldehyde, ziekenhuizen, rottend verband. Jaren geleden, de lucht van het vuilgrijze gips dat van haar arm werd gehaald. Ze kan het zich nog herinneren, de arm die eronder vandaan kwam en er dood uitzag, van haar maar ook níet van haar; het besef dat haar lichaam los van haar stond, dat het sterfelijk was. En daarna het aarzelende besef van ruimte, een scheur in de lucht, iets wat er niet was maar er wel was geweest.

Ze kleedt zich aan, als een acteur die een kostuum samenstelt. Hoofd van het faculteitsbureau: chic als symbool voor verantwoordelijkheid, zwart voor opstandigheid. Ze besteedt er aandacht aan, aan haar uiterlijk, haar rol. Vandaag draagt ze bijzondere schoenen, een Jimi Hendrix-T-shirt onder haar jasje. Ze laat haar haren woest kroezen. Ze stopt spullen in haar rugzakje, kijkt op haar horloge. Op dit tijdstip van de dag is elke minuut iets concreets. De minuten zijn in haar bewustzijn aanwezig als stapstenen in een rivier. Ze moet uitkijken dat ze niet misstapt. Boven sluipt ze Alexa's donkere kamer in om haar slapende gestalte een kus te geven. Als ze dat doet, is het alsof haar ouders haar gadeslaan. Ze observeren haar bewegingen met dezelfde oprechte verbijstering waarmee ze naar een buitenlandse cultfilm zouden kijken. De lucht stijgt op uit Alexa's bed. Wanneer Tonie even later de droogkast opent, golft hij haar tegemoet uit de schone lakens en slopen. De lucht hangt in haar jas, soms in haar eten. Ze probeert hem te benoemen: nutteloosheid, sterfelijkheid, zinloosheid. Hij vertegenwoordigt de ontgoocheling. Beneden in de keuken zegt ze tegen Thomas: 'Ruik jij ook die vreemde lucht?'

Hij denkt erover na. 'Wat voor lucht?'

De dood, denkt ze. Verspilde tijd. Beschimmelde overtuigingen die hun stank uitwasemen.

Hij zit te lezen in *Kobbe's Complete Opera*. Hij slaat een van de duizend bladzijden om, flinterdun als de bladzijden van de Bijbel. 'Er hing inderdaad een vreemde lucht, maar die heb ik opgespoord.'

Ze trekt verbaasd haar wenkbrauwen op. Ze ziet voor zich hoe hij hier overdag in zijn eentje als een Indiaan in een wildwestfilm door de kamers sluipt. Ze ziet hem voor zich met zijn neus vlak bij de grond.

'Waar kwam het vandaan?' vraagt ze.

'Uit de kast in de gang. Daar stonk het vreselijk. Het stond er vol met oude schoenen.'

'O.'

Zij is hier nu de baas. Ze staat alleen, aan het begin van haar leven, als een shakespeariaanse koning slechts onderworpen aan waanzin. Dit is wat ze altijd wilde: zich bevrijden van het gezag. Ze heeft zoveel achter zich gelaten dat ze een beetje opziet tegen wat er in het verschiet ligt. Ze zal elke dag naar haar werk gaan, meer niet. Ze zal doen wat ze moet doen. Wat moeten koningen anders?

25

Er was van alles voorspeld: een lagedrukgebied met lange, zwiepende staarten vol blauwe of rode vegen, wind die een felle pijltjesregen aanvoert, staven zonlicht die als speren uitstaken achter een wolkenschild dat blauwe, traanvormige druppels uitstortte.

Leo heeft een jas nodig. Hij kijkt in de winkels aan West Hill Road, waar grote vieze bussen langs de verlichte etalages denderen en waar het zelfs op dinsdagochtend druk is op de trottoirs. Aan West Hill Road zitten de grote winkelketens, de goedkope warenhuizen en de junkfoodtenten die je al op honderd meter afstand ruikt. Hier komen de mensen die geld uitgeven, in tegenstelling tot de mensen die het verdienen.

'Wat is er met je jas van vorig jaar gebeurd?' vroeg Susie toen hij haar die ochtend vertelde waar hij heen ging.

Leo haalde zijn schouders op. 'Ik weet het niet.'

'Welke jas heb je vorig jaar eigenlijk gedragen?'

Ze leek verward, alsof niet alleen de jas maar ook het jaar zelf verdwenen was.

'Ik weet het niet.'

'Nee, even serieus,' zei ze smekend en ze raakte zijn arm aan. 'Hoe zag hij eruit?'

Maar Leo wist het ook niet meer. Susie en hij omarmden

elkaar onzeker en ze keken elkaar lachend in de roodom-rande ogen. Justin en Madeleine zaten aan de ontbijttafel ongemakkelijk naar hun ouders te kijken.

'Je weet toch zeker nog wel wat voor jás je had,' zei Madeleine ongelovig.

'Nee!' protesteerde Leo. 'Ik ben hem zeker kwijtgeraakt.'

'Hij zal hem wel ergens hebben laten liggen,' zei Justin. 'Hij zal op een feestje wel te veel gedronken hebben en zijn vergeten hem mee te nemen.'

Leo is niet naar Temple Street gegaan, wat Susie hem had aangeraden – Temple Street met de quasi-victoriaanse straatlantaarns en de potten met heesters, de boetiekjes als zilverkleurige webben met binnen een in het zwart geklede verkoopster als bezwerende spin. Op het aangeveegde trot-toir van Temple Street speelt een jazzsaxofonist sfeermu-ziek. Maar daar is hij niet heen gegaan. Hij heeft gekozen voor West Hill Road, waar mannen en vrouwen met kleur-loos haar en een vormeloos figuur zeulen met enorme tas-sen propvol kleren en schoenen uit China of Taiwan, even goedkoop en onflatteus als wat ze al aanhebben. Leo zit boven in de bus en ziet hen de grote automatische deuren in en uit gaan. Als ze naar buiten komen blijven ze even op de woelige drempel staan, waar de airconditioning van de winkel de vlagerige grijze buitenlucht ontmoet. Door de turbulentie raakt hun haar in de war en bollen hun kleren eerst op, om dan weer sluik neer te hangen. Het is of ze even worden beetgepakt door een of andere achteloze god. Hij ziet hoe ze zich met een vastberaden gezicht schrap zet-ten tegen de speelse wind. Met hun aankopen tegen zich aan geklemd kijken ze van links naar rechts.

Leo heeft een bepaalde jas op het oog. Een lange, donkere jas. Hij zoekt ernaar op de mannenmodeafdelingen met een ongeduld alsof het gaat om zijn eigen jas die hij per ongeluk ergens heeft laten hangen. Die jas lijkt wel een soort zielsvriend, iets huiselijks en vertrouwds, net als Susie. Het is vreemd om in die enorme winkels, waar alle willekeur van de wereld voortdurend belichaamd lijkt te worden in die ontelbare verweesde kledingstukken, op zoek te zijn naar een stukje thuis, een stukje van zijn ziel. Het is of hij op zoek is naar zichzelf. En hoe langer hij zoekt zonder iets herkenbaars te vinden, des te vreemder voelt hij zich; ja, dat onderscheidt hem van de anderen, die de rekken met jacks, spijkerbroeken en truien een voor een doorzoeken met een grondigheid die hij bijna professioneel zou willen noemen, als er niet zo'n bezetenheid en verwording uit sprak.

De meeste mannen die hij kent zijn om deze tijd aan het werk. Op dinsdagochtend om elf uur is zelfs Suzie op haar werk. Alleen Leo kan het op dat tijdstip koud hebben en de vrijheid nemen om een nieuwe jas te gaan kopen. Bij Marks & Spencer past hij er een stuk of vier. Hij is schichtig, en het staat hem lichtelijk tegen. De eerste koude speurtocht in een winkel heeft soms iets van een soort prostitutie. Zijn verlangens zijn heel intiem, heel sterk gevormd door zijn verbeelding, maar de winkels zijn heel concreet en zakelijk; het duurt even voordat hij in de goede stemming komt en zijn wensen heeft aangepast aan wat er te krijgen is. Daarom gaan mensen zoals Susie shoppen in Temple Street. Zij wagen zich niet in de wijde wereld als ze een jas moeten kopen. Zij gaan naar winkels die gespecialiseerd zijn in wat zij zoeken.

Op de mannenafdeling zijn nog twee mensen, een echtpaar dat samen aan het winkelen is. De vrouw doet lyrisch over elk doodgewoon kledingstuk dat haar toevallig onder ogen komt.

'O, is dít niet leuk!' zegt ze telkens tegen haar man.

In elke jas die hij past ziet Leo eruit als een ander mens. Dat verbaast hem, dat had hij niet voor mogelijk gehouden. Op de hangers lijken die jassen enigszins nutteloos, maar als hij ze aantrekt blijken ze verrassend effectief en af. Er is een marineblauwe, licht getailleerd en met vierkante schouders, waar hij van uit zijn evenwicht raakt. Het is zo'n jas die mannen van zijn leeftijd over hun pak dragen of in hun leaseauto aan een haakje hebben hangen, mannen die Leo van school kent, toen ze nog jongens waren, en die ondanks hun buikje en kalende kop versteend lijken in hun jeugd. In die jas is het of het verschil tussen hem en hen wegvalt. Dit is de zoon die zijn ouders graag wilden hebben, deze man in de spiegel, met zijn rode gezicht en in een jas die een baan in de bankwereld suggereert – geen twijfel mogelijk. Hij doet hem uit en trekt een akelige, zwarte nette jas van kasjmier aan, waar hij een begrafenisondernemer van wordt.

'O, díe is mooi. Die is ontzettend mooi,' zegt de vrouw.

Haar toon is zo gewichtig, zo ernstig, dat hij wel moet omkijken. Hij ziet haar: een onopvallende vrouw met stijf stekeltjeshaar; ze houdt een beige anorak op. Haar man is een lange, zwijgzame bonk grauw vlees, die achter haar staat en zijn kolenschoppen van handen levenloos langs zijn lichaam laat bungelen.

'Die vind ik echt heel mooi,' herhaalt ze.

Leo trekt de zwarte jas uit en mikt hem slordig over het rek. Heel even ontmoet zijn blik die van de vrouw. Ze kijkt naar wat hij heeft afgewezen. Op haar gezicht ligt een zweem van hebberige belangstelling. Hij kijkt afkeurend terug. Ziet ze dan niet hoe lelijk ze is, hoe onaantrekkelijk? Ze reikt langs hem heen en pakt de jas die hij heeft neergegooid. Het is of hij niet bestaat voor haar. Ze bekijkt het etiket en strijkt over de zware zwarte stof. In Leo's ogen is het of ze over de dood zelf strijkt en blindelings de onbeduidendheid ervan streelt, het zachte kwaad.

'Die is ook mooi,' zegt ze tegen haar man.

'Pardon,' zegt Leo luid.

Ze staan zo dichtbij dat ze hem de doorgang versperren. Hij moet zich zijdelings tussen hen door wringen, maar zelfs dan blijft hij onzichtbaar. Het gewatteerde jack van de vrouw maakt een schurend geluid over Leo's hele rug terwijl hij zich langs haar wurmt om weg te benen naar de roltrap.

Susie zou lachen om zo'n vrouw. Ze zou haar precies weten neer te zetten, de manier waarop ze alles betastte, de manier waarop ze zei: *Die is ook mooi*. Ze zou haar onschadelijk maken: zij zou de duivel zelf onschadelijk kunnen maken. Susie zag kans zelfs de afschuwelijkste dingen onschuldig voor te stellen, eenvoudigweg doordat ze altijd de kunst bleef verstaan ze te becommentariëren. Leo vraagt zich weleens af hoe het zit met het feit dat sommige van die dingen allerminst onschuldig zijn. Laatst had hij haar iets uit de krant voorgelezen, over een man die op straat was aangevallen: een gek had op klaarlichte dag negen keer op hem ingestoken en hem voor dood laten liggen. Niemand had zich om die man bekommerd. Niemand was bij hem neergeknield om zijn hoofd of zijn hand vast te houden. Hij zei – hij had het namelijk overleefd en was hersteld, zodat hij het stuk had kunnen schrijven dat Leo zat te lezen – hij zei dat hij zich kon herinneren dat er een eindje verderop mensen op een kluitje hadden gestaan en dat iemand met een mobieltje een ambulance had gebeld, maar dat niemand iets tegen hem had gezegd of naar hem toe was gekomen.

Leo was daar erg ontdaan over geweest. Hij had Susie het hele verhaal voorgelezen.

'Erg, hè?' zei ze, precies zoals ze dat zou hebben gezegd over eten dat niet zo lekker was.

'Er heeft niet eens iemand iets tegen hem gezégd!' riep Leo aangeslagen uit. 'Ze wisten niet beter of hij lag dood te gaan!'

Die gedachte, dat de onverschilligheid op de wereld zou kunnen zegevieren, dat die minne kilheid zelfs over één mens zou kunnen zegevieren, was hem een gruwel.

'Ze zullen wel bang zijn geweest,' zei Susie, en daarmee werd hun angst normaal, zelfs begrijpelijk. Je had mensen die gek waren, je had mensen die de pech hadden door zo iemand te worden neergestoken, en dan had je nog mensen die bang waren. In Susies ogen was alleen Leo abnormaal. 'Waarom trek je je dat zo aan?' vroeg ze. 'Ze hebben tenminste de ambulance gebeld. Meer mag je niet van ze verwachten.'

Kon hij alles maar aan haar overlaten, kon hij maar eenvoudigweg in haar opvattingen worden opgenomen, zoals mensen opgaan in een geloof. Susie zit er niet mee dat zij en Leo altijd maar naar iets reiken waar ze net niet bij kunnen, streven naar een bevrediging die hun ontglipt. Zo kijkt zij daar niet tegenaan. Ze leeft bij het ogenblik, alsof er niets anders bestaat dan ogenblikken. Ze poetst het verleden en de toekomst van het glanzende heden af. Ze rekent efficiënt en hygiënisch af met de overvloedige nevenproducten schuld, schaamte en angst. Ze lacht om de kinderen en om de manier waarop Madeleine 's morgens, met een gezichtje als een rimpelige rozijn, zegt: 'Nee hè, niet wéér.' Ze doet het voorkomen alsof al die dingen één ding vormen, een eenheid, niet goed, niet slecht.

Leo vraagt zich af of hij het op de mannenafdeling te makkelijk heeft opgegeven. Er was een jas die hij nog niet had gepast. Hij had hem uit het rek gehaald en hem daar laten hangen, over de andere jassen heen. Hij had het helemaal voorbereid. Die vrouw en haar man hebben hem, als hyena's bij een kadaver, weggejaagd voordat hij klaar was. De roltrap voert hem onafwendbaar omlaag. Zijn ogen vullen zich met elektrisch licht. Boven zijn hoofd bevinden zich vreemde geometrische verten en perspectieven, een labyrint van roosters, ventilatiespleten en verlaagde plafonds die almaar verder lijken op te stijgen naar een onzichtbare kern, behangen met draden die aan reuzenzenuwen doen denken. Pal boven hem zweeft een verblindend geel waas. Zijn ogen tranen ervan, het licht lijkt te leven. De enige bron lijkt het gebouw zelf, alsof er ergens in die grijze doolhof een monsterlijke god of geest moeizaam tot leven is gekomen. De roltrap voert hem langs een meer dan levensgrote foto van een vrouw die in haar ondergoed in een deuropening staat. Met haar hand op de deurkruk lonkt ze naar de camera. Haar geopende lippen tonen een glimpje tanden en tong. De lingerie is ingewikkeld en wit, maar oogt om de een of andere reden meisjesachtig op dit lijf, dat zo stug met zichzelf bezig is. Wat doet ze daar eigenlijk? Ze staat in de deur van een hotelkamer, ziet hij opeens. Er hangt een bordje NIET STOREN aan de kruk. Er ontsnapt Leo een vreemde bulderlach. Onder aan de roltrap maakt hij rechtsomkeert om aan de andere kant weer naar boven te gaan. Ze doet hem opeens denken aan zijn schoonzus Tonie. Ze heeft bruin krulhaar en een strak middenrif. Haar lichaam is zo goed gepolijst en verzorgd dat haar naaktheid teniet wordt gedaan en zelf een kledingstuk lijkt. Maar vooral haar ogen wekken zijn weerzin. Die gekunstelde, onechte blik, terwijl ze boven de eindeloos rondwentelende roltrap aan West Hill Road haar niet-bestaande rendez-vous heeft – ze wekt de indruk dat er op de hele wereld niets moois of waarachtigs meer bestaat.

Iemand heeft de jas in het rek teruggehangen waar hij hoort. Leo pakt hem weer van de hanger en trekt hem aan. De vrouw en haar zwijgzame man zijn doorgelopen naar de schoenenafdeling. Hij ziet hen samen in de verte, net twee beeldjes. In de spiegel constateert hij dat er helemaal niets aan hem deugt. Zijn huid is rood en ruw, zijn haar staat in ergerlijke pieken alle kanten op en hij lijkt geschonden door allerlei vervelende oneffenheden: poriën, aderen en groeven, moedervlekken, bultjes en brokkelige nagels. In tegenstelling daarmee is de jas verbazend zacht en glad. Hij doet denken aan iets dat is uitgeknipt en op hem geplakt, als een jas uit Madeleines pakket met zelfklevende viltfiguren. De bruine, wijde jas omhult zijn vreemde silhouet als een grote bruine generalisatie. Zijn zachte buik, de borstachtige vlezige heuveltjes op zijn tors, zijn witte, vrouwelijke flanken – dat alles is nu even geheim als gedachten, onzichtbaar achter het bruine schild van de jas. Het is niet helemaal de jas die hem voor ogen stond – die jas veranderde zijn tekortkomingen daadwerkelijk in plaats van ze domweg te verdoezelen – maar niettemin voelt hij er wel iets voor. Nu al begint hij eraan te wennen. Wat een opluchting, wat een zegen, om helemaal bedekt te zijn. Diezelfde sensatie heeft hij weleens als hij 's avonds in bed stapt en de dekens over zich heen trekt, het gevoel dat hij wordt teruggevoerd naar een oeronschuld, alsof zijn levensjaren wegzweven zodra zijn lichaam aan het oog is onttrokken. Als Susie en hij vrijen wordt dat voor Leo bedorven door de aanblik van hun rijkelijk vlekkerige lijven met grijsgrauw schaamhaar.

Hij ziet er nooit uit zoals hij zich voelt, net zomin als Susie eruitziet zoals de vrouw op de poster. Maar in het donker verwijdert die onfrisse, doorwrochte weerzin zich.

Bij de kassa moet hij de jas uittrekken om hem te kunnen betalen, maar de vrouw heeft zijn creditcard nog niet aangenomen of hij pakt de jas van de toonbank en rukt het prijskaartje er met zijn tanden af.

'Wilt u een tas?' vraagt ze.

'Nee. Ik doe hem aan.'

'Wilt u dan een tas voor wat u eerst aanhad?' vraagt ze, alsof de helft van de mensen die op haar afdeling komen precies hetzelfde doet als wat Leo net heeft gedaan.

'Eh, ja, doe maar.'

'Hanger?' Ze zwaait ermee door de lucht, een plastic geval.

'Nee, dank u.'

Voor Leo hoeft het opeens niet meer. Tijdens het gesprekje met de vrouw achter de kassa heeft de begeerlijkheid van de bruine jas op de een of andere manier zijn hoogtepunt bereikt, het toppunt van wat hij is of ooit zou kunnen worden. De vrouw geeft hem de plastic tas met zijn gekreukte grijze jack. Ze heeft het zorgvuldig opgevouwen, ze heeft de sleetse stof met haar lange, schitterend gelakte nagels gladgestreken. Het is of ze er medelijden mee heeft, met dat versmade stukje van zijn leven. Ze lijkt ermee begaan, met alle ongewenste dingen, met alles wat oud en afgedankt is. Volgens Leo heeft ze door het jack op te vouwen en glad te strijken kritiek uitgeoefend op de onmenselijkheid van de wereld.

'Erg mooi,' zegt ze, wanneer Leo de nieuwe jas aantrekt.

Ze schenkt hem een goedkeurend lachje. Hij kijkt op zijn horloge. Kwart over tien. Hij neemt zijn creditcard en zijn bonnetje in ontvangst en stopt ze in zijn jaszak. De zijde-zachte voering van de zak, koud en onbekend, sluit zich om zijn hand.

26

Haar moeder heeft verschillende gezichten. Soms heeft ze een heksengezicht. Het zit aan de achterkant van haar hoofd, niet aan de voorkant. Alexa ziet het wanneer ze achter haar aan de trap op loopt.

Als Tonie 's morgens haar slaapkamer binnen komt, doet Alexa of ze slaapt. Vaak slaapt ze echt nog. Ze wordt wakker doordat er iets in de kamer is, dat voelt ze door haar gesloten ogen heen: het is warm, zacht en zorgzaam, al weet ze niet meteen wat het is. Ze houdt haar ogen dicht. Ze blijft stilliggen. Ze denkt dat haar moeder dan meer van haar houdt. Ze voelt dat ze er heel mooi bij ligt, zo roerloos in haar nachthemd. Net een pop. In gedachten ziet ze dat haar moeder naar haar kijkt en van haar houdt. Maar tegelijkertijd weet ze dat ze doet alsof.

'Ben je wakker?' fluistert Tonie.

Er speelt een zweem van een lachje om Alexa's lippen. Haar mond voelt dat en wil omkrullen bij de hoeken. Maar ze houdt zich volkomen stil. Haar moeder moet denken dat ze een meisje is dat glimlacht in haar slaap. Naast haar ritselt het beddengoed. De matras kraakt. Haar moeders haren kriebelen in haar gezicht. Ze geeft Alexa een kus op haar wang. Soms doet Alexa alsof ze dan wakker wordt, als een prinses die uit haar betovering wordt gewekt. Dan gaapt ze, strekt haar armen en zegt met gespeeld slaperige stem: 'Je hebt me wakker gemaakt.'

Maar soms houdt ze zich stil, glimlachend, met haar ogen dicht. Ze wil haar idee, haar spel, verder perfectioneren. Ze wil haar moeder iets voorspiegelen. Als het haar lukt, zal het haar vermoedelijk iets opleveren. Ze wacht op de kus. Die komt uit de oneindige blinde verten achter haar oogleden. Ze weet nooit precies wanneer hij komt. Daarna hoort ze haar moeder zachtjes de kamer verlaten. Ze hoort de deur dichtgaan.

Als ze de gordijnen opendoet is de dag al op gang, hij leeft, wacht tot zij uit bed komt. In haar nachthemd staat ze bij het raam. De zon spat tegen de ruit, en nog eens. De wind kietelt de kale takken van de bomen, schudt ze op en neer, op en neer. Er dwarrelt een dood blaadje langs, het tolt door de ruimte. Alexa kijkt naar een klein vliegtuigje dat een wit stiksel in de blauwe lucht maakt. Ze kijkt naar een vogel die tussen de wuivende takken hipt, neerstrijkt en vervolgens verder hipt.

Haar vader loopt met haar mee naar school. Zijn voeten zijn naast de hare, stappen over het trottoir. Er zitten grote strenge rimpels in zijn schoenen. Tijdens het lopen knipogen en fronsen ze naar haar. Ze zijn oud, boos en bruin, hebben afhangende veters.

'Je moet nieuwe schoenen kopen, pappa,' zegt ze.

'Echt waar?' Hij staat stil om ernaar te kijken. 'Hier is toch niks mis mee?'

'Ze zijn oud. En de veters zijn te lang. Ze zijn vies.'

'Ze brengen me nog steeds overal heen,' zegt hij.

Ze schiet in de lach. Ze ziet het voor zich: de schoenen gaan helemaal alleen aan de wandel, de hele wereld rond, je kunt er een ritje in maken, net als in een bus.

'Je zou er kleine raketten aan vast kunnen maken,' zegt ze. 'En wieltjes.'

'Schoenen met raketaandrijving,' zegt hij, en weer moet ze lachen.

Ze komen bij de weg, waar de auto's als golven boven de horizon uit komen: ze zwellen aan, verheffen zich en breken, slaan bulderend om. Ze steken over.

'Verder kan ik wel alleen,' zegt ze.

'Wil je niet dat ik meega?'

Ze schudt van nee. Hij bukt zich, en daar is zijn gezicht, vlak voor het hare, de lippen getuit in kusstand. Van dichtbij is zijn gezicht ingewikkeld. Bij zijn ogen lopen piepkleine paadjes, rondom zijn mond zijn smalle dalen en haren als miniboompjes, en de huid is bobbelig, priegelig, als het oppervlak van de globe in het lokaal van mevrouw Flack. Hij geeft haar een kus. Hij legt zijn hand op haar hoofd. Ze moet zich van hem afwenden, zo goed kent ze hem. Ze doet een paar stappen, en als ze omkijkt is hij kleiner geworden. Ze herkent zijn gestalte, maar die is nu minder ingewikkeld. Hij staat op de stoep. Hij zwaait.

Mevrouw Flack heeft de Franse schriften uitgedeeld. Alexa bladert erin. Ze ziet haar eigen handschrift. Ze ziet dingen die ze heeft ingekleurd. Wat ze heeft ingekleurd is een vrolijke kleine herinnering, wat ze heeft opgeschreven is een boodschap van zichzelf. Ze houdt van haar schriften. Ze kijkt graag naar wat ze heeft gedaan, naar wat ze is. Maar van dit schrift, het Franse schrift, krijgt ze een wat droevig gevoel. Het zijn de woorden die droevig zijn. Ze heeft ze opgeschreven, maar toch zijn het onbekenden: het is of ze een beetje vijandig staan tegenover de woorden die ze kent.

Het zijn net fouten. Ze maken de afbeeldingen bedreigend, net als bepaalde dingen in dromen.

Ze zit samen met Katie aan een tafel. Meestal zit ze bij Maisie of Francesca, maar vandaag kwam ze laat terug van het schoolplein en was de stoel naast Katie de enige die nog leeg was. Mevrouw Flack deelt werkbladen uit. Ze gaat de hele klas rond, is soms ver weg, soms dichtbij. Ze heeft geel haar en haar lichaam bestaat uit bollen en cirkels, net als dat mannetje dat helemaal van autobanden is gemaakt, op een plaatje. Alles aan haar is volmaakt rond. Haar gezicht is kleurig van de make-up. Ze ruikt lekker, en als ze vlakbij is hoort Alexa haar kleren ruisen en fluisteren, alsof er toverstemmetjes in de plooien zitten. Het duurt een hele tijd voordat mevrouw Flack de werkbladen heeft rondgedeeld. Alexa wacht. Eindelijk is zij aan de beurt. De hand van mevrouw Flack met de gelakte nagels verschijnt voor haar ogen en legt het vel papier op tafel. Alexa draait zich om, glimlacht. Ze wil dat mevrouw Flack ziet hoe beleefd ze is, hoe geduldig.

'Dank u,' zegt ze.

Op het werkblad staat een meisje afgebeeld, getekend met zwarte lijnen, als een aankleedpop. Ze heeft een hoed op en draagt een driehoekige rok en schoenen. In zekere zin is ze mooi, ook al is ze niet af. Er steken zwarte lijntjes uit haar lijf, als pijlen. Ernaast staat een jongen.

'Moet je hem zien,' zegt Katie naast haar. Ze priemt met haar vinger naar de papieren jongen. 'Net een homo.'

Mevrouw Flack schrijft met haar viltstift woorden op het bord. Het is de bedoeling dat ze die woorden bij de pijltjes schrijven. Eén wand van het lokaal bestaat uit ramen, en even staart Alexa naar buiten, naar de dag die zich daar afspeelt. Haar aandacht is blijven haken aan Katies opmerking. Ze danst eromheen als een ballon aan een touwtje. Ze staart naar de dag achter het glas. Daarna kijkt ze vanuit haar ooghoeken naar Katie.

'Dat mag je niet zeggen,' zegt ze.

'O nee?'

'Nee,' zegt Alexa. 'Dat heeft meneer Simpson gezegd.'

Wat Alexa van Katie weet komt geleidelijk boven: ze herinnert zich dat ze weleens eerder naast haar heeft gezeten. Katie is als een verhaal dat ze heeft gelezen en vervolgens is vergeten, de bijzonderheden zijn opgeslagen, maar ze keert er niet vaak naar terug. Nu ontvouwt Katie zich weer, haar kenmerkende vorm en uitstraling, haar schoenen met de kale neuzen, haar sluike haar dat nonchalant met een klem is vastgezet, haar mond die haar hele gezicht beslaat als ze lacht, haar lichte, brutale ogen.

'Ik vind het leuk om dat te zeggen,' zegt Katie. 'Ik zeg het zo vaak. Het is grappig.'

'Wat is er zo grappig aan?' vraagt Alexa smalend.

Katie haalt haar schouders op en draait haar potlood om en om tussen haar korte vingers. Ze heeft iets aantrekkelijks, iets fascinerends waar Alexa zich schuldig over voelt. Katie geeft Alexa het gevoel dat ze iets belangrijks is vergeten. Ze doet alsof het eigenlijk toch niet zo belangrijk was.

Mevrouw Flack spreekt de woorden uit, en hier en daar gaat een hand omhoog. Aan de andere kant van het lokaal steken Maisie en Francesca hun hand op. Alexa zou het ook graag doen, maar ze heeft niet geluisterd. Door toedoen van Katie weet ze de antwoorden niet. De Franse woorden gaan onbegrepen het ene oor in en het andere uit. Die macht bezit Katie, de macht van de onwetendheid. Heel even gelooft Alexa dat ze geniet van de enorme, onbestemde vrijheid die zich duister uitstrekt rond het onrustig verschuivende punt dat kennis zou kunnen opleveren. Anderen schrijven allerlei dingen op. Alexa weet niet wat ze zou moeten opschrijven. Ze is de weg kwijt. De tekeningen en de pijltjes en de woorden passen niet bij elkaar. Het is of ze mevrouw Flack en de anderen uit het oog is verloren, alsof ze het ene ogenblik nog achter hen aan liep en zij het volgende om de hoek waren verdwenen. Mevrouw Flack draait zich om en schrijft iets op het bord. Haar ronde lichaam schudt ervan. Katie geeft Alexa een por in haar ribben, en Alexa kijkt. Katie is half gaan staan en wiebelt als een buikdanseres. Ze doet mevrouw Flack na door heen en weer te wiegen en in de lucht te schrijven. Alexa trekt haar ontzet terug op haar stoel.

'Hou op!' fluistert ze.

Katie schiet in de lach, een hard, proestend geluid dat een glanzend laagje spuug op haar lippen legt. Er belandt ook spuug op de tafel. Mevrouw Flack houdt op met schrijven. Ze draait zich om en kijkt met haar hoofd scheef de stille klas rond. Alexa staart recht voor zich uit. Haar wangen gloeien. Ze weet niet meer dat er straks een einde komt aan de les, want ze is de aaneenschakeling van de dagelijkse gebeurtenissen kwijt, het vooruitzicht op de ochtendpauze en de lunchpauze, de lichte verten van de middag. Er is alleen dit almaar uitdijende nu, dat zich uitstrekt tot in de duisternis van de onwetendheid. Mevrouw Flack richt haar aandacht weer op het bord. Als Alexa naar haar werkblad kijkt, ziet ze dat het papieren meisje en de papieren jongen zijn veranderd. Het meisje heeft een donkere krabbel kroeshaar midden op haar rok en grote ronde borsten op haar bloes, en de jongen heeft een weerzinwekkende, wortelvormige penis tussen zijn benen bungelen. Even gelooft Alexa dat ze die dingen zelf heeft getekend. Het is of een schandelijk verlangen van haarzelf op geheimzinnige wijze is uitgebeeld. Aan het eind van de les haalt mevrouw Flack de werkbladen altijd op. Op dit exemplaar staat Alexa's naam. Net als de jongen en het meisje van papier is Alexa te schande gemaakt. Naast haar grijnst Katies witte gezicht met de grote ogen, om het potlood in haar hand kringelt ze komiek een streng haar bij haar oor. Als Alexa haar gezicht ziet, schiet ze in de lach, een lach die zich eerst heftig roert vanbinnen, dan haar hele lijf aan het schudden brengt en ten slotte schallend aan haar mond ontsnapt.

Mevrouw Flack draait zich met een ruk om, ze is razend.

'Alexa Bradshaw!'

Haar stem klinkt schril en boos. Alexa ziet het vlammende gezicht, de gestalte die even oplicht van woede, mevrouw Flacks transformatie van de ene toestand in de andere. En Alexa heeft die transformatie tot stand gebracht. De klas houdt zich stil.

'Alexa Bradshaw, hou je mond!'

Haar naam klinkt als een doodvonnis. Maar opeens is mevrouw Flack weer zichzelf. Ze pakt haar viltstift, hervat de les. Ze wekt niet de indruk dat ze verbaasd is, of teleurgesteld. Ze zegt niet dat het haar tegenvalt van Alexa. Ze zegt niets over Alexa's geschonden braafheid, over de smet op haar anders altijd zo goede gedrag. In zekere zin is het mevrouw Flack die de smet heeft geworpen. Ze heeft Alexa behandeld zoals ze iedereen behandelt. Ze houdt niet van Alexa, ze heeft nooit van haar gehouden, beseft Alexa. Toch heeft ze het idee dat het haar eigen schuld is dat mevrouw Flack onverschillig tegenover haar staat.

Tot de bel gaat blijft ze zwijgend rechtop zitten. Ze levert haar werkblad niet in. In plaats daarvan stopt ze het stijf opgevouwen in haar zak. Het is mogelijk geworden om mevrouw Flack te misleiden. Dat komt door de smet. In de pauze scheurt ze het werkblad in snippers, die ze onder het afval in de prullenmand verstopt.

Die zaterdag neemt haar moeder haar mee naar het stedelijk museum. Alexa staat in de keuken, met haar jas al aan, terwijl haar moeder van alles in haar tas stopt.

Haar vader vraagt: 'Zal ik meegaan en jullie gezelschap houden?'

Er valt een korte onderwaterstilte, een soort leegte.

Tonie antwoordt: 'Heb je zelf niets te doen dan?'

'Eigenlijk niet.'

Alexa luistert. De manier waarop haar ouders met elkaar praten is veranderd. Hun gesprekken hadden vroeger tot doel overeenstemming te bereiken, zoals er bij een bepaald kaartspelletje net zo lang kaarten worden omgedraaid tot beide spelers dezelfde treffen. Maar tegenwoordig zijn het de verschillen die Alexa opvallen. Het is of hun gesprekken voortijdig eindigen: de identieke kaart wordt nooit gevonden. Ze lopen weg zonder iets te hebben opgelost, twee mensen die niet bij elkaar passen.

'Ik dacht alleen maar dat het leuk zou zijn om samen te gaan,' zegt haar vader.

Tonie knijpt haar lippen op elkaar, rommelt in haar tas.

'Eigenlijk wil ik graag met haar op stap,' zegt ze. 'Ik heb haar van de week amper gezien.'

Alexa hoort het einde van dat gesprek niet, als het al een einde had. Het tafereel in de keuken heeft een scherp kantje. Voordat ze het weet staat ze samen met haar moeder buiten en lopen ze heuvelafwaarts. Ze houdt haar moeders hand vast. Ze vliegen over de voegen tussen de tegels, over de dorre bladeren en lege snoeppapiertjes, ze vliegen weg van het huis waar haar vader is achtergebleven.

'Gaat pappa niet mee?' vraagt ze.

'Nee.' Haar moeders stem klinkt verbaasd. 'Wilde je dan dat hij meeging?'

Ze heeft geen antwoord op die vraag. Haar moeder geeft een kneepje in haar vingers.

'Ik wilde graag met ons tweetjes,' zegt ze.

'Ik ook,' zegt Alexa. Meteen voelt ze zich ongelukkig. Ze raakt een lantaarnpaal aan, dat brengt geluk. 'Gaan we warme chocolademelk drinken in het café?'

'Als je dat graag wilt.'

'Mag dat eerst? Voordat we naar binnen gaan?'

Haar moeder geeft geen antwoord. Ze lopen langs een vrouw die op het trottoir staat te bellen en te lachen. Ze heeft een zwarte jas aan. Ze staat daar maar te lachen en te lachen.

'Mag dat?'

'Nee. Dat doen we erna.'

'Waarom mag het niet eerst?'

'Omdat ik het zeg.'

'Maar waarom dan niet?'

'Hoor eens, je moet niet telkens om dingen vragen.'

Haar moeder staat stil en kijkt om zich heen, van links naar rechts. Even denkt Alexa dat ze iemand zoekt aan wie ze kan vertellen dat Alexa vervelend doet. Maar ze steken alleen maar de weg over.

'Je moet niet steeds om dingen vragen,' herhaalt ze aan de overkant. 'We zijn net van huis en je begint al.'

'Sorry,' zegt Alexa.

Weer blijft haar moeder staan. Ze bukt zich en slaat haar armen om Alexa heen, zodat de straat verdwijnt en Alexa verdwaalt in haar haren en de plooien van haar kleren.

'Nee, ík moet sorry zeggen,' zegt ze in haar oor. 'Maar ik ben moe. Ik moet weer aan je wennen.'

Alexa vraagt zich af wat dat betekent. Ze krijgt het gevoel dat ze op een bepaalde manier heel bijzonder is. Zou het betekenen dat ze toch eerst warme chocolademelk gaan drinken? Bij de hoofdstraat gaan ze bij de bushalte staan wachten. Hier, in het lawaai en het verkeer, lijkt haar moeder kleiner. Ze heeft een rood jasje aan.

'Waar blijft de bus?' vraagt Tonie. 'Zie je hem al? Jij hebt betere ogen dan ik.'

Alexa kijkt de krioelende grijze verte in. Ze speurt naar het silhouet van de bus. Ze weet wat ze zoekt, en toch is ze onzeker. Het zou best kunnen dat ze de bus niet herkent, of dat hij niet komt. Ze kijkt naar de auto's en bestelbusjes en vrachtwagens, en elke keer vraagt ze zich af of het de bus is.

'Ik geloof dat ik hem zie,' zegt ze. In de verte is iets groots en blauws. Zijn bussen blauw? Volgens haar kan dat best.

Tonie tuurt. 'Dat is geen bus,' zegt ze lachend.

Alexa kijkt fronsend naar haar schoenen. Ze kijkt naar het vieze plaveisel.

'Daar heb je hem,' zegt Tonie. 'Daar is hij.'

De bus komt naar hen toe, een dubbeldekker, donkerrood met crème. Alexa herkent hem, herkent het karikaturale gezicht met de ronde koplampogen, de hoge neus die blikkert in de zon, de mensen die uit de bestofte bovenraampjes kijken. Hij doemt op uit het niets, kleurrijk en levend. Ze is opgelucht. De bus nadert in al zijn zekerheid, zijn realiteit, en haar twijfel vervliegt.

'Gaan we bovenin zitten?' vraagt ze.

Bovenin zit een man met een hondje. De hond zit bij de man op schoot en kijkt naar Alexa. Tussen de stoelen door kijkt Alexa terug. Hij heeft een snuffelend neusje en leuke bruine ogen. Ze kijkt naar de man en dan weer naar de hond.

'Toe maar,' zegt hij. 'Ze doet niks.'

'Hoe heet ze?' vraagt Alexa.

'Ze heet Jill,' antwoordt de man.

Alexa steekt haar hand door de spleet en aait Jill over haar stugge kleine kop. De kop beweegt enthousiast met haar vingers mee. Het stompe staartje kwispelt. De bruine ogen staan gewillig.

'Dat vindt ze lekker,' zegt de man.

Alexa draait zich naar haar moeder toe.

'Kijk, ze vindt me aardig,' zegt ze.

'Ik zie het,' zegt haar moeder. Ze glimlacht. Alexa verbeeldt zich dat ze blij is omdat de hond Alexa aardig vindt. Maar haar ogen staan niet zo toeschietelijk als die van Jill. In haar glimlach zit iets heimelijks, iets wat alleen van haar is, iets ontoegankelijks.

'Mag ik een hond?' vraagt Alexa. 'Hè toe!'

Het gezicht van haar moeder staat opeens afwerend. Ze wendt zich af en kijkt uit het raam.

Het museum is immens vanbinnen, net een kerk. Over alles ligt een bruinige glans, gedetailleerd als een groot bos, overal kleine taferelen achter glas. De voetstappen van de bezoekers galmen. Ze gaan naar boven, naar de zaal die Alexa het mooist vindt. Die zaal ligt vol met edelstenen, kristallen en mineralen, allemaal op een aparte zwarte sokkel. Ze worden elk afzonderlijk aangelicht. Het licht is wit en begrensd, kostbaar in het omringende duister. Het glinstert als rijp op de kristallen en de robijnen, de kattenogen en de amethisten. De kristallen zijn vreemd, een beetje griezelig. Het is of ze een eigen wil en doel hebben. Met hun wonderlijke stakerige uitgroeisels zien ze eruit alsof ze de wereld zouden kunnen overnemen. Alexa stelt zich een groeiende kristallenwereld voor die uit de donkere aarde omhoogkomt en de taal uitwist. Haar lievelingssteen is de paarse amethist. Het is net een bloem. Vooral de deftige kleur vindt ze mooi.

'Wat een vreemde dingen zijn het toch,' zegt Tonie terwijl ze langs de vitrines loopt.

'Welke vind jij mooi?' vraagt Alexa haar. Ze wil dat haar moeder iets mooi vindt.

'Die vind ik mooi. De opaal.'

Ze wijst. De opaal is bleek en melkwit. Kleur heeft hij niet. Hij is vaag als een wolk. Alexa kijkt ernaar. Ze wacht af of hij haar iets duidelijk zal maken, maar hij lijkt buiten haar bevattingsvermogen te liggen. Hij is geheimzinnig. Ze vraagt zich af waarom haar moeder hem mooi vindt. Waarom kiest ze de bloemachtige amethist niet?

'Moet je die zien,' zegt Tonie, en ze wijst naar een steke-lige bonk zwarte kwarts met lichtvlekjes. 'Net iets uit een horrorfilm.'

Daar moet Alexa om lachen. In haar verbeelding ziet ze de zwarte steen de ruimte onveilig maken. Ze maakt stekels van haar vingers en gromt als een monster. Tonie glimlacht.

'Kom, we gaan verder,' zegt ze.

Ze lopen door stille zalen vol dieren. Tonie lijkt het er mooi te vinden. Ze staat stil om te kijken en de namen op de kaartjes te lezen. De dieren zijn allemaal dood. Alexa vraagt zich af of Tonie uit respect bij elk dier stilstaat en de naam opleest, en of ze medelijden heeft met het dier omdat het dood moest gaan. Er zit een marter in elkaar gedoken op een namaaktak, hij kijkt Alexa met gele ogen aan. Opeens wordt ze bang. Had ze die ogen maar niet gezien. Nu is het alsof ze allemaal naar haar kijken: de felle ogen van exotische vogels, de vreemde halfgeloken blik van een beer die op zijn achterpoten staat, de tot spleetjes geknepen ogen van dieren die hun tanden ontbloten, allemaal roerloos maar klaar om toe te springen, alsof ze hun kans afwachten. Maar ze weet dat ze dood zijn.

'Aan wie doet hij je denken?' vraagt Tonie. Ze wijst naar het stekelvarken, met zijn nerveuze koppie en uitbundige stijve stekeltooi.

Alexa weet niet aan wie hij haar doet denken. Ze vraagt zich af of Tonie bedoelt dat hij haar aan Alexa doet denken.

'Pappa?' zegt ze.

Tonie schiet in de lach. 'Nee, niet pappa. Oma.'

'Waarom lijkt hij op oma?'

Weer moet Tonie lachen. Kennelijk heeft ze dus toch geen medelijden met de dieren. Ze doen haar denken aan levende dingen. Alexa vindt het maar gevaarlijk om de levenden met de doden te verbinden. Ze is bang dat haar moeder mensen in gevaar brengt.

'Ach, zomaar eigenlijk,' zegt Tonie.

'Kunnen we weer eens naar oma toe?'

'Nu niet, nee.'

'Wanneer kunnen we haar gaan opzoeken?'

'Dat weet ik niet,' zegt Tonie. 'Op die vraag heb ik geen antwoord.'

Ze staart de vitrine met het stekelvarken in.

'Gaan we nu naar de schelpenzaal?' vraagt Alexa.

'Als je dat graag wilt. Vind je de dieren niet leuk?'

'Ik vind hun ogen niet leuk,' antwoordt ze met tegenzin. Ze vindt dat haar moeder dat moet begrijpen, van die ogen. Ze vindt dat ze het moet weten, dat ze voorzichtiger moet zijn.

Ze gaan weer naar de grote hal met de gedempte bedrij-

vigheid, het onderwaterlicht en de vreemde galmende geluiden. Alexa weet niet meer waar de schelpenzaal is. Ze
gaan op zoek, kijken in zalen vol oude potten en porseleinen borden, zalen waar het wemelt van de zwaarden en speren, zalen met gipsen mensen in ouderwetse kleren. Vandaag heeft Alexa geen zin om mensendingen te bekijken.
Ze vindt ze maar armoedig en treurig vergeleken met de
glinsterende, eeuwige kristallen, de miniatuurperfectie van
schelpen. Maar ze weet niet meer waar ze de schelpen kan
vinden.

'Misschien is er helemaal geen schelpenzaal,' zegt haar
moeder.

'Wel waar. Dat weet ik nog.'

'Weet je het zeker? Misschien herinner je je dat uit een
ander museum.'

'Ik herinner me die zaal híer,' zegt Alexa, hoewel ze onzeker is geworden door de opmerking van haar moeder.
Zulke dingen gebeuren, dat weet ze. Soms kun je je iets
herinneren maar het toch niet terugvinden, hoe goed je ook
zoekt. Misschien vinden ze die volmaakte schelpen, zo roze
en wonderlijk, zo eenvoudig en toch zo ingewikkeld, nooit
meer terug.

'Nou ja,' zegt Tonie, 'ik weet bijna zeker dat het niet hier
is.'

'Wel waar!' roept Alexa uit. 'Het is wél hier!'

Haar moeder blijft staan en kijkt naar haar. Dan zegt ze:
'Ik ga het wel even bij de balie vragen.'

Ze laat Alexa alleen op een bank in de hal. Als ze terugkomt staat haar gezicht anders. Ze steekt haar hand uit.

'Ze hebben ze verplaatst,' zegt ze. 'Ze liggen op de afdeling Kust- en Rivierenlandschap. Sinds de laatste keer dat ik
hier was hebben ze alles omgegooid.'

'Dus ik had geen ongelijk,' zegt Alexa.

'Je had geen ongelijk. Je had gelijk. We hadden allebei gelijk.'

Kustland en Rivieren is nieuw. Het is donker en betoverend rondom de verlichte opstellingen. Er zijn stemmen op bandjes en knoppen waarmee je rijen lichtjes kunt aanzetten. Alexa vindt de schelpen wel, maar ze zijn niet zoals in haar herinnering. Ze zijn anders. De uitstalling bestaat uit veel zand, met smerig ogende netten waarin plastic zeesterren verstrikt zitten. De schelpen liggen achteloos in het zand, alsof iemand ze zomaar heeft neergegooid. Op de een of andere manier zijn ze gewoontjes geworden. Ze wendt zich af en gaat op zoek naar haar moeder. Ze loopt door het donker en de stemmen heen, door de onbekende, met tapijt belegde ruimte. Eindelijk ziet ze haar, helemaal achter in de zaal. Ze staat in een wirwar van schaduwen. Ze tuurt door glas, er valt groenig licht op haar gezicht. Alexa gaat naast haar staan. Voor haar ligt een rivierpanorama, met glinsterende libellen in het riet en een gipsen zwaan op het geschilderde blauwe water. Daar staat haar moeder naar te kijken. De bochtige rivier stroomt tussen de groene oevers, slingert tussen de bomen door de geschilderde verten in. Ze ziet een ijsvogel, en kleine dieren op de oever, en een eend met haar jongen. En bloemen en een vogelnest vol piepkleine eieren. Maar de zwaan in haar witte pracht vormt het middelpunt. Alexa gaat naast haar moeder bij het glas staan. Ze heeft nog nooit zoiets moois gezien als dit landschap. Kon ze het maar binnen lopen, op de betoverde oever gaan zitten, de zwaan voeren, en steeds verder tussen de bomen door wandelen tot ze uit het zicht verdween. Ze popelt om deze realiteit te betreden. Ze voelt het: de vervoering van het denkbeeldige dat werkelijkheid wordt.

'Moet je die jonge eendjes zien,' zegt ze tegen haar moeder. 'Moet je die eitjes in het nest zien.'

Haar moeder zwijgt. Ze staart naar de rivier, naar de zwaan. Ze blijft maar staren.

'Moet je die libelle zien,' zegt Alexa.

De blauwe, glinsterende libelle zweeft. De lisdodden zijn hoog en recht, volmaakt bruin en met een ronde top. De ijsvogel duikt. De zwaan kromt haar witte hals als een ballerina. De geschilderde rivier sprankelt.

27

Olga heeft een man ontmoet. Hij is een van de portiers van het ziekenhuis. Hij heet Stefan. In de kantine vroeg hij haar op een keer waar ze vandaan kwam, en toen ze de naam van haar geboorteplaats noemde maakte hij een luchtsprong en riep: 'Mijn God!', zodat ze dacht dat hij daar zeker ook vandaan kwam. Maar hij komt alleen maar uit Letland. Ze weet nog steeds niet waarom hij zo enthousiast reageerde. Hij is bijna twee meter. Een man van die lengte maakt niet zomaar een luchtsprong.

De leidinggevende heeft Olga overgeplaatst naar de afdeling waar vrouwen een kind komen krijgen. Eerst maakte ze schoon op de ouderenafdeling, de grote rustige zalen diep in het doolhofachtige gebouw, waar de ramen alleen maar uitkijken op bakstenen muren, trappenhuizen of de ventilatieroosters en buizen van de centrale verwarming, alsof iemand had bepaald dat die oude mensen de wereld niet meer hoefden te zien omdat ze hem toch binnen afzienbare tijd zouden verlaten. De oude vrouwen lagen in bed, heel wit, klein en zacht, als rimpelige elfjes. Ze waren niemand tot last. Onder de felle plafondverlichting lagen ze als baby's in hun ledikant, met slechts een paar spulletjes naast zich: een ingelijste foto, een kaart, een tijdschrift. Ze hadden zo weinig, nog minder dan je in je tas hebt als je gaat winkelen.

De witte lampen leken hen te inspecteren, tekenden hen scherp af in hun armoede, ontdeden elk voorwerp stelselmatig van elke betekenis, tot de foto en de kaart amper nog recht leken te hebben daar te staan omdat ze de oprukkende witheid belemmerden. Olga stofte hun snuisterijen voor hen af, zette ze demonstratief en triomfantelijk terug op de nachtkastjes, streek het omslag van de tijdschriften glad.

De kraamafdeling is totaal anders. Hier hebben de vrouwen enorme, opzichtige bossen bloemen en schalen exotisch fruit, en cadeaus, steeds maar weer cadeaus, nieuwe spullen waar de moeders achteloos de verpakking aftrekken, die ze op de grond gooien en die Olga mag opruimen. Ze raapt ze op, de gescheurde stukken kleurig papier, de goudkleurige linten, de kaartjes en de labels, de ritselende plastic omhulsels waarin de cadeautjes verpakt waren. Ze verzamelt al dat gloednieuwe maar overbodige materiaal en stouwt het in haar zwarte afvalzak. Naast de bedden wriemelen de baby's als naakte larven in hun perspex bakjes. Als haar dienst erop zit is de afvalzak vol, vol gewichtloos krakend afval, kunstmatig fris en naamloos. Er bestaan geen woorden voor het soort afval dat Olga ophaalt. Het is vreemd dat nieuw leven versierd met naamloze rommel ter wereld komt.

Door de gangen bij de verloskamers galmt ijselijk gegil. Olga duwt haar mop die kant op, tot bij de dichte deuren. Daarbinnen brullen de vrouwen als beesten. Stefan doet zijn werk in die gangen: hij brengt de patiënten op verrijdbare bedden heen en weer. Ze ziet hem de lijdende vrouwen naar hun bestemming brengen, naar hun verlossing, en later weer ophalen – slap, warrig en stil, met de baby als een larve tegen hun borst geklemd. Zijn rijzige gestalte lijkt hun leed te reguleren, het vast te leggen bijna, zoals een schilderspenseel een beeld vastlegt; hoewel hij zelf onbewogen blijft, bevindt hij zich niettemin in het middelpunt van de schepping, geleid door een onzichtbare hand. Hij verdeelt de verschijningsvormen en eigenschappen ervan, hij beweegt zich, besmeurd door de schepping, de kraamkamer in en uit.

Maar in de pub, als hij heeft gedoucht en zijn ziekenhuis-plunje heeft uitgedaan, trekt zijn doelmatigheid op als mist; zijn autoriteit is terug, de heldere autoriteit van het penseel, het gereedschap. Hij zegt: 'Dit is een slecht land.'

In de loop van de weken heeft Olga haar kommer en kwel voor hem uitgerafeld, haar eenzaamheid en verbijstering, haar uitputting en bijgeloof, het gevoel dat ze hier het kwaad aantrekt, even onvermijdelijk als een magneet ijzer aantrekt; het hele verhaal ligt losgetornd aan zijn voeten.

'Waarom zou het slechter zijn dan andere landen?' vraagt ze.

Hij knikt, steekt zijn hand op, want daar heeft hij al over nagedacht.

'Onze positie hier haalt het slechte naar voren. Net zoals de muis het slechte in de kat naar voren haalt.'

Olga wordt bang. Ze wil horen dat haar problemen wel zullen verdwijnen. Ze wil ze niet beschouwen als onver-vreemdbaar, zoals de kat en de muis. Bovendien heeft ze een hekel aan muizen: thuis heeft ze een prachtige kat, Mino, die muizen vangt en ze met huid en haar opeet. Ze heeft met afkeer en fascinatie toegekeken hoe de luciferdunne pootjes en het staartje nog wild wriemelden tussen Mino's kaken terwijl het kopje al in zijn keel zat. Daarna streek hij dan snorrend langs haar benen en keek hij haar met zijn heldere, rustige ogen strak aan. Hij droeg zijn superioriteit op haar over, hij eiste verwantschap, de verwantschap van superieure wezens.

'Dat kost tijd,' zegt Olga. 'Misschien wel heel veel tijd.'

Stefan schudt zijn hoofd. 'Al blijven we hier honderd jaar, dan nog horen we er niet bij,' zegt hij.

'Misschien hoeven we er niet bij te horen. Misschien willen we alleen maar leven.'

Opeens heeft hij herinneringsbeelden opgeroepen: het bekrompen stadje, de grijstinten die haar brein doortrokken en verkleurden, het alomtegenwoordige gevoel van misvorming: alles was bekend en misvormd, zijzelf was bedorven en misvormd doordat anderen haar kenden. En de verschrikkelijke zekerheid van de herhaling, haar grootmoeder en haar moeder en haar zuster, elkaars evenbeeld, die steeds maar weer hetzelfde groezelige vod van het leven gebruikten. De laatste tijd bekruipt haar steeds vaker een verlangen naar haar geboorteplaats en haar familie. Dat verlangen heeft sluipenderwijs het grijs overschilderd; het heeft haar herinneringen veranderd en ze de kleuren van de regenboog gegeven. In Polen had ze zich haar leven elders in diezelfde regenboogkleuren voorgesteld. Nu ze hier is, doet ze het omgekeerde.

'Als ondergeschikten,' zegt Stefan. 'Als buitenstaanders. Maar níet als gelijken.' Hij richt zijn lange, sterke wijsvinger op haar. 'Jij, in Polen een bevoegd lerares, met een universitaire graad en een hoge maatschappelijke status, en wat laten ze je hier doen? Ze laten je vloeren dweilen.'

'Ik verdien hier in één week meer dan thuis in één maand,' zegt Olga. 'Trouwens, ik werd vroeger ook als ondergeschikte behandeld. In Polen is een lerares minder dan een schoonmaakster. Minder!'

Wat dat betreft staat Olga nog stevig in de werkelijkheid, terwijl de rest een onwezenlijke, regenboogkleurige mythe is geworden. Ze wil niet dat Stefan zich hier, waar het grootste gevaar dreigt, gewonnen geeft. Ze wil niet dat hij wegglijdt in illusies en haar alleen laat met haar enige bittere zekerheid.

'Maar als lerares heb je waardigheid,' zegt hij. 'En zelfrespect.'

'Niemand had respect voor me. De ouders niet, en hun kinderen ook niet. Ik haatte ze!'

Hij trekt zijn wenkbrauwen op, tuit zijn lippen.

'Ik ga nooit meer lesgeven, ook niet als ik terugga naar Polen,' zegt ze.

En terwijl ze dat zegt, staat ze ongemerkt wat minder stevig. Ze belandt in herinneringen aan knerpende sneeuw in winterse straten, aan de warme keuken bij haar grootmoeder, aan de eentonige hete zomerdagen, aan vertrouwde geluiden en geuren; ze ziet zichzelf, geaccepteerd, door het landschap trekken, men ziet en kent haar, haar vrienden en familie verdringen zich bij elke stap om haar heen en roepen haar. Olga! Olga! Plotseling lijkt duidelijk wat het probleem was, de hinderpaal. Als ze terug is in Polen gaat ze werk zoeken bij een bank en wordt alles anders. Ze ziet zichzelf al achter het loket zitten, in een chic mantelpak en met hooggehakte schoenen. Ze ziet zichzelf haar gereguleerde tanden bloot lachen.

Stefan neemt haar hand tussen zijn beide handen. Ze zijn groot en wit, met hoge knokkels als bergen.

'Hier hebben wij de intimiteit van buitenstaanders,' zegt hij. 'Het is wij tegen zij. We zijn een klein volk dat het opneemt tegen de wereld.'

'Dat is zo,' zegt ze met een vermoeide glimlach. Ze is moe. Uitgeput door het verzet tegen de illusie. En toch knaagt het nog aan haar, door haar slaperige overgave heen: de paniek, dat vreselijke gevoel dat haar uit haar huis heeft verjaagd, dat haar hierheen heeft gejaagd. Het was het gevoel dat je hebt als je iets laat vallen. Het breekt, en er zit niets anders op dan weglopen.

'Ik wil normaal leven als man en vrouw,' zegt hij. 'Ik wil niet dat wij de zogenaamde intimiteit hebben van mensen op een klein eiland. Ik wil dat we ergens thuishoren, een normale man en vrouw worden.'

Ze denkt aan de vrouwen op de kraamafdeling, die omkomen in het afval: het fruit dat ligt te rotten in de schalen, de bloemen die verwelken en bruin worden. Ze hoort het gebrul en gegil, ziet de arme wurmen die tegen de borst worden geklemd. Eigenlijk had ze liever de oude vrouwen. Ze gaf de voorkeur aan hun welgemanierdheid, hun bezitloosheid.

'Maar in Polen hoor jij ook niet thuis,' zegt ze.

'Daar hoor ik meer thuis. Daar hoor ik genoeg thuis.'

Ze streelt zijn vingers, haar blik dwaalt rond zonder iets te zien.

'Mijn moeder wil graag dat ik het niet red,' zegt ze. 'En mijn zuster helemaal. Als ik terugkom, is zij de rest van haar leven gelukkig, want dat wil zeggen dat ik het niet heb gered.'

'Laat ze maar gelukkig zijn,' zegt hij zachtmoedig. 'Gun ze hun geluk.'

Ze denkt erover na. Als haar dienst erop zit gaat ze 's avonds vaak mee met Stefan, naar zijn kleine flat aan een drukke straat vlak bij het ziekenhuis. Ze slaapt in zijn bed, naast zijn lichaam dat doet denken aan een lange witte wortel, stevig en gevorkt. In het donker zuigt hij aan haar grote borsten, terwijl buiten het verkeer langsdendert. Ontbreekt het hun aan normaliteit? In haar ogen zijn die nachten afzonderlijke abstracties, heel nietig, als een zaadje waaruit misschien iets groots en wijdvertakts ontkiemt. Wat, dat is aan het zaadje niet te zien. Het is in zichzelf besloten en zwijgt. Het houdt geen verband met iets anders, het omsluit alleen het stille mysterie van zijn toekomst.

Maar Stefan heeft in zekere zin gelijk. Het is moeilijk te bepalen of zij echt bij elkaar willen zijn.

'De mensen bij wie ik inwoon lijken volkomen normaal. Maar ze zijn niet normaal,' zegt ze. 'Het is geen normaal gezin. Misschien is het niet zo makkelijk om normaal te zijn.'

'Hoezo?' Hij is nieuwsgierig. 'In hoeverre zijn ze niet normaal?'

'Ik heb je toch al over ze verteld,' zegt ze. Haar gesprekken met Stefan vervallen inderdaad in herhaling. Als je op een eiland woont is dat misschien logisch. 'Ik zeg alleen maar dat het niet zo makkelijk is om een normale man en vrouw te zijn.'

De laatste tijd observeert ze Thomas en Tonie. Door haar relatie met Stefan is ze bewuster naar hen gaan kijken: nu ze zelf liefde heeft, groeit haar belangstelling voor de soorten liefde die andere mensen hebben. Daarvoor had ze geen referentiekader voor Thomas en Tonie. Ze kwamen haar beiden voor als veelvormig en vrij nietszeggend. Nu eens waren ze als broer en zus, dan weer als oude mensen die jonge mensen imiteerden. Ze hadden iets van iconen, er zat iets clichématigs en houterigs in de manier waarop ze elkaar kusten of aanraakten. Maar nu beseft ze dat ze echt zijn. Ze beseft dat ze de liefde dienen zoals mensen vroeger hun goden dienden. Ze beseft dat de liefde even onveranderlijk en even onzichtbaar is als een god, aan wie de mensen in de loop van de tijd steeds houteriger en werktuiglijker eer betonen. Ze vraagt zich af of dat beperkte, onzichtbare leven is wat Stefan als normaliteit bestempelt.

'Ik zal je onderhouden,' zegt Stefan, en hij slaat met een groots gebaar zijn armen over elkaar. 'Als je een kind wilt, prima. Ik zal je onderhouden.'

'Ik wil helemaal geen kind,' zegt Olga.

Ze heeft al een kind. Het is gedoopt en daarna heeft ze het afgestaan, haar moeder stond erop. De vriend van haar zus was de vader. Ze hebben allemaal de doop bijgewoond en in hun goeie goed bij het doopvont gestaan.

'Dat maakt het wel makkelijker,' geeft Stefan toe.

'Misschien blijven we wel altijd buitenstaanders,' zegt Olga. 'Misschien verandert dat niet.'

Ze vindt dat Stefan zou moeten weten dat die veiligheid kan omslaan in gevangenschap. Als ze Thomas piano hoort spelen moet ze denken aan een vogel die zingt in zijn kooi: een klaagzang in geborgenheid. Toch zou ze zelf geen bezwaar maken tegen een kooi. Ze zou graag een manier hebben om de anderen buiten te sluiten.

Ze kijkt op haar horloge. 'We moeten naar huis,' zegt ze.

Hij staat op. Nu al is hij haar thuis geworden. Het doet er niet toe in welk vertrek ze zich bevinden, in welk land. Buiten legt hij zijn arm om haar schouder. Ze wandelen naar zijn flat. Ze denkt aan haar kamertje in Montague Street, aan de nachten die ze daar alleen heeft doorgebracht, onschuldig in haar eenpersoonsbed. Tegenwoordig denkt ze met weemoed aan die nachten. Ze roept ze in gedachten weer tot leven. Ze kijkt er met regenboogkleurige nostalgie op terug.

28

HOWARD [*boven*]: Claude! Claude, waar ben je?

CLAUDIA [*beneden*]: Wat is er?

HOWARD: Claude!

CLAUDIA: Wat is er toch?

HOWARD: Claude, waar zijn mijn gympen? Ze staan niet op hun vaste plek.

CLAUDIA: Ik ben aan de telefoon.

HOWARD: Wáár?

CLAUDIA: Ik ben aan de telefóón, zeg ik! Ik bel met Juliet. [*Tegen Juliet*] Sorry.

JULIET: Geeft niet hoor.

CLAUDIA: Het was Howard maar, hij zoekt zijn gympen. Je weet hoe het gaat als hij iets zoekt. Hij begint met alle kasten leeg te halen. Wij zijn net een bijkantoor dat bezoek krijgt van de hoofddirecteur. Ik heb het gevoel dat ik word gecontroleerd.

JULIET: Waar heeft hij zijn gympen voor nodig? Gaan jullie weg?

CLAUDIA: We gaan een weekendje naar Cornwall.

JULIET: Wat, vanavond nog?

CLAUDIA [*verbaasd*]: Ja.

JULIET: Maar het is al tien uur!

CLAUDIA: Echt waar?

JULIET: Tien óver.

CLAUDIA: Dat kan niet! Tien uur? Belachelijk, de kinderen horen in bed te liggen!

JULIET: Je neemt ze toch zeker niet mee?

CLAUDIA: Natuurlijk wel. We kunnen ze toch niet in een kennel doen, als de hond! Ze gaan een week op zeilcursus.

JULIET: Maar jullie komen niet voor twee uur vannacht aan! Hoe krijg je ze dan op tijd uit bed voor een zeilcursus?

[*Stilte*]

CLAUDIA: Ach, ze zullen in de auto wel wat slapen.

[*Stilte*]

JULIET: Dan kan ik maar beter ophangen.

CLAUDIA: Maar ik heb eigenlijk nog niets over jóu gehoord!

JULIET: Ach... Dat komt een andere keer wel.

CLAUDIA: Heel binnenkort, dat beloof ik je.

JULIET: Tot horens.

CLAUDIA: Tot horens. Howard?

HOWARD: Heb je ze gevonden?

CLAUDIA: Howard, het is al tien uur! Het is veel te laat om nog weg te gaan. De kinderen horen in bed te liggen!

HOWARD: Maar ik was pas om negen uur terug van mijn werk, Claude.

CLAUDIA: Ik dacht dat je vroeg thuis zou komen omdat we weg zouden gaan!

HOWARD: Ik was om negen uur thuis. Eerder lukte echt niet.

CLAUDIA: Dat had je me wel even kunnen laten weten.

HOWARD: Ik dacht dat je het wist. Meestal weet je wel hoe laat het is.

CLAUDIA: De kinderen horen te slapen. Waarschijnlijk slápen ze al. Heb je gekeken?

LOTTIE: We slapen niet.

CLAUDIA: Dit is te gek! Te gek voor woorden! Je had Juliet

aan de telefoon moeten horen toen ik zei dat we vanavond nog weggaan. Volgens haar zijn we volkomen geschift!

HOWARD: Die zus van jou vindt iedereen volkomen geschift, lieverd. Zijzelf nadrukkelijk uitgezonderd.

CLAUDIA: Doe niet zo rot, Howard.

HOWARD: Natuurlijk vindt Juliet tien uur laat. Zij ligt er om tien uur altijd al in. Met haar nonnengewaad aan.

CLAUDIA: Ze lag niet in bed. Ze was met mij aan het praten.

LEWIS [*vanuit zijn kamer*]: Ze kan toch in bed liggen en tegelijk met jou praten. Ze kan zelfs slapen en tegen je praten. Wie weet was ze onder hypnose.

CLAUDIA: Ze denkt kennelijk dat ík iedereen achter de vodden zit, dat ík vergeet dat ik een gezin heb met een meisje van zes dat een groeistoornis krijgt omdat we niet goed genoeg georganiseerd zijn om haar naar bed te brengen...

LOTTIE: Ik denk weleens dat ik maar in het klooster ga.

CLAUDIA: ...en ik kan immers niet zeggen: hoor eens, het ligt niet aan mij? Ik kan niet tegen haar zeggen dat het komt doordat sommige mensen ontzettend egoïstisch zijn en alleen aan zichzelf denken. Het is net een klucht [*lacht*], een klucht, en dat terwijl ik de hele dag in mijn atelier had kunnen werken, de hele dag plus de hele avond, en dat ik dan nog precíes zo ver zou zijn geweest als nu!

HOWARD: Dat had je toch kunnen doen, Claude. Dat is toch een getrouwe weergave van de situatie, of niet soms?

CLAUDIA: Wat bedoel je?

HOWARD: Dat je de hele dag had kunnen werken, zonder dat het gezin eronder had geleden.

[*Stilte*]

CLAUDIA: Want dat doe jij ook altijd.

HOWARD: Dat zal wel. Ik weet het niet. Ik herhaal alleen maar wat je zelf net zei.

CLAUDIA: Als jíj thuiskomt zijn de bedden opgemaakt en is het huis aan kant, als door een wonder, er zijn boodschappen gedaan en de kinderen zijn van school gehaald...

HOWARD: Ik denk aan jóu, Claude. Aan jouw geluk.

CLAUDIA: ...Jíj, jij hebt een slaaf, een echte slaaf, een onbetaalde kracht die je onbeperkt kunt inzetten!

HOWARD: Lucia is geen slaaf. We betalen haar toch? We kunnen haar best wat meer geven. Dan kan zij Martha ophalen en boodschappen doen...

CLAUDIA: Ik heb het niet over Lucia. Ik heb het over mezelf.

HOWARD: Jij hoeft helemaal niets te doen. Je kunt de hele dag je eigen gang gaan.

CLAUDIA: Je kunt Lucia niet betalen om je vrouw te zijn.

HOWARD: De hele dag, als je dat wilt.

CLAUDIA: Het is helemaal geen dag, het is een afdankertje, gemaakt van de restjes tijd die anderen overlaten. Je kunt niet van negen tot vijf creatief zijn. Maandag tot en met vrijdag, officiële feestdagen uitgezonderd!

HOWARD: O nee?

CLAUDIA: Jij begrijpt niets van creativiteit! Jij begrijpt niet wat een kunstenaar moet opgeven als hij verantwoordelijkheid draagt voor anderen!

LOTTIE: Gaan we nou?

HOWARD: Nee!

[*Stilte*]

HOWARD: Hoor eens, Claude, zullen we het afblazen? We laten het weekend schieten. We blijven hier.

CLAUDIA: Dat kan niet. Je hebt die zeilcursus besproken.

HOWARD: Dan zeg ik het af.

CLAUDIA: En de kinderen hebben zich erop verheugd. Dat kunnen we niet maken.

HOWARD: Dan ga ik wel samen met de kinderen. Jij kunt

hier blijven. Dan heb je morgen en overmorgen helemaal voor jezelf.

CLAUDIA: [*Stilte*] Nu voelt het net alsof ik straf krijg.

HOWARD: Maar je zei net...

CLAUDIA: Ik heb het idee dat je zegt: goed dan, als jij meer tijd voor jezelf wilt hebben, dan gaan wij ons wel vermaken in Cornwall. Je krijgt tijd voor jezelf, maar daar moet je wel iets voor opgeven. Dan zijn leuke dingen er niet meer bij.

HOWARD [*verbluft*]: Ga dan mee.

CLAUDIA: Goed.

HOWARD: Hoewel, misschien kunnen we beter morgenochtend gaan. Het is tegen elven.

CLAUDIA: Maar dan missen jullie de halve dag! Als je de halve dag mist, heeft het eigenlijk geen zin om te gaan.

HOWARD: Zo belangrijk is het nu ook weer niet.

CLAUDIA: We kunnen beter nu weggaan. Dan is het rustig op de weg.

HOWARD: En de groeistoornis van Martha dan?

CLAUDIA: Ze kan in de auto slapen. Ik leg wel dekens en kussens achterin.

HOWARD: O Claude, dit is gekkenwerk. We zijn er niet voor twee uur. Wil je niet liever rustig aan doen en morgenochtend vertrekken?

CLAUDIA: Het is prima zo. Ik vind het een onverdraaglijke gedachte om op zaterdagochtend met een slakkengang dwars door Engeland te rijden, samen met al die andere mensen die hun hele hebben en houwen bij zich hebben. Het is vast leuk om door de nacht te schéuren, denk je ook niet?

HOWARD: O Claude. Je bent een schat. Ik hou van je.

[*Ze kussen elkaar*]

LOTTIE: Zeg, gaan we nou nog of hoe zit dat?

HOWARD/CLAUDIA: Ja!

29

Tonie gaat naar een feest in het appartement van Janine, in Battersea. Het is een warme avond, en iedereen is buiten op het dakterras. Tonie kijkt om zich heen, maar in het vage licht herkent ze niemand. Dan ziet ze Janine, een donkere gestalte met lichte accenten: door haar blote armen en glinsterende jurk valt ze op tussen de anderen. Maar het is vol op het terras en Janine is ver weg. Tonie gaat iets te drinken halen. Ze vraagt zich of hoe het komt dat iedereen hier zo vormeloos en anoniem is. In de schemering lijken hun lijven kwabbig, hun gezichten vlak en onaangedaan als steen. Het gebrek aan animo is bijna griezelig. Alleen Janine springt eruit, omdat een feest geven nu eenmaal glamour verschaft. De anderen, half in schaduw verhuld, lijken niet tot dezelfde werkelijkheid te behoren als Tonie. Of zij zijn onwerkelijk, of zij is het.

Ze ziet Lawrence Metcalf, te laat om nog te doen alsof ze hem niet heeft gezien. Hij komt niet van zijn plaats, maar omdat er een verslindende uitdrukking in zijn ogen verschijnt, voelt ze zich geroepen naar hem toe te gaan.

'Hoe gaat het met jou?' vraagt ze.

Hij is lang, zo lang dat ze bij hem op moet kijken om met hem te kunnen praten. Hij heeft een gouden ring in zijn oor, als een piraat.

'Heel goed eigenlijk,' antwoordt hij, maar over haar hoofd heen dwalen zijn ogen alweer rond. 'Ik ben net terug van een paar dagen Stockholm, het was geweldig.'

'Je hebt je subsidie gekregen.' Tonie legt zich erbij neer dat een gesprek onvermijdelijk is.

'Nou en of. Er heeft eigenlijk nooit twijfel over bestaan. Het was een hamerstuk op de bestuursvergadering.'

'Geweldig.' Ze probeert te bedenken waar die subsidie ook alweer voor was. Het had iets met Vikingen te maken.

'Stockholm is echt een andere wereld. Mooie stad, mooie mensen, alles heel schoon en goed georganiseerd – ken je het?'

Tonie kent Stockholm niet.

'Je kunt het zo gek niet bedenken of ze liggen lichtjaren op ons voor. Als je hun onderwijsvoorzieningen vergelijkt met de onze, zijn wij nog een ontwikkelingsland. En de levensstandaard, daar sla je steil van achterover.' Zijn ogen schieten in het rond. 'Van de vrouwen trouwens ook. Vijftig procent van de meisjes die je op straat tegenkomt ziet eruit als een godin, ongelogen.'

'Je meent het,' zegt Tonie.

'En ze zijn behoorlijk geëmancipeerd, hoor. Ik bedoel niet op het punt van het... eh... cliché over de Zweden, wat ze allemaal best grappig vinden, maar wat betreft hun instelling. Rancuneuze vrouwen kom je daar niet tegen. Dat is toch ook jouw ervaring, hè, Dieter?'

Nu pas ziet Tonie dat er nog een man staat. Hij is een stuk kleiner dan Lawrence. In het donker ziet Tonie alleen het vage ovaal van zijn gezicht en de waterige brillenglazen.

'Ik begrijp niet goed wat je bedoelt, geloof ik,' zegt hij.

Lawrence gooit schaterend zijn hoofd achterover. De andere man glimlacht flauw en kijkt hem onderzoekend aan.

'Zie je wel?' zegt Lawrence tegen Tonie. 'Hij weet niet eens waar ik het over heb. Rancune, Dieter. Daar krijgen Engelse vrouwen al die rimpels bij hun mondhoeken van.'

'Ik weet heus wel wat rancune is,' zegt de man. 'Die zie je overal als gevolg van de ongelijkheid tussen de seksen. Zweedse vrouwen worden domweg beter beschermd door de wet. Maar de naleving moet wel worden afgedwongen.'

Lawrence kijkt een beetje chagrijnig. Tonie bestudeert zijn grove, vlezige gezicht, zijn schichtige ogen, zijn vrij lange, weelderige haar dat om zijn gouden oorring krult. Hij is zo'n man bij wie Tonie zich onzichtbaar voelt. Zijn belangstelling lijkt zich overal op te richten, behalve op haar. Ze heeft een hartgrondige hekel aan hem – maar waarom irriteert het haar dan dat hij geen belangstelling voor haar heeft? Waarom krijgt ze van de rusteloze ogen van mannen zoals Lawrence Metcalf het gevoel dat ze niet bestaat?

De kleine man wendt zich tot haar.

'Ik neem aan dat Engelse mannen geen rimpels hebben.'

'Alleen bij hun hart,' zegt Tonie.

Hij begint hartelijk te lachen, en de ogen achter zijn bril stralen haar toe. 'Dat is een veel grotere afknapper.'

'Dieter,' zegt Lawrence, 'kom mee, ik moet je aan onze gastvrouw voorstellen. De legendarische Janine.'

Tonie staat weer alleen. Vervolgens heeft ze een lang gesprek met een beginnend docent wiens naam ze zich niet kan herinneren. Boven hen is de hemel donker, heiig en sterreloos, en de bedrijvigheid op het terras blijft vormeloos en vaag. Het lukt haar niet om ook maar ergens contact te krijgen. Het lukt haar niet om de gezichten van de mensen te zien, hun motieven te begrijpen, hun werkelijkheid binnen te dringen. Ze ontdekt haar baas, Christopher, en een tijdje slaat ze hem gade; ze kijkt naar de manier waarop hij praat, luistert en lacht, kijkt naar zijn adamsappel die in zijn dunne hals beweegt. Hij zet geen vraagtekens bij de werkelijkheid van Janines feest. Hij is volkomen concreet, even concreet als Lawrence Metcalf. Ze beseft dat de mannen hier in de meerderheid zijn. In haar vorige leven was ze vrijwel voortdurend in het gezelschap van vrouwen en kinderen; ze herinnert zich het gevoel dat het eeuwig middag was en dat er iets groeide, ongehinderd almaar doorgroeide, dat haar zelfbewustzijn ongehinderd uitdijde in de lege ruimte. In die periode had ze geen hekel aan mannen. Ze vergat eenvoudigweg dat ze bestonden. Het was alsof ze zelf weer een kind was geworden, alsof haar kennis omtrent de man was uitgewist en vervangen door een eeuwigdurende middag met vrouwen. Als Thomas 's avonds thuiskwam leek hij regelrecht te zijn verrezen uit het scheppingsmoeras: een nieuwe uitvinding, of anders een achterhaalde. Vooral zijn mannelijkheid kon ze zich nooit herinneren. Het was alsof hij ermee in zijn handen bij de deur stond, een stuk gereedschap waarvan ze niet kon uitmaken waarvoor het diende.

In de loop der jaren groeide er echter een verlangen naar iets anders. Er kwamen herinneringen boven aan het leven van vroeger, de afwisseling, de tegenstellingen; het overviel haar soms plotseling, het besef dat het bestaan niet enkelvoudig was, eenwaardig, maar tweevoudig. Elk verschijnsel had zijn onmisbare tegenhanger – dát was ze tijdens die lome, oneindige middag vergeten. Ze was vergeten dat ze zou sterven. En opeens hunkerde ze ernaar, naar haar tegenpool, naar het mannelijke. Ze verlangde het niet van Thomas, noch van een willekeurige andere man, maar van zichzelf. Ze wilde haar eigen dualiteit. Ze wilde niet almaar doorgroeien als een zich vertakkende boom van vrouwelijkheid: ze wilde haar eigen conflict van het vrouwelijke en het mannelijke, haar eigen synthese.

Vanavond vraagt ze zich echter af of ze wel gevonden heeft wat ze zocht. En in de mannenwereld vindt ze misschien toch geen bevrediging. Ook mannen ontberen het besef van de tegenstelling, ook zij zijn afgezakt naar een enkelvoudig bestaan, waarin het vrouwelijke volkomen verloren is gegaan. Heeft ze die hele weg afgelegd om te stuiten op hun starheid en eigendunk, hun onvruchtbare fantasieën? Hartstocht, daar heeft ze behoefte aan, de hartstocht van de synthese. Maar hier zal ze die niet vinden.

Ze ziet dat Christopher vertrokken is. Dat getuigt van professionaliteit, en ook zij zou moeten opstappen zodat ze niet al te laat thuis is. Maar als ze erover nadenkt, beseft ze dat ze geen zin heeft om thuis te zijn.

Als ze een hand op haar arm voelt draait ze zich om. Het is de kleine man, de vriend van Lawrence. Hoewel, nu hij niet naast Lawrence staat, ziet ze dat hij helemaal niet zo klein is.

'We werden gestoord,' zegt hij. 'Dat vond ik jammer.'

'De legendarische Janine,' zegt Tonie.

'De bijzonder aardige Janine,' zegt hij.

Tonie schiet in de lach. Hij verhoogt licht de druk van zijn vingers op haar mouw.

'Zullen we samen ergens anders naartoe gaan?' oppert hij.

Hij is Duitser, geen Zweed, maar hij woont al zijn hele leven in Stockholm. Hij is arts. Hij is voor drie maanden gedetacheerd bij een Londens ziekenhuis. Tijdens het eten zet hij zijn bril af en stopt hem dichtgeklapt in zijn zak.

'Vertel eens over je gezin,' zegt hij.

Ze vertelt hem over Thomas en Alexa, legt uit wat er het

afgelopen jaar is gebeurd, neemt de conflicten en problemen door en rept zelfs van een pril gevoel dat tegen de
verdrukking in is ontloken: haar verlangen om het leven te
ondervinden, ten volle in haar lichaam te leven. Ongeloof-
lijk dat ze hem zo snel zoveel vertelt, en op het moment dat
ze dat denkt, ziet ze hem zijn ogen sluiten. Van verwarring
begint ze te lachen.

'Ik ben slaapverwekkend,' zegt ze.

Hij schudt langzaam zijn hoofd. Hij glimlacht. Hij doet
zijn ogen niet open.

'Ik wil je horen praten,' zegt hij. 'Dat gaat beter met mijn
ogen dicht.'

En dat is precies waar ze behoefte aan heeft, ook al voelt
het een beetje vreemd: haar stem wordt waargenomen, en
dus blijft haar lichaam onschuldig en buitenspel. Hij is ouder dan zij, een jaar of vijftig. Onder het praten bestudeert
ze zijn gezicht. Het is klein, krachtig en zeer plastisch, met
smalle wangen, een markant voorhoofd en een opvallende
mond, als een kop uit een heel ver verleden. Een gezicht
dat ze nooit eerder heeft gezien. En toch is het alsof ze het
herkent.

Als ze is uitgesproken slaat hij zijn ogen weer op. De
warmbruine kleur ontroert haar diep.

'Ik heb aandacht nodig,' zegt ze. 'Ik weet niet waarom.'

'Dat is de tragiek van de meeste mensen,' zegt hij.

'En jij dan? Is het ook jouw tragiek?'

'Ik heb een goede moeder gehad.'

Ze glimlacht. 'Ligt het per se aan de moeder?'

'Nee. Maar de mijne wás er nu eenmaal.'

'En je vader?'

'Mijn vader was zoals alle vaders. Koel en kritisch.'

Ze denkt aan Thomas, die zijn aandacht aan Alexa schenkt.

In zekere zin heeft hij Tonie daarmee bevrijd. Maar nu zit ze hier, en ze schenkt haar aandacht aan een andere man.

'Er is niet genoeg aandacht voor ons allemaal,' zegt ze lachend.

Ze voorziet dat ze toch naar huis zal gaan, dat ze haar zoektocht naar aandacht, naar hartstocht, zal opgeven. Deze man is te oud, te onbekend. Hij is te gevormd en gesloten: ze kan zijn bedoelingen niet lezen.

'Zo te horen betekent dat einde gesprek,' zegt hij zachtjes.

'Dit is immers een tragedie,' zegt ze.

Hij reikt over de tafel en pakt haar hand.

Buiten staat Tonie naast hem te wachten, terwijl hij uitkijkt naar een taxi die haar naar het station kan brengen. In het donker lijkt het verkeer vol abstracte patronen en vreemde, draaiende lichten. Ze heeft zich aan zijn gezag overgeleverd: ze hoeft wat ze ziet of doet niet te duiden. Toch weet ze dat dit gezag niet lang zal gelden. Eigenlijk is het meer iets in haarzelf, een soort leegte. Een volslagen vreemdeling kan zijn gezag in die leegte komen nestelen. Hij kan haar zover krijgen dat ze zwicht, hem gehoorzaamt. Maar over een paar minuten zit ze alleen in een taxi, op weg naar het station. Gelukkig maar dat er taxi's en treinen bestaan, en dat ze op een bepaalde tijd ergens moet zijn. Anders zou hij haar alles kunnen laten doen, maar dan ook alles.

Maar er zijn geen taxi's. Hij draait zich geïrriteerd om en legt zijn handen op haar schouders. Ze begint te beseffen dat deze man macht bezit. Als hij haar aanraakt heeft zijn gezag een verlammende uitwerking op haar. Gelukkig zijn er praktische bezwaren: ze moet weg.

'Hier vinden we geen taxi,' zegt hij. 'Maar ik woon hier vlakbij. We kunnen mijn auto ophalen, dan breng ik je wel.'

'Dat lijkt me onzinnig,' zegt Tonie. 'Ik wacht nog even. Er komt vast wel iets.'

'Liever niet,' zegt hij. 'Ik zou het heel vervelend vinden om je hier alleen te laten staan.'

Ze lopen de hoofdstraat uit, de verlaten rust van een woonwijk in. Tonie begint zich ongemakkelijk te voelen nu ze het algemene verwisselt voor de armzaligheid van het specifieke. Ze ziet al een spartaanse huurflat voor zich, waar de treurige rommel van een alleenwonende slingert. Ze ziet zich al geconfronteerd niet met macht maar met mislukking. Hij blijkt echter in een huis te wonen, niet in een flat. Ze zou het om de een of andere reden beschamend hebben gevonden om naar een flat op een bovenverdieping te moeten gaan. Maar de keurige voordeur bevindt zich aan de straat.

'Kom binnen,' zegt hij. 'Even mijn autosleutels pakken.'

Het interieur is gezellig, mooi. Er zijn boeken en schilderijen. Hij loopt rond en knipt de lampen aan.

'Wil je nog iets?' vraagt hij.

Ze kijkt naar zijn spullen, het antiek en de kleden, de boeken in de kast. Er bekruipt haar een vreemd verlangen, alsof ze zelf geen thuis heeft, geen bezittingen, geen plek waar ze hoort.

'Dit heeft... helemaal niets tijdelijks,' zegt ze.

Hij begint te lachen. 'Ik ben te oud voor iets tijdelijks,' zegt hij.

Hij heeft haar verteld dat hij gescheiden is, in goede harmonie, dat zijn kinderen volwassen zijn, dat zijn werk steeds meer een roeping is geworden, als bij een priester, en het komt haar voor dat dit het hoogst bereikbare is, deze weloverwogen eenzaamheid, deze onafhankelijkheid. Is het dan toch niet treurig om alleen te zijn? Is het al met al waarachtiger, eerzamer? Ze stelt zich voor dat Thomas en zij oud zijn. Ze stelt zich voor dat hun levens zo verstrengeld zijn dat ze nooit meer ontward kunnen worden. Het zou vreselijk zijn om verstrikt met iemand anders te sterven, zonder goed te weten wat er precies doodging.

Hij komt voor haar staan. De voordeur staat open. Ze kijkt naar zijn gezicht, maar ze kan alleen zijn ogen zien. Ze zijn heel warm, heel bezitterig. Slaan geen stukje van haar over.

'Hoe is het mogelijk,' zegt ze. 'Ik heb het idee dat ik je ken.'

Dat komt doordat hij al gevormd is: er is geen sprake van verstrengeling, de grenzen van het zelf blijven intact. Ze veronderstelt dat hij kleinzielig kan zijn, vervelend, veeleisend. Maar dat zou dan niets met haar te maken hebben.

'Zeg maar wat je wilt,' zegt hij, en hij raakt haar gezicht aan.

Ze lacht. 'Ik wil weten wat je met Lawrence Metcalf hebt.'

Zijn handen strijken door haar haren. Hij kust haar, kust haar hals en mond, en terwijl hij kust praat hij.

'Lawrence Metcalf is een vriend van mijn neef,' fluistert hij tegen haar lippen. 'Ik vond hem een saaie kerel, maar ik had ongelijk.'

'O ja?' zegt ze lachend, terwijl hij zijn vingers onder haar jasje steekt en het van haar schouders schuift.

'Hij is een... Hoe zeg je dat? Een prima kerel. Ik zal hem altijd aardig blijven vinden. Altijd,' zegt hij, en hij knielt neer, knoopt haar blouse open, kust haar navel. Daarna komt hij overeind om de deur dicht te doen. Hij raapt haar jasje op. Ze kijkt toe terwijl hij het netjes opvouwt en over een stoel legt. Hij steekt haar zijn hand toe. 'Kom mee naar boven,' zegt hij.

Hij brengt haar helemaal naar huis. Het is over twaalven en het is rustig op de weg. Zijn auto is schoon en snel, duur. Ze vraagt zich af wat ze moet doen. Bang is ze niet. Haar angst wordt gesust door zijn autoriteit, het gezag van zijn leeftijd en zijn besluitvaardigheid, van zijn kennis en zijn bolide. Het is of hij niet alleen gezag heeft over haar, maar ook over Thomas. Zoals hij haar futiele plannetjes terzijde heeft geschoven en met zijn snelle, efficiënte auto de treindienstregeling aan flarden rijdt, zo lijkt ook haar verstrengeling van banden en beloften te verdwijnen en te vervliegen in het duister van de voorbijschietende berm. Ze zit naast hem en voelt zich sterk en kalm. Ze voelt zich vrij. Maar als de bekende grenzen van haar thuisbasis naderen, gaan er opeens steken van angst door haar heen. Ze voorvoelt dat hij haar zal verlaten. Nu ze is ontdaan van de integriteit van haar eigen leven en haar plannen totaal vernietigd zijn, zal hij haar hier achterlaten. Wat hij ook terzijde heeft gezet, hij laat niet blijken dat hij van plan is het door iets anders te vervangen. Hij gaat ervan uit dat ze wist wat ze deed, dat ze heeft gedaan wat haar bedoeling was. Het is aan haar om te beslissen wat ze doet. Ze realiseert zich dat ze helemaal niet zo sterk is. Hij beschikt over kracht, de kracht die haar een paar uur heeft ingekapseld, zoals zijn auto haar nu inkapselt; ze is erdoor van het ene punt naar het andere verplaatst.

Hij steekt zijn hand uit en raakt haar aan. Zijn andere hand ligt op het stuur. Opnieuw voelt ze hoe gevormd hij is, hoe afgerond. Maar nu is dat iets waar ze niet bij kan. Ze is buitengesloten en hunkert om weer binnengelaten te worden.

'Dit is moeilijk,' zegt hij.

Ze vraagt zich af wat hij bedoelt. Heeft hij het over een

moeilijkheid in het algemeen, het probleem dat hij een ge-trouwde vrouw na een vrijpartij terugbrengt naar haar huis?

'Het valt wel mee,' zegt ze, en ze staart door de donkere vooruit naar de vertrouwde straten. Ze zijn gestopt bij ver-keerslichten. Hij slaat haar gade. Hij slaat haar gade terwijl ze kijkt naar de dingen die ze kapot heeft gemaakt, zoals een volwassene een kind gadeslaat dat naar een kapot speeltje kijkt. Hij leeft met haar mee, maar hij maakt geen deel uit van haar wereld.

'Het valt níet mee,' zegt hij. 'Wil je mee terug naar mijn huis?'

Ze schudt haar hoofd. Maar hij heeft haar pijn weggeno-men. Ze voelt zich beter. Ze voelt zich weer sterk. Ditmaal staat ze echter argwanend tegenover dat gevoel.

'Hier moet je linksaf,' zegt ze.

Ja, het is verwarrend, onbegrijpelijk, om te ontdekken dat liefde en verlies en hoop en wanhoop aparte cellen zijn, dat elk deeltje de structuur van het geheel bevat, net als bij de preparaten die door wetenschappers onder de microscoop worden bestudeerd: de hele structuur en de aard van haar leven zitten besloten in deze angstige, verrukkelijke ogen-blikken. Hoe is het mogelijk dat ze van een man houdt die ze pas een paar uur kent? Hoe is het mogelijk dat ze zich verlaten voelt door iemand van wie ze het bestaan vanmor-gen nog niet eens vermoedde? Toch is het zo. Haar liefde en haar angst liggen buiten haar bereik, op celniveau. Ze bestonden al voordat zij wist wat het was om te bestaan.

Het was dus de roep van haar lichaam: de cellen zelf snak-ten naar bevrediging.

'Hier is het,' zegt ze aan het begin van Montague Street.

'Ik heb het gevoel dat er iets niet goed zit,' zegt Dieter. Hij zet de auto in het donker aan de kant.

Ze zal nooit weten wat hij precies bedoelde, hoewel ze het idee zal hebben dat hij op mysterieuze wijze gezegend was met een bijzonder inzicht, met nieuwe vormen van kennis; ze zal nooit precies weten wat hij van plan was te zeggen. Ze zal zich er alleen over verwonderen hoe snel en soepel het zich voltrok, de versmelting van impulsen die haar ertoe bracht haar mobiel uit haar tas te graaien omdat haar te binnen schoot dat ze hem uren geleden had uitgezet. Naderhand moet ze er vaak aan denken. Ze denkt aan hoe ze zich voelde tijdens die rit met Dieter, aan het besef dat haar lot onuitwisbaar gegrift stond in de kleinste deeltjes van haar wezen; dat ze altijd zou beminnen en wanhopen en worstelen en slagen zonder goed te weten waarom. Ze denkt aan de hartstocht die ze bij Dieter had ervaren, een hartstocht van de cellen, van de kleinste deeltjes. Daarom kan er volgens haar geen logische verklaring worden gevonden voor wat hij zei. En de kans om verder te gaan zonder logica, zonder rede, zonder verklaring, was in de kiem gesmoord. Eén mooi, rampzalig moment lang had ze een glimp opgevangen van een relatie gebaseerd op zuiver instinct.

De telefoon knippert en piept, knippert en piept, spuwt boodschappen uit. Thomas heeft in vier uur tijd meer dan twintig keer gebeld. Hij is in het ziekenhuis. Dieter keert de auto en brengt haar er regelrecht heen.

30

Thomas leest een verhaal van Tolstoj, *De Kreutzersonate*. Het gaat over een man die er door het pianospel van zijn vrouw toe wordt gebracht haar te vermoorden. Het is niet duidelijk of het helemaal aan de muziek ligt. De muziek is niet alleen wat ze is, maar heeft in het verhaal ook een symbolische functie. Ze symboliseert de seksuele begeerte. Wanneer de vrouw samen met een elegante violist de *Kreutzersonate* van Beethoven speelt, is het alsof ze voor de ogen van de echtgenoot overspel plegen. Hij wordt gek van jaloezie, en nadat hij de violist heeft weggejaagd vermoordt hij haar op een gruwelijke manier. Het zou beter zijn als er geen muziek bestond, zegt de man, een zekere Pozdnisjev. Muziek is te prikkelend en werkt immoreel gedrag in de hand doordat ze het zelfstandig denkvermogen wegneemt, zoals seksuele gevoelens de gepaste remmingen wegnemen.

De titel van het verhaal had Thomas' belangstelling gewekt, en hij verbaast zich dan ook over de wonderlijke boodschap. Maar er is één passage die hij bijzonder schokkend vindt, waarin Pozdnisjev vol overredingskracht stelt dat liefde niet bestaat. Liefde is slechts een aspect van seksuele begeerte: net als muziek is het een cultureel gesanctioneerde dekmantel voor de staat van opwinding. Maar seksuele begeerte – liefde – is fnuikend voor de moraal van een mens. Wanneer een man zijn maagdelijkheid verliest, zegt Pozdnisjev, zou hij die vrouw voor de rest zijn leven als echtgenote moeten beschouwen – in het geval van Pozdnisjev een prostituee. Thomas moet denken aan de zestienjarige Emily Griffiths, die in de tijd dat hij aandacht aan haar begon te besteden zo koel en kalm leek, maar die een jaar later, toen hij een eind maakte aan hun relatie, tot zijn ontzetting instortte. Hij zou gaan studeren en dacht blijmoedig dat het zo beter was. Maar Emily legde zich daar niet bij neer. Ze zette het op een brullen en gillen, net als de pianospelende vrouw toen Pozdnisjev haar zijn mes tussen de ribben stak. Het was waarachtig alsof hij haar vermoordde. En als moordenaar ging hij studeren, want Emily had nooit meer een woord tegen hem gezegd. Misschien beschouwde zij hen als voor het leven getrouwd, zodat het leven dat ze daarna leefde een soort dood-zijn was. Toen hij in de vakantie naar huis kwam, hoorde hij van zijn moeder dat Emily geestelijk was ingestort. Zij vond eigenlijk dat het maar goed was dat Thomas haar aan de kant had gezet.

'Op jouw leeftijd wil je toch niet opgezadeld worden met een geestelijk wrak,' zei ze.

Ja, voor Thomas was Emily's verdriet, haar diepe ellende, een vormende ervaring, veel belangrijker dan het handjevol keren dat ze met elkaar naar bed waren geweest. Al pratend en lachend bedreven ze de liefde: hoe kon je weten dat die ogenblikken hen zouden opbreken? Sindsdien onderkent Thomas dat een ongelukkige vrouw hem kapot zou kunnen maken. Maar als hij er nu aan terugdenkt, vraagt hij zich af of hij niet juist op zoek is naar dat ongelukkig-zijn: dat dan pas zijn belangstelling wordt gewekt, dat hij dan pas gevoelsmatig betrokken raakt. Een ongelukkige Emily kwam hem veel echter voor dan een gelukkige Emily.

Als hij haar gadesloeg voelde hij in zichzelf de mannelijke onverbiddelijkheid die hij van zijn vader kende en die zijn moeder opzweepte tot stormen van emoties. Jarenlang was hij de bondgenoot van zijn moeder geweest, had hij haar verdedigd, haar leed gedeeld. Maar als hij naar Emily keek besefte hij dat ook hij een man was.

Het is halfnegen in de ochtend. De ontbijttafel is gedekt. Hij kijkt op uit zijn boek: Alexa is nog nergens te bekennen.

Hij loopt de trap op, roept haar. Geen antwoord. Als hij de deur openduwt ziet hij dat de gordijnen nog dicht zijn. Ze ligt in bed.

'Wat is er?' vraagt hij. 'Ben je ziek?'

Ze kijkt hem aan. Ze knikt.

'Goed,' zegt hij. 'Blijf dan nog maar even liggen. Je mag vandaag wel thuisblijven van school. En nee, ik zal niet vergeten om ze te bellen en je ziek te melden.'

Hij loopt de kamer rond, raapt dingen op. Als hij weer naar haar kijkt, ziet hij dat ze in slaap is gevallen.

Om halfelf belt Tonie.

'Je weet toch dat ik vanavond naar Janine ga? Ik ben vanmorgen vergeten je te helpen herinneren.'

'O.' Hij is teleurgesteld. 'Nee, dat wist ik niet meer.'

'Vind je het vervelend?'

'Nee.'

'Zo te horen vind je het wel vervelend,' zegt ze.

Hij zwijgt even. 'Nee, ik dacht alleen: misschien kan ik een oppas regelen en ook komen.'

'Meen je dat?' Kennelijk vindt ze dat maar een raar voorstel.

'Bij nader inzien,' zegt hij, 'lijkt het me eigenlijk beter van niet. Alexa is ziek.'

Hij beseft dat hij Alexa finaal was vergeten. Zo stil is ze

geweest. Hij was vergeten dat ze niet op school zit.

'Wat heeft ze?' vraagt Tonie, met de harde klank in haar stem die ze gebruikt om hem opzij te duwen en bepaalde informatie te bemachtigen.

'Geen idee. Ze slaapt. Ze slaapt al de hele ochtend.'

'O. Ach nou ja. Dan zal ze wel moe zijn.'

'Dat zal wel.'

'Maar we kunnen het risico van een oppas inderdaad beter niet nemen, denk ik.'

Hij merkt wel dat ze opgelucht is.

Als hij weer naar boven gaat, blijkt Alexa nog steeds te slapen. Hij installeert zich met zijn boek op de overloop, bij haar kamer. Hij voelt zich eenzaam. Hij wil dat ze wakker wordt. Dat wil hij vermoedelijk omdat hij haar dan kan troosten, maar in feite is het andersom. Hij wil door haar getroost worden vanwege zijn gesprek met Tonie. Niet dat hij van plan is haar van het gesprek te vertellen of Tonie ter sprake te brengen. Maar het zou voor hem al een geruststelling zijn dat zij hem neemt zoals hij is. Ze is zo onschuldig, zo klein; ze vertrouwt hem zo volkomen, meer nog dan hij zichzelf vertrouwt. Juist daardoor voelt hij zich eenzaam. In haar bijzijn beseft hij hoe weinig hij van haar mag vergen. Uiteindelijk staan ze niet op voet van gelijkheid. Hij moet zich verbergen, opdat zij haar gevoelens voor hem kan tonen. Hij mag daar nooit rechtstreeks om vragen. Maar hij weet in elk geval dat ze er wel zijn.

Om twaalf uur gaat hij haar kamer binnen. Ze slaapt nog. Hij glimlacht, alsof hij haar zonderlinge gedrag vermakelijk vindt. Hij weet nog dat hij een keer van zijn werk kwam en dat Tonie vertelde dat Alexa de hele dag had geslapen. Ze was ziek en had haar ziekte uitgeslapen, een wonder van zelfverbetering. Eigenlijk is het best prettig, bedenkt hij, dat ze er is maar toch ook niet, dat ze zichzelf corrigeert, beter maakt. Hij zou weleens willen weten of Tonie van zulke dagen genoot, of ze onderdeel waren van haar geheim – dat leven waarover hij, nu hij het zelf leidt, niet genoeg gehoord blijkt te hebben. Hij gaat beneden een boterham eten. Om twee uur gaat hij weer naar boven. Tot zijn verbazing treft hij haar nog steeds slapend aan. Hij gaat op de rand van het bed zitten. Hij legt zijn hand op haar voorhoofd. Prompt slaakt ze een gil, een afgrijselijke, krankzinnige gil. Eén moment wint zijn ergernis het van zijn schrik. Volgens hem maakt ze er een spelletje van en gilt ze alleen zo om hem de stuipen op het lijf te jagen. Misschien heeft hij dit over zichzelf afgeroepen. Hij loopt al de hele dag te overdenken hoe lief en meegaand ze is, terwijl zij hier een plannetje heeft liggen beramen om hem aan het schrikken te maken.

'Wat heb je?' vraagt hij. 'Zeg maar wat er is.'

Haar ogen blijven dicht. Ze reageert niet. Hij kan het idee dat ze hem voor de gek houdt maar niet van zich afzetten. Hij merkt dat het erg warm is in de kamer, en langzaam dringt het tot hem door dat Alexa de bron van die warmte is. Hij voelt aan haar armen, haar borst, haar hals. Ze gloeit. Hij gaat de thermometer halen.

'Probeer eens of je kunt zitten,' zegt hij. 'Ik moet je temperatuur opnemen.'

Als hij haar onder haar armen pakt, bungelt haar hoofd naar voren. Hij ziet braaksel op haar kussen liggen. Hij trekt het kussen weg en legt haar weer neer. Hij haalt een nat waslapje en veegt de sporen braaksel bij haar mond weg. Hij gaat naast haar op bed zitten. Wat moet hij doen? Na een tijdje staat hij op en gaat hij naar beneden, maar eenmaal daar weet hij niet meer wat hij van plan was. Hij gaat weer naar boven. Ze ligt er nog precies zo bij. Een streng van haar lange haar waaiert als een web over haar gezicht. Opnieuw probeert hij haar bij haar armen op te pakken, maar ze is zo slap dat hij haar niet kan houden. Hij legt haar neer en schuift vervolgens zijn handen onder haar lijf. Haar hoofd rolt tegen zijn arm en heel even doet ze haar ogen open. Het wit ziet helemaal geel. Hij schrikt. Opeens is ze een vreemde geworden.

Met Alexa in zijn armen wankelt hij beneden rond, zoekt zijn sleutels. Wanneer haar hoofd tegen zijn schouder stoot, gilt ze het weer uit. Met beleid manoeuvreert hij haar de voordeur door. Buiten is het grijs en warm. Het is gelukt haar het huis uit te krijgen. Het leek hem belangrijk om haar naar buiten te krijgen, maar nu is hij er niet meer van overtuigd dat hij daar goed aan heeft gedaan. Ze hoort toch zeker binnen, in bed? Kreunend legt ze handen over haar ogen, als een profetes. Hij torst haar naar de auto en legt haar onhandig op de achterbank. Hij doet vele vergeefse pogingen haar vast te zetten in de autogordel. Het is rommelig in de auto en het ruikt er onfris. Eigenlijk hoort ze hier niet. Ten slotte stapt hij in en kan hij starten. Hij was van plan om haar naar de huisartsenpraktijk te brengen, maar daar aangekomen kan hij geen parkeerplaats vinden, en dus rijdt hij door; het is vreemd genoeg of de auto zweeft, de mensen op het trottoir lijken veraf en onwerkelijk. Op de achterbank kreunt en huilt Alexa. Onder het rijden praat hij tegen haar, maar hij kijkt recht voor zich uit.

'Het komt goed, liefje,' zegt hij. 'Het komt goed, kindje.'

Hij rijdt door naar het ziekenhuis. Als hij het achterportier opendoet, ziet hij dat Alexa weer heeft overgegeven. Ze ligt languit op de achterbank. Hij zou het liefst schreeuwen, haar overdragen. Hij stelt zich voor hoe boos Tonie zou zijn als ze zag wat hij had gedaan. Hij is ervan overtuigd dat zij het anders zou hebben aangepakt, dat ze kennis zou hebben aangeboord die hij niet bezit. Hij tilt Alexa op en draagt haar de Spoedeisende Hulp binnen. Haar hoofd deint op en neer tegen zijn arm. Er zit braaksel op haar gezicht, in haar haren. Hij gaat naar de vrouw achter haar glazen scherm.

'Ik geloof dat ze verhoging heeft,' zegt hij.

Hij verwacht dat ze hem bestraffend zal toespreken en naar huis zal sturen, maar nee, ze pakt de telefoon die naast haar staat en draait een nummer; haar ogen laten de zijne niet los. Haar ogen zijn bruin. Ze brengt haar hoofd dichter naar het zijne, kijkt geen moment weg. Ze zegt iets, waarna ze haar hand over het mondstuk legt.

'De dokter komt eraan,' zegt ze.

Er verstrijken enkele uren, het wordt vijf uur, zes uur, zeven uur. Alexa heeft hersenvliesontsteking. Ze hebben haar in een kamer alleen gelegd. Thomas zit naast haar, terwijl de artsen komen en gaan, terwijl de verpleegkundigen een infuus aanleggen en met wit verband vastzetten. Om zes uur gaat hij naar de parkeerplaats om Tonie te bellen.

Hij heeft te horen gekregen dat Alexa misschien doodgaat. Hij had haar eerder moeten brengen. Dat zeggen ze niet, maar hij weet het. Ze voorzien hem van informatie, brochures, als voor een avondcursus of een vakantie. Hij leest ze, leest over zijn situatie, de bijzondere kenmerken en gevaren. Wat stom dat hij die informatie achteraf krijgt. De brochures zijn het erover eens dat een vroege diagnose weliswaar moeilijk is, maar van het allergrootste belang. Ze tonen aan dat hij fout heeft gehandeld, dat hij gezakt is voor dit zware examen. Toch begrijpt hij niet waar de moeilijkheid hem precies in zat. Toen Alexa vanmorgen lag te slapen was het ondenkbaar dat hij haar hierheen zou hebben gebracht. Om voor dit examen te slagen, zou hij een ander mens moeten zijn geweest.

'Kunt u misschien iemand bellen?' vraagt de verpleegkundige.

Ze vertrouwt hem niet helemaal, dat merkt hij wel. Ze vraagt zich af waar de moeder van Alexa is.

'Ik kan op het ogenblik niemand bereiken,' antwoordt hij.

Kennelijk kan niemand iets doen. Er zit niets anders op dan wachten. Op het parkeerterrein belt Thomas Tonie opnieuw. Er rust een loden last van schuldgevoel op zijn schouders. Met trillende vingers toetst hij het nummer in. Elk moment verwacht hij haar angstaanjagende stem te horen. Maar met het verstrijken van de uren raakt hij gewend aan haar stilzwijgen, haar afwezigheid. Zijn schuldgevoel verandert, slaat om in boosheid, en die gaat weer over in rust, de zuivere rust van de verantwoordelijkheid. Hij weet nog dat hij in dit ziekenhuis op Alexa's geboorte heeft gewacht. Toen gold zijn bezorgdheid uitsluitend Tonie, haar pijn. In zekere zin is hij ditmaal degene die pijn lijdt. Hij wordt gebroken, eindelijk gebroken. Hij gelooft niet dat Alexa dood zal gaan. Maar om haar te laten voortleven, moet hij gebroken worden, zoals Tonie eens was gebroken. Hij zal ten slotte moeten opgeven hoe hij was, hoe hij nooit meer zal zijn.

Tegen middernacht gaat de deur van het witte kamertje open. Het is Olga.

'Hallo, Olga,' zegt Thomas. Hij is slechts licht verbaasd. Hij is vergeten dat hij niet thuis in de keuken zit.

'Ik ben hier,' zegt Olga.

'Ja,' antwoordt Thomas. 'Fijn dat je komt.'

Ze gaat naast hem zitten, met haar handen ineengeslagen op schoot.

'Dit is verschrikkelijk,' zegt ze.

Thomas knikt. De dokter heeft gezegd dat de kans bestaat dat Alexa's gehoor blijvend beschadigd is. En er is een stilte over hem neergedaald, als een dikke witte sneeuwdeken. Bevend zit hij op zijn stoel, omsloten door een verstikkende stilte. Er is geen draadje geluid waaraan hij zich eruit zou kunnen trekken. Onwillekeurig moet hij aan *De Kreutzersonate* denken. Hij stelt zich de woorden op de bladzijde voor als zwarte legertjes die over het wit marcheren. Het boek zit nog in zijn zak.

'Ik was vergeten,' zegt Thomas, 'dat je hier werkt.'

'Ja,' zegt Olga. 'Vanavond hebben ze me zomaar op deze afdeling ingedeeld. Gelukkig.'

Weer komt de stilte, heel zwaar en leeg.

'Eerder vandaag heb ik gelezen,' zegt Thomas, 'over een man die zijn vrouw vermoordt omdat ze pianospeelde.'

Zijn stem klinkt krasserig en zwak. Hij kan amper geluid uit zijn keel krijgen. Alexa heeft haar ogen open. Ze kijkt naar hem vanuit haar doodsbleke gezicht, alsof ze luistert. Maar hij ziet wel dat ze hem niet herkent.

'Die man geeft de muziek van alles de schuld,' vervolgt hij. 'Hij zegt dat de mensen onder invloed van muziek dingen voelen die niet hun ware gevoelens zijn. Ze denken dat ze iets begrijpen, terwijl ze er in feite helemaal niets van begrijpen. Het is allemaal een soort illusie, net als liefde.'

Olga kijkt hem strak aan.

'Dat is dan een slecht boek,' zegt ze ten slotte.

'Ja.' Als hij niet in dat boek had zitten lezen, had hij misschien meer aandacht geschonken aan Alexa. Dan had hij misschien gemerkt dat hij op de proef werd gesteld. Opeens verdraagt hij het niet langer dat het boek nog in zijn zak zit. Hij haalt het tevoorschijn en gooit het in de prullenmand.

Daarna gaat hij weer zitten.

'Je kunt beter vrolijke boeken lezen,' zegt Olga. 'Waarom zou je het leven nog moeilijker maken?'

'Ik weet het niet,' zegt hij.

Wat is kunst? Misschien is kunst een neerslag van het probleem, net als de ziekenhuisbrochure – een soort kennis achteraf, een beschrijving van iets wat een mens pas kan weten als het is beleefd, en dan komt kennis te laat. Als hij pianospeelt leeft hij niet. Hij legt vast wat hij, met zijn beperkte capaciteiten, niet kan redden.

'Ik weet niet waarom,' zegt hij. 'Ik heb er nooit goed over nagedacht. Lees jij vrolijke boeken?'

Het is middernacht. Achter de ramen heerst diepe duisternis. Hij ziet zijn spiegelbeeld in het glas. Gefragmenteerd, versplinterd, een compositie van ontelbare afzonderlijke lijntjes.

'Ik lees tijdschriften,' zegt Olga.

31

De Bradshaws gaan met vakantie. Ma en paps komen de hond ophalen.

Het is altijd een beproeving, hun vertrek, ieder jaar weer. Het is of al hun problemen zich tegelijk opdringen, hen bijna omsingelen als een dreigende menigte waar ze doorheen moeten voordat ze op weg kunnen. Er heerst het vreemde gevoel dat de stoflakens van het meubilair worden gehaald, terwijl het natuurlijk andersom zou moeten zijn. Alsof het leven zelf – of de manier waarop zij het leiden – een stel oogkleppen is, een blinddoek: zo voelt het altijd in de dagen voordat ze afreizen naar Frankrijk of Spanje, met de drie kinderen op de achterbank gestouwd en de kofferbak zo vol bagage gepropt dat de beladen auto van woede of van vreugde dreigt te ontploffen.

Ja, het is een beproeving, niet alleen het schoonmaken en het inpakken, het organiseren en het regelen, maar ook het lostornen van een zekere vervreemding die zich in de loop van het jaar tussen hen heeft geweven. Bij het begin van de voorbereidingen zijn de verhoudingen ietwat stijf, gedwongen. Tegen de tijd dat ze weggaan is dat meestal wel over, want dan hebben Howard en Claudia inmiddels ruzie gehad over de staat waarin huis en kinderen verkeren, over het feit dat er minder geld is waar meer dingen van gedaan moeten worden dan ze hadden gedacht, over het feit dat Howard te veel heeft gewerkt en Claudia te weinig – en dan zijn ze nog niet eens begonnen over de ergernissen, de echte onrechtvaardigheden die in de lucht zijn blijven hangen, niet een week of een maand maar jaren, en die soms teruggaan op de periode dat ze nog geen kinderen hadden, zelfs op hun allereerste avond samen, bijna twintig jaar daarvoor. Maar zo ver komen ze niet altijd. In zekere zin zou je het de schrikkeljaren van hun huwelijk kunnen noemen: die keren dat ze, op onverklaarbare wijze begiftigd met een extra heldere kijk op het verleden, tijdens het pakken kibbelen over het feit dat Howard tijdens hun eerste belangrijke uren in The Freemason's Arms in Camberwell vertelde hoeveel hij hield van Angeline Croft, die hem net aan de kant had gezet. Sommige jaren ontkent hij dat glashard. Andere jaren beweert hij dat het een tactiek was om Claudia hopelijk zijn oprechtheid aan te tonen. Weer een ander, afschuwelijk jaar had hij opeens helemaal geen berouw. Nou en? Wat maakte het uit wat hij had gezegd? Waarom probeerde Claudia toch altijd alles naar haar hand te zetten?

Soms zuivert het niet alleen de lucht, al die commotie rond hun vertrek. Voor hen allemaal is het ook sterven en wedergeboren worden. Het probleem is dat ze het idee hebben dat de vakantie, als het eenmaal zover is, iemand anders overkomt.

De ochtendzon schijnt neer op Laurier Drive en dringt zich, als door een traliewerk of een rooster, door de talloze tekenen van menselijke bewoning: door de gesyncopeerde openingen in fantasiemetselwerk en smeedijzeren balustrades in Spaanse stijl, door rijen puntige elektronische hekken en pergola's van geïmpregneerd vuren. Hier en daar werpen de borders kantachtige schaduwpatronen op het trottoir, en in de hele straat strijkt de wind door de zware zomertakken van de kastanjes, zodat het bijna is alsof ze stijfjes dansen in zwierende rokken van licht en donker.

'Howard is ontzettend dom bezig met dat bagagerek,' merkt paps op. Hij staat met zijn armen over elkaar bij het keukenraam. 'Als hij niet uitkijkt, maakt hij krassen in de lak.'

Ma zit op een stoel aan tafel. Ze gaapt. Howards moeder heeft de gewoonte om bij elk bezoek demonstratief uiting te geven aan een diepe vermoeidheid. Daar zit ze, met haar grijze kroezige haar en haar lange gezicht, en ze geeuwt met steeds wijder geopende mond tot het lijkt of ze helemaal leegloopt. Niet zelden valt ze op haar stoel in slaap en klinkt er een zacht fluitend gesnurk uit haar oude, fijngeaderde neus. Dat is vreemd, want in haar eigen huis is ze alert en alziend en beweegt ze zich vief door haar kille domein. Het is of ze niet bestand is tegen het mildere klimaat in de wereld van Howard en Claudia, de vochtigheidsgraad van de hartstochten en de verdraagzaamheid, de warme, emotionele sfeer. Als ze niet in haar element is, wordt ze slaperig, vervalt ze in een verlammende ontworteling.

Skittle krabt met zijn harde klauwtjes aan de deur. Af en toe stoot hij een hoge, doordringende piep uit.

'Hij vergeet dat hij de auto nog achteruit de garage uit moet rijden,' merkt paps op. 'Het zou verstandiger zijn geweest om de auto eerst naar buiten te rijden en dán het bagagerek erop te zetten.'

'Eigenlijk zou ik een handje moeten helpen.' Ma komt bij zinnen en kijkt met lege blik om zich heen. 'Kan ik iets doen?'

Claudia, die bezig is de koelkast vanbinnen schoon te maken, komt even tevoorschijn en roept: 'Skittle! Af!'

Skittle aarzelt. Even verschijnt er een gekwelde blik in zijn bolle gele ogen. Het kattenluikje is kapot, dus de deur is ondoordringbaar. Zijn sombere smalle kop en zijn asymmetrische oren trillen. Zijn achterlijf wringt zich in allerlei bochten. Zijn kleine worstvormige lijf wordt geteisterd door de vreemde kronkelingen waarvan de Bradshaws de oorzaak nooit hebben kunnen achterhalen.

'Ja, wat is dat toch voor afschuwelijke herrie?' vraagt ma. 'Ik hoop niet dat we de komende week onze handen vol aan je zullen hebben.'

Nogmaals stort de hond zich tegen de deur, om languit op de tegelvloer terug te stuiteren, waarna hij als een razende opkrabbelt en van de zenuwen straaltjes goudkleurige urine sprietst.

'Zeg,' geeuwt Ma, 'volgens mij weet ik niet eens waar jullie heen gaan.'

'O, gewoon naar Frankrijk,' antwoordt Claudia. Ze hoort Howard van buiten roepen. 'Net als anders. Sorry, zou jij de hond er misschien uit kunnen laten?'

Ja, het is er weer in geslopen: onvrede, ontevredenheid – ze weet eigenlijk niet goed hoe ze het moet noemen. Ze weet wel dat ze er zich altijd hevig tegen verzet, bij de geboorte van ieder kind, het verstrijken van elk jaar, zelfs het verstrijken van elke nacht samen met Howard – gedurende al die tijd, terwijl de ene dag in de volgende overging, is ze waakzaam gebleven en heeft ze vastgehouden aan haar overtuiging, namelijk dat het belangrijk is om te willen wat je hebt. Juist aan die overtuiging ontleent haar leven zijn werkelijkheid, sterker nog, om onverklaarbare redenen krijgt het daardoor zijn waarde.

'O!' Ma gooit lyrisch haar hoofd in de nek, alsof Claudia heeft gezegd dat ze naar de Stille Zuidzee gaan. 'Frankrijk!

Dat wist ik helemaal niet! Wist jíj dat ze naar Frankrijk gingen?' vraagt ze aan haar man.

'Ik kan me niet herinneren dat ze er erg geheimzinnig over hebben gedaan,' antwoordt paps.

'Ik zou dólgraag naar Frankrijk willen!' zegt ze mistroostig, zodat Claudia het gevoel krijgt dat zij, door zelf die reis te maken, verhinderen dat haar schoonmoeder kan gaan.

'Nou, wat let je?' zegt ze met haar hoofd in de koelkast. Ze is al vanaf zes uur op en is nog niet eens aan de slaapkamers begonnen. 'Zo ver is het niet. We hebben het toch niet over Timboektoe?'

Terwijl ze zo druk in de weer is, voelt ze zich opgejaagd door Howards vage maar ergerniswekkende geroep: 'Claude!' Howard is met Skittle komen aanzetten. Skittle was zijn idee. Dat is het probleem: het is haar niet gelukt om hem zelf te willen hebben. Had ze maar beter haar best gedaan, de tijd genomen – had ze maar gedacht aan het belangrijkste, het basisprincipe van haar overtuiging, namelijk te vermijden dat je níet wilde wat je had!

'Je schoonvader gaat nog eerder naar Timboektoe dan dat hij het Kanaal oversteekt,' zegt ma. Haar gezicht staat chagrijnig.

Een dreigend glimlachende paps blijft Howard vanaf zijn plekje aan het raam kritisch volgen.

'Waarom moet ik mijn geld daar gaan uitgeven?' vraagt hij even later. 'Zij komen toch ook niet hier.'

'Volgens mij kun je niet zeggen dat zij níet hier komen! Dat is een grove generalisatie!'

'Het doet er niet toe hoe je het noemt.' Paps blijft glimlachen. 'Het is domweg een feit.'

Ja, het is verschrikkelijk om niet te willen wat je hebt. Claudia zou zich liever diep vernederen – heeft zich diep vernederd, vindt ze – om dat te vermijden. Ze haalt allerlei dingen uit de koelkast, waar een mythische strijd blijkt te hebben gewoed. De verlepte, halfvergane groenten, de ranzige restjes boter en bacon en de harde kaaskorstjes die stukjes dode huid lijken, zijn voor Claudia een soort illustratie, een portret, van het verstrijken van de tijd. Al die dingen waren meedogenloos gedwongen hun vorm en wezen op te geven, wat waren ze onverschillig en werktuiglijk afgebroken, bedorven, verweekt!

'Het is een feit, zeg je...' Ma knippert met haar ogen. 'Maar waar heb je dat eigenlijk vandáán? Jij zegt altijd dat iets een feit is, maar ik denk weleens: je bezondigt je eraan dat je een feit verwart met een mening.'

'Dat is een onlogische opmerking,' antwoordt paps. Skittle achter hem krabbelt nog steeds aan de deur, om vervolgens in elkaar te duiken en zich klein te maken alsof hij wordt achtervolgd. 'Een feit en een mening zijn niet per se strijdig met elkaar. Tenminste, voor de meeste mensen is dat niet zo. Jij vindt misschien van wel, maar jij bent dan ook niet erg opmerkzaam. Jij ziet nooit iets.'

Claudia komt overeind en ziet haar schoonvader scherp afgetekend tegen het licht van de erker. Zijn witte haardos is zo glad als een sneeuwduin en hij draagt een genopte choker in de hals van zijn overhemd. Soms kan Claudia maar niet geloven dat Howard een kind van deze man is. Ze vindt hem zo ondoorgrondelijk, en Howard zo doorzichtig. Maar als ze bij elkaar zijn is Howard degene bij wie iets niet helemaal klopt. Hij lijkt dan minder echt, meer geconstrueerd. Ze betrapt zich erop dat ze dan aan hem begint te twijfelen, alsof de aanwezigheid van zijn vader bewijst dat Howard in bepaalde opzichten onecht is.

'Ik moest maar eens gaan kijken of Howard hulp nodig heeft,' zegt ze.

Als ze de deur opendoet, stormt Skittle de keuken uit. Hij schiet de hal in en dendert door de gang; als een dolle bonkt hij tegen de plinten, telkens struikelend over zijn zenuwachtige korte pootjes. Claudia loopt achter hem aan.

'Lottie!' roept ze onder aan de trap. 'Lottie! Lewis! Martha!'

Alleen Martha reageert: een zacht kreetje in de diepte van het huis. Claudia gaat de voordeur uit en loopt naar de zijkant van het huis, waar Howard, met een schroevendraaier tussen zijn tanden geklemd, in de gapende deuropening van de garage iets aan het bagagerek staat te doen. Zijn kalende hoofd is donkerrood en het zweet loopt er in straaltjes af. Skittle rent neurotisch rondjes om zijn benen.

'Volgens je vader krijg je de auto de garage niet uit,' zegt Claudia.

'Dan moet hij straks maar eens goed kijken,' antwoordt Howard flink langs de schroevendraaier.

'Maar er is toch eigenlijk geen goede reden om het ding er binnen op te zetten?' dringt Claudia aan. 'Je kunt het best buiten doen, net als anders.'

Howard geeft geen antwoord. Zijn hoofd wordt nog roder. Hij trekt de banden van het bagagerek met zo veel kracht aan dat het dikke gespierde vlees van zijn armen ervan trilt en de auto heen en weer deint.

'Toch?' zegt Claudia.

Ten slotte haalt Howard de schroevendraaier uit zijn mond.

'Ik heb nu eenmaal besloten het zo te doen, Claude,' zegt hij verwijtend.

Claudia slaat haar armen over elkaar, wendt haar hoofd af en kijkt naar Laurier Drive, die vlekkerig in de zon ligt. Ze ziet dat er bij nummer 22 een stel witte gipsen eenhoorns in de met pilaren ondersteunde portiek is gezet.

'Ik snap niet waarom ík me met jouw ouders moet bezighouden terwijl ik al zoveel te doen heb,' merkt ze op.

'Je bent geweldig,' zegt Howard.

'Het is afschuwelijk zoals ze elkaar naar het leven staan. En de kinderen zitten maar op hun kamer als dienaren van de koning.'

'Ik praat wel met ze,' zegt Howard. 'Stuur ze maar naar me toe.'

'Ik ben een soort slaaf,' zegt Claudia vol afkeer. Elk jaar is het weer hetzelfde. 'Ik ben op mijn knieën aan het schoonmaken, maar jouw moeder denkt dat ik een luxepop ben omdat ik twee weken in Auvergne ga kamperen, terwijl ik me maar op één ding verheug: dat ik bij die hond weg kan!' Echt, ze kan wel huilen. 'En dan te bedenken dat ik ook in mijn... in mijn...'

Howard laat het bagagerek meteen voor wat het is. Claudia hoeft haar atelier maar te noemen, of ze kan rekenen op zijn volle aandacht. Opeens begrijpt ze echter dat die aandacht maar een armzalig surrogaat is voor de bevrediging die het haar had geschonken als ze er echt iets had geschilderd. Vroeger was het een vervallen schuur, vol spinnen en akelig roestig oud gereedschap. Toen ze veertien jaar daarvoor in Laurier Drive arriveerden – Lottie nog maar een baby en Claudia alweer zwanger – viel haar blik op het krot achter in de tuin en zag ze zichzelf daarin enigszins weerspiegeld. Het leek te wankelen tussen bestaan en vernietiging, precies zoals zij zichzelf op dat moment voelde zweven: een vervagend beeld, op de drempel van een identiteit. Het verwaarloosde schuurtje was iets abstracts geworden, net als dat mysterieuze hoekje in haarzelf waar het leven zich geen raad mee wist, het geheel van impulsen dat zij creativiteit noemde. En het werk was uitgevoerd: verwarming en verlichting geïnstalleerd, de muren opnieuw gestuukt, het dak hersteld. Het vervagende beeld was, vlak voordat het uiteen dreigde te vallen, weer scherp geworden. Maar Claudia kreeg een miskraam. Het bouwwerk was uiteindelijk niet in staat geweest het mysterie van de schepping vast te houden. Claudia hoopte vurig dat de baby nog niet geboren zou worden, maar hoewel haar lichaam het kind tot huis diende, kon ze het komen en gaan ervan niet bepalen. Het bezat een fundamentele vrijheid.

En ongeveer op dezelfde manier staat haar atelier achter in de tuin, jaar in, jaar uit, voltooid en wel. Er is geen enkel verband meer met haar theoretische impulsen. Want ook die zijn vervlogen, al heeft ze dat aan niemand verteld.

'Arme Claude,' zegt Howard, en hij pakt haar bij haar bovenarmen en kijkt haar met zijn kleine ronde ogen smekend aan. 'Ziel. Arme, arme Claude.' Hij wacht enkele ogenblikken, speurt haar gezicht af en vraagt dan: 'Kun je me toch even helpen? Er moet iets met die band gebeuren, en daarvoor moet je met z'n tweeën zijn. Ik heb het daarnet al geprobeerd, maar ik kon je niet vinden. Het kost amper tijd, heus.'

Terug in huis komt ze, op de voet gevolgd door Skittle, langs de keukendeur, en ze hoort de geagiteerde stemmen van haar schoonouders.

'Dat is beslist níet waar!' snerpt ma.

'Dat zeg jij.'

'Maar het ís niet waar!'

'Dat zeg jij. Dat zeg jíj.'

Claudia legt haar handen tegen haar oren. Zijn stem klinkt zo stijf en toonloos, hij veegt de hare opzij, zoals een stugge bezem verdwaalde dorre blaadjes van zijn pad veegt. Boven zitten de kinderen in Lotties kamer een beetje treurig naast hun koffers. Lewis heeft een koptelefoon op. Alleen Martha kijkt op als Claudia binnenkomt. Het is haar eerder opgevallen dat ze boven blijven wanneer ma en paps komen. Ze worden hierheen gejaagd door de kou, door de kilheid van deze mensen met hun sneeuwwitte haren en ogen als stukjes ijs. Als ze hen ziet, krijgt ze medelijden met haar man. Ze heeft het idee dat ze door een vreemde tunnel in de tijd naar Howard en zijn broers kijkt, dat ze de hele curve en loop van hun leven ziet, hun worsteling om naar warmere streken te trekken.

'Voel je je wel goed?' vraagt Martha.

Martha is pas zes, maar zij weet beter dan de anderen wat haar moeder nodig heeft. Lewis, met de koptelefoon op zijn oren geklemd, zet grote ogen op en doet theatrale pogingen haar iets duidelijk te maken. Ten slotte zet hij de koptelefoon af.

'Kijk!' schreeuwt hij, wijzend op de vloer achter haar. 'Skittle kotst!'

Ze kijken allemaal naar Skittle, die met trillende flanken een dikke brij braaksel op het kleed uitstort.

'Nu is het uit!' roept Claudia huilerig. 'Nu is het uit! Ik ben het zat! Jullie vader mag het opruimen! Híj moest zo nodig een hond! Ik niet, absoluut niet! En wie heeft aldoor alles opgeknapt? Waar was hij als er iets gedaan moest worden? Wie heeft hem te eten gegeven en uitgelaten, wie is er in weer en wind met hem naar buiten gegaan omdat hier niemand anders was, geen mens, en hij verdomme almaar aan die deur bleef krabben...'

'Mám!' Lottie huivert. 'Kijk! Hij eet het op.'

En inderdaad. Bevend over al zijn leden, als in een ziekelijke staat van opwinding, buigt Skittle zich over de dampende brij, en hij begint te schrokken. Ze kijken allemaal gebiologeerd toe terwijl het braaksel spoorloos in de keel van de hond verdwijnt.

Lottie gilt het uit. Lewis rolt van walging om en om op bed. Martha zegt: 'Zo, nu hoef je het tenminste niet op te ruimen.'

Met knikkende knieën staat Claudia in de deuropening.

'Koffers naar beneden brengen, alle drie,' zegt ze op gesmoorde fluistertoon. 'We gaan.'

Als ze met hun koffers buitenkomen, staat de auto nog in de garage. Howard heeft de achterbak al half gevuld. Bagage puilt tussen de banden van het dakrek uit.

'Je krijgt hem er nooit uit,' zegt Claudia gelaten maar gedecideerd. 'Die boot halen we niet.'

Howard komt naar buiten en gaat met zijn ogen tot spleetjes geknepen naast haar in de zon staan om de auto en de deuropening waar hij achterwaarts uit moet te taxeren.

'Volgens mij gaat het wel,' zegt hij.

'Onmogelijk,' zegt Claudia.

'Als iedereen erin gaat zitten lukt het wel.'

Claudia ziet haar schoonouders het huis uit komen. Paps loopt het pad op, met ma als een furie achter zich aan. Terwijl hij elke stap tergend precies en zorgvuldig zet, lijkt zij te vliegen: haar rok wappert achter haar aan, een arm is eigenaardig geheven alsof ze het sein *voorwaarts, mars!* geeft. Het duurt even voordat Claudia doorheeft waar ze getuige van is. Ze ziet dat ma terrein wint terwijl paps doorloopt en niets in de gaten heeft, tot ma's geheven arm neerkomt en paps een klap op zijn hoofd krijgt. Hij zakt een beetje door zijn knieën, kijkt heel even ontredderd van verbazing. Dan loopt hij door.

'Instappen allemaal!' roept Claudia verschrikt, en de kinderen rennen naar Howard, die intussen de garage weer binnen is gegaan. Ze doen de achterportieren open en wurmen zich de auto in.

'Alle vetzakken welkom!' roept Howard. 'Olifanten van harte uitgenodigd!'

Behalve Claudia heeft niemand iets gezien, maar ze merkt dat ze het niet kan opbrengen om bij hen in de auto te gaan zitten, ook al heeft Howard haar gewicht nodig om achteruit onder de deurpost door te kunnen rijden. Ze moet blijven waar ze is, als een kind dat versteend raakt door het afbrokkelende gezag, door het inzicht dat gezag op zich kinderlijk is. Pas door dat inzicht wordt ze zich bewust van haar eigen gezag, en dus kan ze Howards ouders niet aan hun lot overlaten. Ze zijn te onvolwassen, te hulpeloos – voelt Howard dat ook zo? Verklaart dat haar idee dat hij zich nooit helemaal geeft aan haar en de kinderen? Dat hij weliswaar aldoor meer wil, maar dat hij er nooit echt is, nooit goed is geworteld; hij is eerder als de kersenboom bij de buren: de stam staat aan de andere kant van de schutting, maar de takken reiken tot in de tuin van de Bradshaws – altijd bij hen aanwezig, maar zonder de basiszekerheid ergens bij te horen. Als de kersen op hun gazon vallen, weten de Bradshaws nooit goed van wie ze nu eigenlijk zijn, maar misschien is het al met al prettig voor Howard om zo meerduidig te zijn, zo vrij, om het gevoel te hebben dat niemand hem helemaal bezit. Hij start de auto, en meteen wolkt er een zwarte rookpluim uit de uitlaat.

'Claude!' roept hij. 'Ben je daar, Claude?'

'Ja!' roept ze terug.

Howards ouders staan een klein eindje verderop. Het motorgeluid trekt hun aandacht. Ze houden hun gezicht volkomen in de plooi. Claudia beseft dat ze dit gewend zijn, dat ze gewend zijn aan wat zij op het pad heeft zien gebeuren. Het was geen crisis, zoals ze eerst dacht. Wat ze heeft gezien was veel erger: het was intimiteit.

'Claude! Jij moet me de garage uit loodsen!'

Lewis draait het raampje omlaag en steekt zijn hoofd naar buiten. 'Pappa laat de banden leeglopen!' roept hij, uitzinnig van opwinding.

Langzaam komt de auto achteruit de garage uit. Claudia ziet dat hij de deurpost op een haar na mist. Ze ervaart die onmogelijke doorrit zoals ze zo veel dingen in haar leven met Howard lijkt te hebben ervaren. Het is allemaal vrijwel onmogelijk. Vreemd genoeg krijgt ze in stilte de slappe lach.

'Voorzichtig!' roept ze met verstikte stem wanneer de zachte banden aankomen bij de lichte verhoging in de betonvloer, die daar overgaat in de oprit.

De auto schudt een beetje en rolt terug. Howard trapt het gaspedaal iets verder in. Aan de rand van haar blikveld ziet Claudia het witte silhouet van Skittle schieten. Hij vliegt over het pad naar de auto toe, en al rennend wringt zijn lijf zich in de bekende vreemde bochten. Het volgende ogenblik staat hij achter de wielen. Terwijl ze toekijkt steekt hij zijn neus in de uitlaat en snuift hij sidderend van genot de zwarte walm op.

'Howard!' schreeuwt Claudia.

Ze ziet de hond bewusteloos op zijn zij vallen. Het volgende ogenblik duwt de loeiende motor de wielen over de betonnen rand, en de auto komt ineens de garage uit, bonkt over Skittle heen en rolt het onbeweeglijke beest het donker onder zijn buik in. Het is even stil, en dan volgt een tweede bonk als het voorwiel over zijn lijf rijdt.

'O, kijk uit, de hond!' roept ma. 'Kijk toch uit, de hond, Howard!'

De auto komt trillend tot stilstand. Howard springt eruit. Hij rent om de motorkap heen en knielt bij Skittle neer, die in de viezigheid ligt; er loopt een straaltje bloed uit de hoek van zijn bek.

'Arme jongen,' zegt Howard hoofdschuddend. 'Arme kerel.'

Een voor een komen de kinderen van de achterbank. Lottie huilt. Lewis ziet wit en is aangeslagen.

'Er waren twee schokken,' zegt Martha nadrukkelijk tegen haar moeder. 'Eerst was er één schok. En toen was er even later weer een schok.'

'Is hij dood?' vraagt Lewis.

'Ik vrees van wel,' zegt Howard voorzichtig.

'Twéé schokken,' herhaalt Martha bij zichzelf. 'Eerst de ene schok, en toen de andere.'

Howard pakt Claudia's hand. Ze ziet dat zijn ogen rood en betraand zijn. Ma en paps komen naar het gezin toe, dat in een kring staat.

'Lieve hemel,' zegt paps, en hij kijkt neer op het kleine lijf. 'Wat jammer nou.'

'Dit maakt jullie het leven de komende weken in elk geval een stuk gemakkelijker,' zegt Howard bars.

'Dat zou best eens kunnen,' zegt paps.

'Ik had me er zo op verheugd dat hij bij ons zou komen!' zegt ma. 'Als je het zo zegt lijkt het alsof het alleen maar lastig was! Maar ik verheugde me erop!'

Lottie begint weer te huilen.

'Zo,' zegt paps ten slotte. 'Als we toch niets meer kunnen doen, gaan we er maar eens vandoor.'

Howard staat tegenover zijn ouders. Het hondje ligt op de grond tussen hen in. Het lijkje geeft iets onomkeerbaars aan de manier waarop Howard de confrontatie aangaat met hun kilheid. Het is of hij zich met dit dodenoffer bevrijdt van zijn verplichtingen jegens hen, zich bevrijdt van de vloek van hun steriliteit.

'Tot ziens,' zegt hij, waarna hij eerst zijn vader en dan zijn moeder omhelst. 'Tot gauw, hè? Tot ziens.'

Howard en Claudia begraven Skittle in de achtertuin. Ze zijn het erover eens dat ze de hond niet aankonden. Ze zijn het erover eens dat ze in dit geval te veel hooi op hun vork hadden genomen. Als je nagaat hoeveel werk een hond is, merkt Claudia op, hadden ze net zo goed nog een kind kunnen nemen.

Vervolgens dirigeren ze de kinderen de auto in en gaan ze er als de wind vandoor, in de hoop de boot nog te halen.

32

In de trein denkt Thomas na over geld. Vroeger had hij altijd geld genoeg. Toen heeft hij een jaar lang helemaal niets verdiend. Nu stroomt het geld weer binnen. Wat is geld?

'Pardon, is die plaats vrij?'

Hij kijkt op en ziet een jonge vrouw staan. Ze wil gaan zitten, maar zijn aktetas ligt in de weg.

'Neem me niet kwalijk,' zegt hij, en hij zet de aktetas op de grond bij zijn voeten.

'Geeft niet.' Ze is buitengewoon ernstig, schenkt hem vergeving. Ze gaat zitten en haalt stapels paperassen tevoorschijn, een laptop. Ze begint snel te typen met haar gelakte vingernagels.

Geld is een symbool, strikt genomen bezit het geen authenticiteit. Misschien neemt een voorwerp wel in waarde af naarmate het minder goed door geld kan worden vertegenwoordigd. De jonge vrouw naast hem draagt een in zwaar goud gevatte diamant aan haar ringvinger. De diamant vertegenwoordigt veel geld. En toch is hij van geringere waarde dan heel veel dingen die Thomas kan bedenken. Als die vrouw haar vinger kwijtraakte, zou ze daar veel meer verdriet van hebben dan als ze haar diamant kwijtraakte. Maar haar vinger is helemaal niets waard.

Niettemin is een zeer waardevol leven dat niet veel geld

vertegenwoordigt een hachelijke zaak. Er zit een kwetsbaar aspect aan dat samengaat met het ontbreken van symboliek. De ring van die vrouw vertegenwoordigt het feit dat er iemand van haar houdt. Maar van de dingen die Thomas is kwijtgeraakt heeft hij geen bewijs. Hij kan geen concreet resultaat laten zien van de dagen die geen geldspoor hebben achtergelaten maar eenvoudigweg zijn verdwenen, als de dagen van een beschaving die niet is opgetekend. Hij kijkt uit het raam naar het verglijdende landschap. Hij vraagt zich af of Tonie dit ook zo heeft gevoeld, of zij een jaar geleden in deze trein heeft zitten nadenken over het leven dat als rook achter haar was vervlogen – alle liefde en alle uren, alle niet-gememoreerde emoties. En bij thuiskomst bleek Thomas de ruimte in te nemen die zij vroeger innam, alsof je terugkeert naar een huis uit je jeugd om te ontdekken dat er andere mensen wonen. Zo keert hij nu aan het eind van de dag terug naar Tonie, die op intieme voet blijkt te staan met alles wat niet langer van hem is. Het is hem opgevallen dat Tonie bij de piano extra zorgvuldig opruimt, de gesloten klep afstoft, kleinigheidjes verandert aan de al ordelijke stapels muziekboeken. Hij speelt geen piano meer. Soms zet ze er een vaas met bloemen op. Als hij dat ziet moet hij lachen. Het is morbide ontroerend, alsof hij naar een goed verzorgd graf kijkt.

In de avondtrein valt hij in slaap, met zijn wang tegen het glas gedrukt. Het is september en nog licht. Hij gaat lopend van het station naar huis. Hij denkt aan wat er zal gebeuren als hij daar aankomt. Meestal is Tonie 's avonds vol toewijding. Ze schenkt hem al haar aandacht en praat geanimeerd. 's Morgens is ze stiller, een tikje strak. Het is of ze het verhaal van haar liefde voor hem elke dag weer helemaal moet verzinnen. 's Morgens is de bladzijde nog blanco. Hij ziet dat ze Alexa met roodomrande maar droge ogen gadeslaat; haar manier van doen is liefdevol, haar toon aan de scherpe kant. Tonie heeft hem nooit ter verantwoording geroepen voor wat hij heeft gedaan op de dag dat Alexa ziek werd, net zo goed als hij haar nooit heeft gevraagd waar ze die avond was. Ze hebben opnieuw van territorium gewisseld en dat bekrachtigd met een stilteverdrag. Ze is niet weer aan het werk gegaan, geen dag. Nog in het ziekenhuis heeft ze zich in de eenvoudige moederdracht gehuld. Ze was alleen toen ze haar vertelden dat Alexa het gehoor in haar rechteroor moest missen. Ze had Thomas naar huis gestuurd om te gaan slapen, dingen te regelen, weer een man te zijn. Misschien is ze vergeten dat hij er ooit is geweest.

's Avonds kijken ze elkaar weleens aan met ogen waarin volgens Thomas een schuldbewuste uitdrukking ligt. Die blikken zijn toevallig: hun dwalende ogen ontmoeten elkaar verrast, en heel even wordt er iets nieuws zichtbaar, een nieuwe kloof tussen hen, alsof ze onbekenden zijn die elkaar voor het eerst in de ogen kijken. Het schuldgevoel is de schuld van de ervaring, die alleen onbekenden tegenover elkaar toegeven. Maar waar ze precies schuldig aan zijn, dat spreken ze nooit uit.

Montague Street ligt er rustig bij, vrijwel stil. Hij loopt over het trottoir met zijn aktetas in de ene en zijn sleutel in de andere hand. De weg is dichtgeslibd met afgevallen bladeren. Het is windstil. Er is geen beweging, geen geluid. Hij is zelf geluidloos geworden, zijn voeten gewichtloos op het plaveisel, zijn adem opgeschort, de sleutel stemloos in zijn hand. De stilte zwelt verder aan, dicht en leeg. Hij blijft even staan wachten. Even later is het er, het gekwinkeleer van een vogel die de stilte doorbreekt: de ene triller na de andere omslingert de stille lucht met een zangerig lint.